故事会

文摘版

第14辑

合订本

上海故事会文化传媒有限公司
上海文化出版社

图书在版编目（CIP）数据
故事会文摘版合订本. 第14辑 /《故事会》编辑部编. -- 上海：上海文化出版社, 2019.12（2024.5重印）
ISBN 978-7-5535-1722-3
Ⅰ. ①故… Ⅱ. ①故… Ⅲ. ①故事－作品集－中国－当代 Ⅳ. ①I247.81
中国版本图书馆CIP数据核字(2019)第167565号

主　　编：夏一鸣
副 主 编：高　健
责任编辑：蔡美凤
发稿编辑：蔡美凤 胡　捷 吴　艳 高　健
装帧设计：孙　娌
责任督印：张　凯

故事会文摘版合订本. 第14辑

出　版：上海文化出版社
出　品：上海故事会文化传媒有限公司
（201101 上海市闵行区号景路159弄A座3楼 www.storychina.cn）
发　行：北京大地书苑图书发行有限公司
印　刷：三河市嵩川印刷有限公司
开　本：787×1092毫米 1/32
印　张：9
版　次：2019年12月第1版
印　次：2024年5月第2次印刷
ISBN：978-7-5535-1722-3/I·675
定　价：25.00元

上海故事会文化传媒有限公司 出品（00906）

想看更多精彩故事？
扫码下载故事会APP

卷首

我的妈妈

@易中天

有所小学举行作文竞赛，题目是《我的妈妈》。家长们都来了，坐在台下听孩子们朗读自己的作品。可惜那些作文千篇一律：我的妈妈最伟大了，她和蔼可亲，美丽动人，勤俭持家，相夫教子等，全是大话、套话、空话，陈词滥调，家长们一个个昏昏欲睡。

这时，一个小女孩走上台，开口就说："我的妈妈是个傻瓜。"台下听众从迷糊中醒来，听她怎么讲。

小女孩说："我的妈妈是个傻瓜。有一次她煮牛奶，突然想起洗干净的衣服还没有晾，就去晾衣服。走到院子里，又想起炉子上有牛奶，扔下衣服就跑回厨房。结果呢？衣服也脏了，牛奶也潽了。你们说，我的妈妈是不是傻瓜？

"其实，我的爸爸也是傻瓜。有一天，他穿着西装、打着领带、拎着公文包匆匆忙忙从卧室里冲出来，一边跑一边说：'我要迟到了。'妈妈在厨房里弄早饭，理都不理他。过了一会儿，爸爸回来了，不好意思地说：'我忘了今天是双休日。'

"这样的爸爸妈妈，当然也生不出聪明的孩子，所以我和弟弟也是傻瓜。可是，我真的好爱好爱我的爸爸、妈妈和弟弟。我长大了，也要嫁一个爸爸那样的傻瓜男人，也生一个傻瓜姐姐和傻瓜弟弟，一家人开开心心生活在一起。"小女孩念完作文，鞠了一躬。

全场鸦雀无声，片刻之后，响起了雷鸣般的掌声。没有鼓掌的只有一个人，那就是小女孩的妈妈，她已经泪流满面、泣不成声。

摘自《中学生最幽默》

故事会 2017.12
Stories Digest
文摘版 总第40期

社长、主编：夏一鸣
副社长：张凯
副主编：高健
本期责任编辑：田芳
发稿编辑：高健 袁燕娜 蔡美凤
美术编辑：王怡斐
电话：021-64668742
021-54561119
邮编：200020
地址：上海市绍兴路74号
主管：上海世纪出版集团
主办：上海故事会文化传媒有限公司
出版单位：《故事会》编辑部
发行范围：公开

出版、发行电话：021-64313938

发行业务：021-64313938
发行经理：钮颖
媒介合作：021-64338113
广告业务：021-64334376
新媒体：021-64677160
广告经营许可证：
沪工商广字3100320080016号

国外发行：中国图书贸易总公司
印刷：上海四维数字图文有限公司
发行：上海邮政报刊发行局
邮发代号：4-900
国外代号：MO9178
定价：4.00元

卷首

焦点

笑点

亮点

观点

盲点

故事会文摘版欢迎投稿

稿件要求：来自最新的报刊、书籍或网络，故事性强，文字明快，主题健康，视野开放，纪实或虚构均可，体现“新、知、情、趣”的特点，同时欢迎第一手的翻译作品。推荐作品须注明原文出处、原作者姓名，确保转载不存在侵害版权的行为，并请留下推荐者真实姓名及通信地址。作品一经采用，即致推荐者50至200元推荐费，并向作品著作权人支付稿酬。

故事会文摘版 投稿信箱
wenzhaiban@126.com

故事中国网：www.storychina.cn

故事会文摘
gsh-wz

故事会微信
story63

本刊所付作者的稿酬，已包括以纸质形态出版的故事会文摘版、汇编出版、音像制品及相关内容数字化传播的费用。部分作者因各种原因未能联系到，请通过邮件或电话与我刊联系稿酬及相关事宜。

本刊未署名图片均由视觉中国提供
音频提供：一说

懒得看文字，你就听嘛！扫文末二维码，一键收听。

你永远是我心中 最伟大的武林盟主

@猫河

一

小学四年级时，我迷上了武侠小说，外公便租来《倚天屠龙记》的录像带整夜整夜地陪我看。我披着毛巾被，高举起他的拐杖，说我长大后要当武林盟主！

外公严肃地打量着我：“江湖险恶啊，你只是个丫头……但你比张无忌那优柔寡断的货强多了！”

在我的整个小学时代，我妈始终深陷在漫长的产后抑郁症中无法自拔。后来，爸爸带着满身的伤病退伍归来，曾经的战地阴影与如今事业的不顺让他开始自暴自弃，整日在家里上演全武行。

那一年，外公也从多年的要职上退了下来，在家终日陪伴他的是对他从未有过爱意，还恰逢凶猛更年期后遗症的外婆。

每个周末天还没亮的清晨，我俩都会偷偷逃出各自压抑惨烈的家，披星戴月地赶去集市入口碰头，携手看街上人头攒动、熙熙攘攘，走入人群感受那人

就是爱历史（近代）1. 上海南京路因何命名?

世繁华，互相慰藉我们仍可红尘做伴、活得潇潇洒洒的心。

在我十四岁中考前夕，爸妈名存实亡的婚姻终于走到尽头，爸爸凌晨在家吞药自杀，我睡醒时，他已痉挛失禁。我的第一反应是打120急救电话，可人工台帮我转到区医院的总机时电话始终无人接听。我试图扶起爸爸让他吐出药片，但这时才发现自己是那么无力。

慌乱中我想到去找邻居求助，刚一打开家门就看到了一手拄拐一手拎着饭盒的外公。我顿时崩溃，哭得说不出一句完整的话，拽起他的衣角就往屋里跑。

外公让爸爸吐出了胃里残存的药片并喊来了一辆车。去医院的路上，我已经哭得没了泪，只会怔着神放空。外公把我拢到他怀里，低声说："事情过去就过去了，别埋怨自己不够坚强，但也别苛求大人们要有多坚强。"

二

高一的一整个学年，我都在家里照顾我爸，闲时就自己翻翻教材自学，然后每月去学校参加考试。第一次月考，我仰头看了两张榜单才在最末找到自己的名字，当时就受刺激了，发疯一般去找外公，撒泼打滚地闹。外公给我讲了个挺励志的故事，说他小时候在私塾一直考第一，后来新转来一个少爷，刚转学的第一次考试就把他挤到了第二名。本来他以为自己会挫败难过，但事实却截然相反，他忽然感到学习更有动力了，而且眼前一亮，猛然发现他的世界并非只有一方私塾中的一个小小书桌，外面尚有广阔天地大有可为。

"说说感想。"讲完故事，外公问我。

"我算明白了，学霸向学渣炫耀都这么有技术含量——我这次考的是第二百名不是第二名！而且我以前也从来没考过第一！"

"哈哈哈！亲孙女啊！中心思想总结得简直不能更到位了！"

被外公再次重挫后，我意识到我也想去外面看看，看看有更多的人过得比我还惨，好让自己开心开心，而当时的我想要达成这个愿望只有通过考试——考一所离家很远很远，学费低廉，最重要的是一定要是一所牛气哄哄到家人没有理由阻止我去读的好学校。

于是我开始玩命了，玩命地学习。虽然这其中的过程一点都不酷，但结果是让人满意的。高二时我提前一年参加高考，考上了符合我所有要求的学校。

十六岁的那个夏天，我一直在打

各种各样的零工。在我终于赚足了学费和路费后，火车票却买晚了，最后只抢了一张站票，而我的学校距离我家，坐火车要四十八个小时。

外公直接撕掉了那张火车票，从小金库里掏两千块钱给我买了机票。他说："你是要当武林盟主的女人，可不能累死在路上。"

这句话的语法明显有问题，可外公一辈子都没这么大方过，大方得我都不忍心吐槽了。

三

有时我会想，或许这就是命吧，想当武林盟主必须先坠落悬崖习得绝世神功。

从大一到大三，我的生活除了学习、打工，便是与男友死去活来地撕扯。我想我那时还是爱着他的，不然又怎会在他每次可怜巴巴的苦肉计后重新回到他的身边。他在急速消耗着我们最后的爱，而在四十八小时火车路程之外的家乡，我的外公开始消耗他最后的生命。

大四上学期，我整整一个月没有打通外公的电话，在不祥的预感下，我赶回了家，才得知他刚刚经历了一次严重的中风。

大家都说外公傻了，什么都不记得了，整天疯疯癫癫像个老小孩。确实，他连我都忘了，我刚一进屋他就流着口水问我是不是村头郭家大嫂子，还缠着我让我给他买麦芽糖吃。

闹了一番，他被护工抬回床上，我忽然在他眼中看到一丝闪光，觉得事情有点可疑。

于是我坐到他床边，慢悠悠地给他讲了个故事：有一家医院有四名大夫，一个整日大笑，一个整日叹息，一个整日洋溢着欢快，一个整日哭丧着脸，他们就是"狂笑医生""长叹医生""快活医生""悲哀医生"。

果然，他听我讲到最后有些绷不住了，瞅瞅四下没有人，瞬间卸下了那副痴呆的表情，伸手刮刮我鼻子："你这笑话冷得我起一身鸡皮疙瘩。"

"为什么要装傻啊？想要吃糖我给你买啊！"我问他。

"人家老了，活累了，人家想要赖了，不行吗？不行吗？不行吗？"

这傲娇霸气内力十足，我赶忙头如捣蒜高呼"行行行"！

"我说，你也要要赖吧，你幼年深得我真传，武艺高强，如今正是该出关闯荡江湖、游戏人生的好时候，对你以后当武林盟主有好处。"

四

为了躲避爱情恐怖分子般的男友，我开始整日待在实验室里给老师

1. 答案：作为上海公共租界的中心道路，为纪念《南京条约》开放上海而命名。

打下手。终于有一次，老师问了我一句："下星期我要去北极科考，你给我当助手吧？"我狠狠地冲老师点了下头。一周后，我便淌着鼻涕在破冰船的甲板上瑟瑟发抖。

我二十岁生日那天正是北极圈极夜的最后一天，也是考察船因故障被困的第十五天。那时，雷达失灵、通信阻断、弹尽粮绝，船长鼓励我们说熬过这一夜就可以看到绿光，可连续几天的滴水未进、粒米未沾与超低温环境，还是让我在凌晨时分陷入了间断的幻觉与昏迷。

恍惚中我看到外公周身环绕着绿色光芒而来，他身披毛巾被，手执拐杖如宝剑，他的右腿一点也不跛了，灵活地边跳边大声唱着《倚天屠龙记》的主题曲："来也匆匆，去也匆匆，恨不能相逢……"我也随他唱了起来，我们越唱越快……

"好了好了，医生来了，别怕。"一个男人笑着把我扶起。

我缓过劲来，问男人绿光出现了没有。他说出现了，就在我大唱着"狂笑一生、长叹一生……"的时候出现的，特别漂亮。说完，我们一起哈哈大笑。

濒临生死边缘的那一刻，外公为我唤来了绿光，还唤来了一个和他一样既不高也不帅，却能听懂我冷笑话的男人。

通信修复后，我接到妈妈的卫星电话，她说，外公在我生日的那晚去世了。

二十一岁那年，"医生"陪我回家乡祭拜外公，外公简单的墓碑上只刻着一行字：前武林盟主之墓。

旁边的墓场工作人员指着墓碑解释说："这是那个怪老头自己要求的，还威胁我们说不照做就变鬼来天天缠着我们。"

"你看，我没吹牛吧，我就是武林盟主的外孙女，现在他挂了，我就是新一任武林盟主。"我站在墓碑前对"医生"说，然后我蹲下，摸着墓碑上刻字的凹槽，小声说，"外公，你永远是我心中最伟大的武林盟主，千秋万代，一统江湖。"

欲何依摘自《疯狂阅读·高中版》

图：小柯

【编者的话】俗话说，隔代亲。本期焦点和您一起关注祖孙亲情，为您讲述两个截然不同的祖孙之间的故事，有另类的武林盟主外公（《你永远是我心中最伟大的武林盟主》），也有历尽繁华与辛酸的姥姥（《姥姥的房子》），看人间冷暖，感受爱的传递与延续……

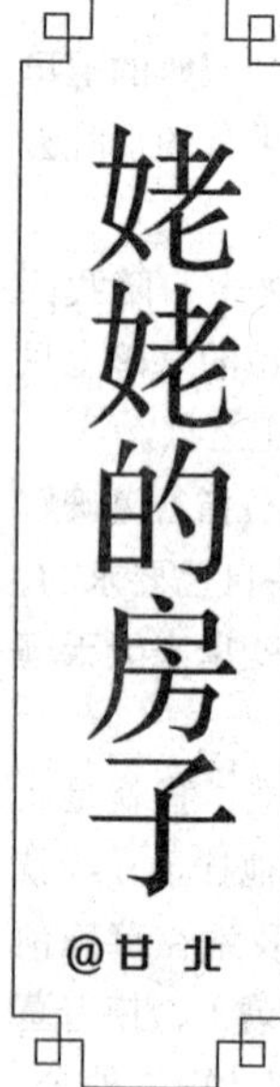

姥姥的房子

@甘 北

一

姥姥立了遗嘱，死后房子留给她。北京三环的房子，带学区，中介市场的估值大约四百万。

为什么要留给她？因为她是个没人要的孩子。爸妈在她十岁那年离婚了。她不说话也不哭，就坐在沙发上看着，看着至亲把她像皮球一样踢来踢去。

姥姥在这时赶了过来。那年姥姥已经六十有余了，精神却依旧极好，说话掷地有声：“你们过你们的好日子去吧，小妹归我，从今往后，是生是死，概不需你们负责。”

姥姥是见过世面的女人，旧时代过来的，抄过家，挨过打，经历过下岗，也经历过创业，风里雨里才挣下了这么一套房子。姥爷早几年走了，这房子便只有姥姥一个人住，她来了，正好有个伴。

姥姥待她极好，成天小妹小妹地挂在嘴边。她在姥姥家住到了第四年，舅舅和舅妈有意见了。那是中秋的夜晚，吃着团圆饭，舅妈突然起了个头：“妈，以前小妹小，跟着后爸后妈怕被欺负，现在年纪也大了，孩子始终要跟着父母吧！”

姥姥明白她的意思，却装作没听懂：“她跟着我挺好的，没灾没病，你不用担心。”

舅妈碰了灰，就索性敞开了讲：“妈，就你那点养老金，你也是知道的，以后念大学开销得多大啊！”

姥姥盯着舅妈看了一会儿，丢下碗，走进了卧室。没多久翻出了一个手镯，用手帕包着拿出来：“这是我做姑娘那会儿，我妈给我的，你拿去戴吧！”

姥姥娘家从前是方圆几百里知名的大家族，后来家被抄了，姥姥却零零星星瞒下了一点私藏，想必价值不菲。

舅妈接过手镯，眼睛都快笑得没缝了，再不提让她回爸妈那里的话，一个劲地叫大家吃菜吃菜。

其实，爸妈那里早就回不去了。这些年，他们都已各自结婚，又再生了孩子，哪里还有她的位置？这些年，他们甚至连生活费都没有给过一毛钱。姥姥为了养她，早把积蓄花得七七八八。她的命是姥姥的，跟眼前这个女人，又有什么关系？

二

再后来，姥姥病了。起初是时不时的晕眩，谁也没注意，有一晚看完电视，刚站起来就倒在了地上。

她吓坏了，她害怕，前所未有的害怕，她怕姥姥走了，姥姥走了，世上就真的没有她的亲人了。

送到医院，医生说是中风，要马上抢救。所幸，姥姥的命是保住了。但医生说，以后可能会出现半身不遂、语言障碍等后遗症。

她揩了揩眼泪道："没事，只要姥姥在就好，我来照顾她。"

那一年，她十八岁，正念着高三。她请了长假，天天待在病房里，洗澡喂饭，端水倒尿，侍奉床前。舅舅和舅妈来看过两回，拎了一袋苹果，说了几句"辛苦小妹了"之类的话，就急急忙忙地走了。

妈妈也来看过，没坐上一会儿，就心虚地看了看手机："我一会儿还有事，先走了。"

偌大的世界，好像只剩她和姥姥两个人，在这个星球上相依为命。

等姥姥病好了，就宣布了那条遗嘱："等我去了，房子就留给小妹。"

舅舅舅妈一下子就慌了，谁也没料到，老人家竟"糊涂"到这种地步，自己的儿子不给，给这么个丫头干什么？他们跑上门来，先是好话说尽，再是凶相毕露。舅妈一屁股坐在沙发上，又是撒泼又是哭："我嫁到你们家这么些年，没有功劳也有苦劳，到底图什么呀……"

妈妈也来了。不同的是，妈妈倒是很高兴，把她拉进房间里："小妹啊，妈妈以前有苦衷的，你要原谅妈妈，我跟你那边叔叔商量好了，以后你愿意就回来住……"

就连邻居都带着羡慕的眼神说她："等姥姥死了，房子就是你的了……"她什么都不辩解，只想努力学习，她就想留在北京，留在姥姥身

边，她知道，自己一走，这些一个个看上去道貌岸然的人，会把姥姥生吞活剥了。所以，她不能走。

她到底是争气的，一举考上了北京的重点大学。录取通知书寄来那天，姥姥抱着她哭了，她明白，姥姥这些年受的苦，绝不比她少半分。

三

姥姥又中风了，医生说，这回的情况极为凶险，救不救得回难说，而且即便是救，只怕也需要很大一笔医药费。

她抓住医生的胳膊，一个劲地说："多少钱都行，求你了，救救我姥姥吧。"

舅舅和舅妈却使了个眼色，对她说："多少钱都行？你有钱吗？"

她急了，向来不低头的，却哭着央求他们："要多少我写欠条，我来还，求你们救救姥姥！"

舅妈说："你个小丫头片子拿什么来还？除非你保证，放弃那套房子……"

她把头点得如捣蒜："好，我不要房子，我什么都不要！"

老人醒了，又从生死线上捡了一命。舅妈眉开眼笑，凑过去说："妈，您这命可是我们抢回来的，那套房子小妹说了，她不要……"

姥姥把脸扭过一边，把她喊到身边："傻丫头，你不要房子，姥姥去了，你就什么都没了。"

她握紧姥姥的手："姥姥，你不会走的，你不能走的……"

姥姥只摇头，两行清泪从眼角流出。她再不提把房子给谁，房子攥在自己手里，孝子孝女就又回来了。

舅妈开始一天三趟地往医院跑，脸上又有了笑容；妈妈来得也更勤了，时不时打听一下，房子到底怎么分配。

老人在一个清晨祥和地走了，舅舅舅妈第一时间赶了过来。然而，谁也不知道老人什么时候去做了公证，存折上的二十几万和一盒子的金银首饰给儿子和女儿，房子留给了小外孙女。

舅舅舅妈和妈妈在姥姥的灵堂前吵得不可开交，舅妈又哭又拜，细数这些年的艰辛。数了一下午，又开始打起精神，拿出那个首饰匣子，一件一件地挑了起来，姑嫂间为了谁得这条项链，谁得那串手镯，吵得不可开交。

只有她一动不动地跪在那里，豆大的眼泪往地上砸。这世上终于再没有她的亲人了。她不要房子，只想姥姥不死。

心香一瓣摘自微信公众号甘北

图：小柯

2. 答案：雍正七年，但直到1945年后鸦片才被消除。

反 串

@张 健

有一天早晨，我比钟声慢三秒钟走进三十八教室。教室里正好有三十八位学生。

我说：“今天我要破一个例，你们做老师，我一个人扮演学生。”

学生1号说：“好极了，我梦想这码子事已经有三年八个月了。在毕业前夕尝尝这个滋味，也算聊胜于无。”

学生2号说：“你上课太准时，不够洒脱——脱的意思就是‘脱班’，以后要改过。”我点点头。

学生3号说：“你的领带应该常换，多姿多彩，五花八门，那样才能刺激我们的灵感，不会使一教室人死气沉沉的。”我微笑，表示同意。

学生4号说：“你的胡子要讲究。留八字胡也好，仁丹胡髭亦未尝不可。不要搞得不痛不痒、若有若无的，那样子太缺乏个性。”我苦笑。

学生5号说：“皮鞋要擦成八分亮。多一分像明星，少三分像浪子。”

学生6号说：“裤管不妨窄一点。”他戛然而止。

学生7号说：“你国语讲得不错，百分之三十的精；还有，你是不是患了慢性鼻窦炎？”我说：“不错。”

学生8号说：“那个别发音不准可以原谅，应该找窦大夫根治。”

学生9号说：“以后讲书别太快，读书别太多，否则学生太辛苦，吃不消，人生苦短，何必嘛。”

学生10号说：“多穿插一些笑话！”

学生11号说：“素的六成，荤的四成。怎么样？”

学生12号说：“多发讲义（也不必太多），少抄笔记，否则手臂会生癌症。”

学生13号皱皱眉：“建议你每学期至少请假两次。又没人发给你全勤奖金！对不对？”

学生14号说："上课别老谈学问。"

学生15号说："要想到有人爱吃臭豆腐干。"

学生16号说："考试简单一点，不妨全考是非、选择题。是非错的多一点，选择(一)的多一点，免得我们太累。"

学生17号说："最好自动供给考试题，这样才是模范老师。"

学生18号说："不要道貌岸然，又没有教导主任来参观！"

"不必引经据典。那些古人真让人头大！孟轲跟孟德斯鸠老是纠缠不清，阴魂不散。"

"书上有的不必讲，我们自己看看不就行了？"

"书上没的别讲，何必节外生枝！"

"试试看：重质不重量，点到为止，皆大欢喜。"

"别太认真，以免减寿。反正又没有诺贝尔教学奖！"

"一节课不妨分成两半，中间十分钟叫洗手清脑时间，大家方便、快活。"

"有时候应该让大家抽支烟。你说你不会吸烟，真落伍！不妨试吸两三支，滋味不坏哩。"

"让情侣在讲情诗的时候打个Kiss。"

"准许养狗的带狗，养鸟的带鸟笼，这样才能培养学习情趣。"

"去草地上喝喝可乐，聊聊，一节课不就很快打发了吗？"

"请老杜来代你教《丽人行》，请徐志摩来教《康桥》。"

"请金马奖影后来表演李清照的词，比方说，张艾嘉演出《人比黄花瘦》。这也是一种教育。"

"至少比你这个骚老头风雅得多。"

"请屈原来演出《怀沙》——自沉汨罗江的镜头。"

"对，还要劳驾李白捞江中月亮。"

"课堂里应该安装二十六英寸的电视机，随时收看世界杯足球赛的转播。这叫学习不忘娱乐。"

"考试时间应该浓缩为十分钟——浓汤营养多。"

"上课不妨多吹吹。天花乱坠，大惊失色，才算真本事。"

"别做智者状。因为智者千虑，必有一失——一失足成千古恨！"

学生38号慈祥温柔地作结论道："我们教完你了。受用吧？现在还是请你恢复正身吧。"

我微颔，状至谦逊，可是乍然发觉自己已经变成了如假包换的哑巴。

水云间摘自《杂文选刊·职场版》

就是爱历史（近代）3．晚清思想家魏源的《海国图志》以哪部世界地理著作为基础？

父亲的粥

@刘 墉

大概因为体力透支，返美前我突然上吐下泻。所幸儿子住得近，清晨五点把我送去急诊。化验结果，是感染了通常只有小孩会怕的“轮状病毒”。

直到第二天下午烧退了，我才觉得有些饥肠辘辘。要求了好几次，总算送来食物，小小的纸杯里面只有黏糊糊的一点半流体，原来是米浆。“就这个？”“就这个！”护士笑笑转身，“只能喝米浆，如果喝了又泻，就连米浆也没。”

抱着那软软的纸杯，小心地用吸管慢慢吸，好像奶娃。这让我想起小时候肾脏炎，病得挺重，有一阵子也只能喝这个。记得父亲坐在床边，端着碗喂我，给我讲故事，说以前穷人家生了孩子，妈妈不喂自己的娃娃，却去有钱人家当奶娘，喂别人的娃娃，自己的娃娃只有喝米浆。可见米浆虽然白白的没什么味道，却有营养。父亲还一边为我把米浆吹凉，一边指着上面薄薄的膜，说那是米油，更补，嘴角发炎，只要搽几次米油就好了。

我坚持第三天下午出院。不是舍不得花钱，而是为了争取自由，把插

在身上五十多个钟头的“点滴”管子拔掉。

办出院手续时，又来了位护士，给我好几份介绍轮状病毒的数据，说回家只能吃稀饭、海苔酱、苹果泥，而且不能多吃，看不吐不泻了，再由去皮的鸡肉丝开始。我瞄了一眼那数据的封面，“轮状病毒”四个大字，下面印着“婴幼儿严重肠胃炎的凶手”。突然觉得自己真变成了婴幼儿，而且是很差劲的，别人都没事，只有我出毛病。

儿子要为我煮稀饭，我说不必，护士讲只要拿干饭加水煮一下就成稀饭。正好冰箱里放了两盒叫外卖剩下的米饭，于是通通倒进锅里，又加了些水，放上炉子。果然才一会儿，好多饭粒就上上下下游泳，成为稀饭的样子。忙不迭地盛出来，再打开酱瓜和海苔酱，吃了病后的第一顿大餐。只是可能米饭放在冰箱太久，有点硬，还结成块，加上煮得不够，所以稀饭不黏，有些“开水泡饭”的意思。

第二天我先去快餐店买了三碗白饭，热腾腾地拿回家倒进水里煮，而且站在旁边用筷子不断搅，还把成块的一一夹开。刚煮好的饭容易烂，没多久就起了泡，“咕噜咕噜”，泡泡愈冒愈大，冷不防地溢出锅子从四面流下，跟着火就熄了，我赶快把煤气关掉，炉头上还是留下好多焦黑的印子。

这稀饭不错，够软，唯一的缺点是我加太多水，为了吃实在些，只好往锅底捞稠的。端上一大碗白稀饭，颇有些成就感。儿子早晨送来肉松，我拿起罐子细看，居然印着“婴幼儿专用”，不知道这小子是体贴还是讽刺。我倒了尖尖一堆肉松在稀饭上，急着下嘴，立刻被呛得猛咳，因为吸气的时候，把细如粉末的肉松吸进了气管。

一边咳，一边用筷子把肉松压进稀饭，再搅拌成肉粥。突然懂了，为什么父亲总坚持先把肉松搅匀，才交给我，还一直叮嘱我慢慢吃。他也帮我吹，吹得眼镜上一层雾，又摘下眼镜吹。父亲还教我用筷子由碗的四周拨稀饭，说那里因为接近碗边，凉得快，有时候我还是等不及，他则会再拿来两个大碗，把稀饭先倒进一个碗，再来回地跟另一个碗互相倾倒。没几下，就凉多了。

可不是吗？我自己煮的这碗稀饭也够烫的。第一口已经把我烫到，但是当我改由四周拨，就都能入口了。上面拌的肉松吃完，我又倒了好多肉松下去。这种大手笔也是小时候被父亲惯坏的，那时候母亲常骂，哪儿是吃稀饭配肉松，根本是吃肉松配稀饭。最记得父亲生病，母亲日夜陪在医院

3. 答案：林则徐《四洲志》，是近代中国第一部相对完整、系统的世界地理志书。

的那段日子。有一天表弟来家，姥姥煮了稀饭，她给我肉松，只一点点，远不如给表弟的多。我当时很吃惊，甚至委屈得用拼音写了封信去医院告状。更令我吃惊的是父母居然都没反应，即使后来我当面抱怨好几次，他们也只是点点头。

吃了一整锅白稀饭和一整罐肉松，肠胃居然没出毛病。第三天，我的胆子更大了，先去买了两碗白饭和一盒生的牛肉丝。而且为了快，我找出压力锅，把材料全倒进去，添水，加些生姜和盐，放上火煮。压力锅有保险装置，无须守在旁边，所以我径自去书房工作。

没多久就听见"咻咻"喷气的声音，我知道是锅盖上的小口在往外泄压，只是那声音愈来愈怪，还有点"啪啦啪啦"的感觉。想起以前压力锅爆炸的新闻，赶紧跑进厨房。才进去就差点滑一跤，地上一大片，黏黏的，我的稀饭居然喷得到处都是。

一番忙乱之后，我这辈子做的第一碗牛肉粥上桌了，十分滚烫黏稠、而且大有闻香下马的境界。牛肉丝，不错！一点也不老。姜，虽然切的时候已经因为摆太久，像是削竹片，反而更带劲。我的嘴又被狠狠烫了一下，想到爸爸的方法，改为从旁边拨。不知为什么又觉得该拿个勺，从粥的表面，一点一点刮。

果然，一次刮一点点，滚烫的粥也不烫了。我有些自诩，可是又觉得似乎见过别人用勺子刮的画面。我一边刮一边想，突然回到了九岁的童年，回到父亲的病床前。

医院为直肠癌手术不久的父亲送餐，只一碗，像这样的瘦肉稀饭，我居然急着跑到床边要吃。母亲骂："那是你爹的！"父亲对她挥挥手，反叫我爬上床，跟他并排坐着，又怕我摔下去，一手搂着我，一手喂我吃。肉粥很烫，医院里没有两个大碗可以用来减温。父亲就用勺子，一点一点在稀饭的表面刮。那瘦得像柴的手直抖，但是只要把勺子落在稀饭上就不抖了，非但不抖，还像抚摸般，很细腻、很轻柔地，一圈一圈刮，每次只刮薄薄一层，再吹吹，放进我嘴里。

现在我正这么做。但是飞回了五十七年前，我的手成为父亲临终前两个月的手。我的眼镜飞得更遥远，成为父亲为我吹粥时的眼镜，蒸汽氤氲，镜片罩上一层雾。我像父亲当年一样，摘下眼镜，只是不见清晰，反而模糊。一个年已花甲的老孩子，居然从这碗粥，想到五十七年前自己的父亲，我的眼泪止不住地淌，淌在父亲的粥里……

生如夏花摘自《莫愁·天下男人》

一只把摄影师告上法庭的猴子

@雾满拦江

一

英国有位老兄，名叫大卫·斯莱特，是个嗨皮的摄影师。天天在野外远足，拍山河、拍大地……但他最喜欢拍摄的是动物。

有一年，他来到了印度尼西亚的热带雨林，遇到了当地居民黑冠猴。大卫观察黑冠猴，黑冠猴也严肃认真地观察他。

他拍摄黑冠猴，黑冠猴也做出拍摄姿势，对着他“啪啪啪”。咦？大卫产生出好奇心：黑冠猴如此聪明好学，何不教它们自拍呢？

——大卫万万没想到，这个好玩的想法，让他的人生从此堕入噩梦！

二

说教就教，大卫开始自拍，黑冠猴们就环绕四周观察他。等感觉猴子们学会了，他就放下照相机，让猴子们拿去模仿。

黑冠猴开始自拍，大多数照片不成功。但还有几张，异常地生动，非人力所能及——只有聪明的猴子才有这样完美的自拍。

大卫喜出望外。

火速返回人类世界，开始出售那几张猴子自拍照，卖了1000英镑出头！

正当大卫心花怒放之时，他接到了法院的传票。

他被告了，告他侵权。——是那只黑冠猴告的他。

三

接到传票，大卫是满脸懵的：黑冠猴……怎么会下山来告他？

仔细一问，大卫才知道。热带的黑冠猴仍然在雨林中，但美国有个猴权组织——全称是善待动物组织，该

组织认为，大卫私自出售猴子自拍的行为，严重侵犯了猴子的肖像权与著作版权。他们看不下去，全球撒网，上天入地，踏破铁鞋，最终于森林之中，找到了那只自拍猴，又不知怎么完成了猴子的维权代理，然后把大卫告上了法庭。

当时大卫就崩溃了，印度尼西亚的猴子，美国的猴权组织……自己可是英国人！这都是哪儿跟哪儿呀。

可是没办法，法律就是法律，大卫只好上法庭，替自己辩护。

他说："本案严重不对劲，你们找来的这只猴，呃，是只公猴，而我卖掉的猴子自拍照，是只母猴耶……都不是一只猴，你凭什么告我？"

但猴权组织岂肯罢休，一口咬定这是同一只猴，于是各种专家出场，在法庭上秀存在感。各种技术指标测试与验证……努力证明这是同一只猴子。

就这么没完没了的折腾，大卫疲于奔命地打官司，根本无暇谋生，渐而债台高筑，生活陷入窘迫。

四

官司打了整整两年。

最终，法官落槌："此案太不正经了，现在宣布，植物动物没有版权，大卫的行为不能算做侵权……但是，大卫同样也不能拥有猴子自拍的版权，所以那几张照片，大家都可以用。"

这官司打得，对方没赢，大卫也输掉了。

记者冲上前来："请问大卫先生，你对本案的判决有何看法？"

"……没有看法，"大卫哭着说，"我现在只想求各位老少爷们，给咱介绍个工作……我就是教猴子玩个自拍，招谁惹谁了？居然被搞到没饭吃。"

五

大卫究竟犯了什么错？

——他什么错也没犯，所以才错了。他遇到的事情，根本就不是个对错问题，而是如何迅速解决，回到自己的正常生活中来。但他咽不下这口气，努力想要证明对方错了，这恰中对方心意。实际上对方根本不关心对错，只是想拖死他，从而证明自己才是猴子的贴心人。

他执迷于对方的错误，为此失去了两年的人生。

刘振摘自作者微信公众号

@陈荷

历史上有名的“铲屎官”皇帝

女皇武则天：皇宫中一律不得养猫

唐朝后，开始兴起养猫、逗猫的风气。朝廷还将一对白猫当作珍贵的外交礼物，赠予日本。

一开始，女皇帝武则天特别喜欢猫，还在宫中豢养着一群从各地收集而来的极品名猫。

后来，武则天对猫的态度急转直下，不仅不再爱猫，还特别怕猫，甚至下了一条“皇宫中一律不得养猫”的禁令。为何武则天对猫的态度会发生一百八十度的大转弯？这当然是事出有因的。

据新、旧《唐书》记载，武则天被唐高宗立为皇后前，与王皇后、萧淑妃等人争宠恶斗。

武则天取得皇后之位后，利用权势遣人断去被废的王皇后、萧淑妃二人的手足，然后将之扔进酒瓮里浸泡。萧淑妃咽不下这口恶气，临死前曾凶狠地咒骂武则天说：“我落到如此地步，只因为武则天你太奸诈狡猾了。如果有来世，我定会化身为猫，而你则为老鼠，必定要报此血海深仇。”

以武则天当时的威风，其实大可不必对萧淑妃的咒骂认真。或许是害人者心虚，萧淑妃的话竟让武则天耿耿于怀，心惊肉跳。

在那之后，武则天经常梦到王、萧的冤魂真的变成猫咬断了自己的喉

4. 答案：其元宵节是正月十八，节日里，村民会再度高举抗英“三星令旗”。

咙。她实在是忍受不了这样的折磨，就下了宫中不准养猫的禁令。

明朝嘉靖帝：专门创办猫儿房养猫

如果说宋朝是我国养猫的井喷期，那么明清则是真正的发展期。

明宣宗朱瞻基曾画过一幅以猫为主题的画——《花下狸奴图轴》。画上，两只猫儿蹲踞于石下，有着宫猫特有的慵懒高贵气质，眼睛明亮而有神采，呼之欲出，惟妙惟肖。

后来，明朝宫廷里还出现了一个更狂热的“铲屎官”——明世宗嘉靖皇帝朱厚熜。嘉靖皇帝喜欢宠物猫的程度，跟明宣宗相比，有过之而无不及，到了登峰造极的地步。

正因为如此，有人戏称，嘉靖皇帝二十多年不上朝的原因，可能是因为沉迷于养猫，无法自拔。

为养好宫猫，嘉靖皇帝专门在宫里创办了管理机构猫儿房。

据太监刘若愚记载：猫儿房的首要职责是伺候好这些宫猫主子，其次，还要从这些宫猫中选拔出佼佼者，献给嘉靖皇帝。如果猫咪有幸被嘉靖皇帝看中，就能跟在御前御后，与天子同吃同住。没被看中的，则赏赐给皇亲国戚。

雪眉和狮猫是被嘉靖皇帝挑中的两只幸运儿。据古书记载，雪眉毛发卷曲呈微青色，双眼晶莹，双眉洁白如玉，狮猫颈部毛长、头大而耳短、两眼圆睁，不威而怒，形如狮子。

因为这两只猫长得漂亮又通人性，深得嘉靖皇帝喜欢。雪眉死后，嘉靖皇帝悲痛不已，几天不吃不喝。他将雪眉葬于万岁山，并立碑刻文，题名虬龙墓。

狮猫死后同样得到了厚葬，嘉靖帝命人用黄金铸造一棺材，将它殓入其中，还请大臣为它作祭文。侍读学士袁炜的祭文中，有一句“化狮为虎”的颂词大得嘉靖皇帝欢心。不久，袁炜被提升为少宰。

到万历年间，明朝宫廷里，由皇帝带起的这股养猫爱猫之风达到极盛。紫禁城里，随处可见猫的踪影。这些猫既活跃在御前，也在后宫妃子的怀抱里撒娇。

另外，那些被皇帝看重、宠爱的宫猫，待遇更是没话说，被加以职衔品位，称之为某管事或直呼为猫管事。

摘自《华西都市报》

图：小栗子

看完还想看？
扫码进入故事会百宝箱，精彩故事享更多

测西字

@郭启儒 讲述

有一位测字先生叫邵康节，六十多岁，对于测字很有研究。这天有个老太太问他说："我跟您打听打听，有个叫邵康节的测字先生，在哪个摊上呢？"

邵康节说："我就是。"

老太太说："噢，您就是那位邵先生啊？都说您测字测得灵着呢，我呀不信，那么今天我有点儿事，您给我测字，试试灵不灵。"

邵康节说："好吧，您抓一个字卷儿吧。"

老太太指了一个"酉"字儿："您就按这个字给我断测吧。"

邵康节说："您问什么事？"

老太太说："我呀丢了点东西，找不着，您给我测一测，我丢的是什么，能不能找得着？"

邵康节说："按这个字断，您这个东西能找得着。这个字是个'酉'（有）字儿，这个东西就丢不了。"

老太太说："那您再给我断断，我丢的究竟是什么？"

邵康节说："按这个字断，您丢的是五金之类的东西，就是金、银、铜、铁、锡，因为这个'酉'字儿，它属金。按十二地支排下来，十一月为子，十二月为丑，子丑寅卯辰巳午未申酉，酉正好是八月，八月的风为金风，所以说酉属金。"

老太太说："嗯，是五金之类的。您再给我断一断，我丢的是什么？"

邵康节说："按这个字儿字形来断哪，您丢的是一个金钳子坠儿。"

老太太说："对，是一个金钳子坠儿。您给断断：丢到哪儿了？"

邵康节说："没丢，因为您这个钳子坠儿不大，让鸡呀给吃了。申猴酉鸡嘛，这'酉'字儿在十二属相里就是鸡。您家有小鸡儿没有？"

老太太说："有哇。"

邵康节说："您把这只鸡宰喽，这个钳子坠儿就在鸡嗉子里头哪。"

老太太说："好嘛，我养活着两百多只鸡哪，我为这一只钳子坠儿，我把鸡都宰喽哇？您给我断一断，究竟是哪只鸡吃了？”

邵康节说：“您这两百多只鸡，不能都在一块儿养着吧？”

老太太说：“我那院子大，四面都是鸡窝。”

邵康节说：“那就行了。在您院子西边儿的鸡窝里，有只鸡给吃了。因为西方属金。庚辛金嘛。”

老太太说：“西边鸡窝里头也有五十多只，究竟是哪只鸡给吃了？”

邵康节说：“按五行来断，金色属白。东方甲乙木是青的，南方丙丁火是红的，北方壬癸水是黑的，中央戊己土是黄的，西方庚辛金是白的。是让一只白鸡给吃了。您到家找着这只白鸡，不要有一根杂毛儿的，就把它宰喽，如果没有钳子坠儿，我连钳子坠儿带鸡全赔您。”

在这时候旁边有不少围着看的。老太太说：“好吧，诸位，你们听见了没有？我这就回家宰鸡去，若没有这钳子坠儿，邵先生说了，连钳子坠儿带鸡一齐赔我。我明儿这时候来。你们诸位若没事儿，明儿来看热闹来啊。我也不给您钱啦。有什么话都明儿说吧。”

老太太到家之后，在西边鸡窝里找出了一只白鸡，一根杂毛儿都没有，就给宰了，一掏嗉子，哎，这钳子坠儿真在里头呢。

老太太心说：“这位邵先生真有两下子，测得怎么这么灵啊！得了，我不是也没给人家钱吗？把这只鸡炖了吧，再打一壶酒，谢谢人家。”

到了第二天，老太太端着鸡拿着酒就来了。老太太说：“借光借光！邵先生，您给算得可太灵啦！我这钳子坠儿真让这只白鸡给吃了。得了，钳子坠儿我也找着啦，这只鸡也炖了，这儿还有一壶酒，请您收下吧。”邵康节也不客气，把东西都收下了。

看到邵先生给人测了个“酉”字儿，又喝酒又吃鸡，旁边那个测字的一瞧，干脆把盒里的字卷全改成“酉”字儿了，心想：“万一测对了一个呢，也许也能又喝酒又吃鸡。”

过了两天，真有一个上他这儿来测字了：“先生，您给我测个字。”

“好吧，你抓一个吧。”

打开一瞧，是个“酉”字儿。没等人家开口，他就说：“你——丢东西了吧？”

客人说：“不错，就丢了点儿东西。”

他一听，不容分说：“你这东西没丢，让鸡给吃了。”

客人一听这个气啊！举起手来“啪”就给这测字的一个大嘴巴：“我丢的是扁担，鸡有吃扁担的吗？”

摘自中华相声网

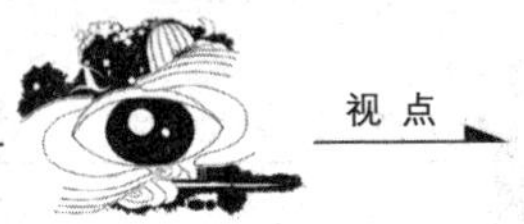

什么关

@ 李坤晓

迎　新

@ 李坤晓

5. 答案：《南京条约》，又称《江宁条约》，在此签订。

其实，我的生日在立冬

@陈若鱼

一

丁立夏被陈嘉尔放鸽子，已经不是第一次了。她望着不知所云的电影，嘴角勾起一丝自嘲的笑。只一句“我没空去了”，就放她鸽子，连一句解释都没有，还真是他陈嘉尔的作风。

尽管如此，每一次他约她，她还是忍不住赴约，甚至还在衣橱里挑选半天衣服，涂一涂很久不用的口红，赶去理发店洗个头发，还加五块钱吹个造型。

认识陈嘉尔那年，他还是个青涩少年。只是打她面前走过，就牵动了她的心。那时她也年少，是学校里最不起眼的女生，一颗芳心暗许，头破血流也要挤到他身旁。

她开始猛补从小学就不及格的数学，因为她知道陈嘉尔的数学年级第一；她开始猛攻英语，是因为陈嘉尔的英语烂到令人发指；她开始减肥，其实她并不胖，只是因为听说陈嘉尔喜欢消瘦的女生。

半年的默默努力换来的是，她跟陈嘉尔终于成为数学的竞争对手，班主任让她辅导陈嘉尔英语，她163厘米的身高，瘦到只剩80斤，而陈嘉尔也终于对她另眼相看。

那年夏天，丁立夏终于靠近了陈嘉尔。因为她的辅导，陈嘉尔的英语成绩第一次及格，为此，他请她吃了

半个月的冰棍儿。她的生日从没告诉他，他却送了她一本想要了很久的英语词典。

“你怎么知道是我生日啊。”

“叫立夏的人99.9%都是立夏出生的。”他得意扬扬地说。

丁立夏“扑哧”笑出声来，默默收下礼物。由始至终她也没告诉他，可惜的是她偏偏是那0.1%，就那样任由陈嘉尔给她过了三年的假生日。

高二那年初冬，整座城市都被大雾笼罩。丁立夏坐公交车去学校，没想到途中出了车祸，公交车撞了行人，她和一车的乘客不得不下车。因为早高峰大雾加上车祸导致拥堵，她一辆车也打不到，只得徒步去学校。她只想着，反正事出有因，去晚了老师也没什么可指责的。索性，她慢悠悠地去吃了碗云吞面，又去公园转了一圈才去学校。老师自然没说什么，倒是陈嘉尔竟然没在，问同桌说他早自习好好的突然跑了出去。

到第二节课，陈嘉尔才回来。他满头大汗地跑回教室，目光落在她身上，仿佛深深地松了口气，肩膀也耷拉了，走到她身边仔细打量了一番。“你没事吧？”他问。

丁立夏的心一顿，想必他是知道车祸的事了，连连摇头。“你怎么知道？”她问他，他看了她一眼，什么也没说。第三节课他因为早自习翘课，被老师点名杀鸡儆猴，丁立夏问他做什么去了，他胡乱地敷衍说是给隔壁班花买早餐去了。哦，丁立夏的心顿时凉如寒夜。

二

高考前的模拟考试，陈嘉尔的英语已经进了全班前十。丁立夏假装不经意地问他的高考志愿，他说：“上海外国语大学，你呢？”

“不告诉你。”丁立夏嘴上卖关子，心里已经做好了决定。

可惜，最终陈嘉尔还是放了她鸽子，填完志愿之后她才知道他考取了北京外国语大学，而她填了上海外国语大学。她想跑去质问他，但听说隔壁班花也去北京外国语大学之后，忽然就明白了。

最初，丁立夏想读的是北京外国语大学，但为了他，她瞒着家人选择了跟他一样的学校，他却跟别人跑路了。

以至于陈嘉尔打电话来问她为什么没报北京外国语大学的时候，她生气地挂了电话。那天晚上她关了手机彻夜未眠，想起高中三年他们说好一起去爬山，她在山脚下等了一个小时他才说他起床晚了；说好一起去游泳，他却跟家人去吃饭。这些都无所谓，

就是爱历史（近代）6. 英法联军发动的第二次鸦片战争的最大赢家是谁？

但是高考志愿这种事他竟然也放她鸽子。

那天开始，她就没有再接过陈嘉尔的电话，但是大学开学前，他约她吃饭，她还是去了。两人坐在小餐馆里闷头吃饭。吃完出来，夏风猎猎扑面而来，他们站在街边，陈嘉尔忽然像从前那样搭上她的肩。“去了大学可别这么老实，好好学习，好好……恋爱。”他说。

丁立夏顿了顿，只觉得心里一阵发酸，但还是点点头：“你也是。”

第二天，她去了上海，他去了北京。她决定要忘了他，所以减少了跟他的联系，唯有每年立夏，她会收到他的生日祝福短信。她一直都没有告诉他，其实她的生日是在立冬，因为家人说立冬像男孩的名字，所以取了相反的“立夏”。

三

大学毕业后，丁立夏留在了上海。陈嘉尔突然跑来上海求关照，是一个月前的事。她到机场接他时吓了一跳，22岁的陈嘉尔一股意气风发的姿态站在她面前。“为什么来上海？”她问他。

“北京混不下去呗。”他笑得贱兮兮。

奇怪的是，多年未见，竟也没有丝毫疏离，相顾无言时也不觉得尴尬。陈嘉尔照旧搭上她的肩，她浑身一颤，望着他的眼睛，心一寸寸地热起来，这一刻她才知道，她以为早已忘了的人，其实还在她心里赖着。

一周后，丁立夏帮他找了房子，作为回报，陈嘉尔说请她看一个月电影，但没想到第一天就犯了老毛病。

从电影院出来已经很晚了，丁立夏沿着长街慢走，她仍不死心地看手机，还是没有任何消息。丁立夏在凌晨前才回到公寓，刚踏进楼道就听见有人叫她的名字，声控灯应声亮起，只见陈嘉尔站在楼梯上，手捧一大束俗气的红玫瑰：“丁立夏，生日快乐。”

这时，窗外凌晨12点的钟声敲响，丁立夏忽然就明白了，他不是放她鸽子，而是去准备生日礼物了。下一秒，陈嘉尔忽然跟她表白了：“丁立夏，我喜欢你。”

丁立夏身形一顿，这一切来得太

快，只听见陈嘉尔的深情告白。他说，他不知道什么时候开始喜欢她的，去帮隔壁班花买早餐是他瞎掰的借口，实际上他一路跑去车祸地点只为了看她有没有事；他听她同桌说她想考北京外国语大学，所以临时更改了高考志愿；他还说，一毕业他就跑来上海找她，不是北京混不下去，只是因为北京没有她。

丁立夏怔怔地仰头望着他，整颗心都沸腾了："那为什么放了我那么多次鸽子？"她一脸委屈地问。

陈嘉尔只说，每一次都有原因的，爬山那次其实是生病了不想让她担心；至于游泳那次是因为他根本不会游泳又不想在她面前丢面子，只好撒谎说去不了。

声控灯忽然灭了，终于，陈嘉尔鼓起勇气，紧紧地拥住了丁立夏。黑暗里，丁立夏在他怀里忽然间泪流满面，她整张脸埋在他的玫瑰花里，她第一次发觉原来玫瑰那么好闻。

步步清风摘自《伴侣》

题图：豆薇

6. 答案：沙俄，以"调停有功"自居，胁迫清政府割让150多万平方公里的领土。

我在国外的一个 Party 上 打开了一包榨菜

@ 李镜合

三月份的时候系里一教授退休，办了一个 Potluck Party（一种聚餐方式，主人准备场地和餐具，参加的人必须带一道菜或准备饮料），老外爱烘焙又爱生吃蔬菜，会拌沙拉，这种场面当然应付自如。

说到地域特色，北美基本各地大杂烩，墨西哥和意大利食物头牌，因此特别期待我们这些少数族裔的学生。我是中国人，但我不会做饭，就会猛火炒菜。我炒出来的一般都是倒胃口的卖相，不能给中华料理抹黑，还不如不做是吧。

直到这次我在一个华人杂货店发现了正宗地道乌江涪陵榨菜，我赶紧买了三包，一共 1.85 美元。

我把它们揣在怀里，像楚人怀璧、胡人献宝、三蟾探珠绝不失望。我记得那天天很冷，但我的心是热的，要给祖国争光了，怀里顿时有了一张国产原创核弹设计图的重量。

Party 那天我记得是周三下午，我故意晚到半个小时。Party 主角——那位退休教授已经致辞完毕，说：“谢谢大家，欢迎大家，大家请自便。”

话音刚落，人群散开准备去桌子上寻找食物的刹那，我大喊一声：“慢！”然后在众人的注视下，走到桌子中间，把一个汤挪开，从兜里小心翼翼掏出来一包乌江涪陵榨菜，平躺放好。扭头对大家说：“看！这就是我今天带的食物。”

刚散开的人群迅速聚拢了过来，如同米兰教堂前的鸽子，看到有人又在地上撒了一把米。犹疑、好奇、打量、猜测和小声议论，完全不出我所料。

我又回头看了下白色包装红色字体的乌江涪陵榨菜，在一群五颜六色的食物中间，浑身上下散发出一种无形的气场。

我走到桌子旁边，拿起榨菜，像拎起一件商周玉器，众人惊呼，怕我摔了它。我先正面捧在胸前，环绕展示，又双手高举，再次环绕展示。

我指着包装上的名字，一字一句念出来：“乌——江——牌——榨——菜！”然后接着汉字下边的汉语拼音和英文，又重复了一遍，“wujiang brand zhacai。”

一帮老外全听懵了，被这种拼音和英语混搭的命名方式蛊惑住，像意大利南部或者法国中部某个作坊出产的手工制品，名字拗口，但传承已久。一种厚重的历史感和精致的气息在室内堆叠和膨胀起来，余音绕梁，不绝于耳。

每个人开始经受第一遍洗礼，脚背和脊椎放松，感受到一种从天空最高远的地方传来的声音。如果有一种东西听起来就很好吃，那么一定是乌江牌榨菜了，就像听了“酸梅”这个词会口舌生津一样，在这个 Party 上，乌江牌榨菜毫无疑问从名字和声音上就已经引人垂涎。

我指着商标 logo，一艘帆船在水面上，下边两个字“乌江”，高贵的蓝和纯洁的白。“帆船和水”，我对一众老外说：“乌江，长江上游南岸最大支流，全长 1037 千米，流域面积 11.5747 平方千米。”

我又重复了一次乌江的长度和流域面积，总结道：“体积小，重量轻，轻便易携带，上山下海，把玩品瞻。长方形，切脚，复古工业设计，毫无余赘，字体印刷和颜色清爽，如生瓜断藕，清脆顺畅。”

和餐桌上看起来斑斓致毒的其他食物相比，涪陵榨菜就像纽约时代

看完还想听？
扫码进入故事会百宝箱，
朗读音频随你听

就是爱历史（近代）7. 哪位法国作家对英法联军火烧圆明园给予强烈谴责？

广场上最吸引人的一个留白，转换成千万注意力，勾人心魄。我看见众人脑袋跟摇头风扇似的追着我手里的榨菜转动。一些平时就啰嗦爱评论的老教授摩拳擦掌要开始展开一场18世纪法国上流社会沙龙似的品鉴了。

我立即打断："再看！"我开始语速飞快地播报配料，像技术台播报一些航空火箭导弹等科技精密仪器术语，每个人都不知所云，但又极度兴奋和期待。像面对第一艘下海的潜艇，第一条出航的航母，第一次升空的宇宙飞船，一种狂喜和幸运，自豪于人类对食物原材料这样兼具天赋和匠心的掌控。"伟大，不可思议，这些配料是如何发现的？如何这样完美地组合在一起呢？"老外纷纷发问，并吟诵《圣经·创世记篇》。

"全赐给你们作食物。重要的是！"我提醒窃窃私语和唠叨的人群，"它是'新一代健康食品'。零脂肪（饱和脂肪和反式脂肪），零胆固醇，碳水化合物总量只占1%。"

惊呼，不断地惊呼。这已经不在食物范畴了，无法定义和归类，一些对逻辑和概念有强迫症的教授已经抱头蹲在地上，一些正在减肥的跃跃欲试，还有一些心虚的已经悄悄把自己带的高脂肪和高热量的食物从桌子上拿回去藏书包里了。

"可以吃了，都准备好餐具。"我发号施令，不忘提醒他们，"不要着急，保质期一直到2018年2月呢。"我听见人群又是一阵赞颂。

室内很快排起一条长队，我说："都不要挤，人人有份，我带了三包！"

我小心翼翼撕开袋子，把榨菜丝挤出来放到一个大盘子里，然后用叉子向每人配发，人均五根，我心里估算。像是又回到上个世纪副食店门口凭肉票买五花肉的时代，我觉得我掌握着一种无上的权力，迎接或者拒绝每一个投向我的炽热或者谄媚的眼神。

我的老师们夸我聪明，课堂论文可以直接投期刊了，愿意写推荐信，几个上课曾经批评过我或者作业给低分的教授低着脑袋半蹲高举盘子，像是埃及壁画里在法老面前行礼的使者，感受着一种来自太阳神拉和荷鲁斯之眼的探视。我知道，他们心里已经屈服了，没有人能在乌江涪陵榨菜面前斗胆有任何要求，不是吗？

摘自豆瓣网

图：小黑孩

妻子的空位

@安越

他的妻子因为意外事故离开他身边已经四年了，他因为无法兼顾父母双亲的角色而备感挫折。

有一天晚上回到家，他只是很简短地和孩子打个招呼，就因为身体疲累，不想吃晚餐，脱掉西装之后就直接往床上躺下。

就在那个时候，“砰”的一声，红色的汤汁跟泡面瞬时弄脏了床单和被单，原来有碗泡面在棉被里！这小子真是的，他拿起一个衣架跑出去，往正玩玩具的儿子的屁股就打。

儿子边哭边告诉他，饭锅里的饭早上已经吃完了，到了晚上，见爸爸还不回来，他就在橱柜的抽屉里找到了泡面，想泡面吃，可是想到爸爸说不能乱动煤气，所以他就打开洗澡的水龙头，用热水泡了泡面，一个自己吃，另一个想留给爸爸吃。怕泡面凉掉，他就把它放在棉被里焐着，等爸爸回来。由于正在玩向朋友借来的玩具，所以爸爸回来忘了讲。

他难过地冲到洗手间，将水龙头打开，大声地痛哭。

过了好一阵子，他打开儿子的房门一看，发现儿子已和衣睡着了，脸上满是泪水，手里还拿着妈妈的照片。

从此，他更加用心地去照顾儿子。然而在儿子进入小学读书后不久，他再一次打了孩子。

7. 答案：维克多·雨果，称之为“两个强盗的胜利”。

那天老师来电话说，儿子没有去学校。他立刻请假回家，满世界找儿子，几个小时后在一家文具店的门口，看见儿子站在电动玩具前面，于是他生气地打了儿子，儿子并没有说出任何的理由，只说了声“对不起”。

一年后，他接到小区邮局的电话，说儿子把一捆没有写地址的信，恶作剧地放进邮筒里。

每年到了年底，正是邮局最忙碌的时候，所以这对他们造成很大的困扰。他立刻跑到邮局，领回了那一捆恶作剧的信，回家后把信丢到儿子眼前说：“你为什么要这样恶作剧？”

儿子哭着回答说：“这些信是我要寄给妈妈的。”

他的眼眶红了，接着问儿子：“为什么一次寄这么多信呢？”

儿子回答说：“以前我要把信投进去的时候，因为个儿太矮，所以没办法投入；现在我已经够得着了，所以我就把以前没有寄的，一次全部都投进去了。”

他听了以后，心中一片茫然。过了一会儿，他才说：“妈妈现在在天上，以后你写完信，把信烧了，就能送到天国去。”

儿子睡着之后，他打开了那些信，想了解一下孩子想跟妈妈说些什么，其中有一封信彻底搅动了他的心。

亲爱的妈妈：

我很想念你！

妈妈，今天在学校里有妈妈和孩子一起的才艺表演，但是因为我没有妈妈，所以就没有去参加，我也没有告诉爸爸，怕爸爸会想念妈妈。

结果爸爸到处去找我，但为了让爸爸看到我很开心的样子，我故意站在电动玩具前面。虽然爸爸骂了我，但是我到最后也没有告诉他原因。妈妈，我每天都看到爸爸对着你的照片发呆，我想爸爸也跟我一样，很想念妈妈吧！

妈妈，我现在已经记不清楚你的声音了。妈妈，请你让我在梦中，再一次能够看到你的脸，听到你的声音，好吗？

听说把想念的人的照片放在怀里睡觉，就会梦到她，可是，妈妈，我天天晚上这样做，为什么你还没有出现在我的梦里呢？

读完这封信以后，他号啕大哭。他不停地问：自己要怎样才能填补妻子的空位呢？

朱权利摘自《情感读本·道德篇》

图：豆薇

最奢侈的消费方式是买“我高兴”

@闫 红

小时候我家住在单位大院，住我家隔壁的李姨，经常被邻居们挂在嘴边。

倒不是她有多特别，她看上去非常普通，个头不高，皮肤微黑，头发总是乱乱地扎在脑后，衣服也都是灰色调的，骑一辆破旧的自行车来来去去，是最容易被淹没在人海里的那一类。

正因为她是如此寻常，她的生活方式，不，应该说消费方式才让诸位高邻觉得碍眼。

比如她有天下班回来，车篮子里躺着一只弯弯的金黄色的水果，别说孩子们好奇，大人见了都问这是什么。李姨解释说是一种热带水果，叫香蕉，又要掰给我们尝尝，我们当时虽然年幼无知，也知道不能轻易接受贵重物品，忙不迭地闪开了。

然后就见李姨的女儿小雨，拿着香蕉出现在门口，在一群小孩的围观下，她很奢侈地剥下外皮，细微的香甜进入我的嗅觉，之后好多年，我都觉得香蕉的香味很有高级感。

初见桂圆也是在李姨家，我分享了一个，桂圆的味道没有多特别，但那个乌溜溜的核多好看啊，像个宝物，我无法相信它是应该被扔掉的东西。

螃蟹上市的时候，他们家就吃螃蟹，那会儿还不流行大闸蟹，就是很小的河蟹。在我奶奶看来，没有比吃这种没什么肉的河蟹更不划算的事了，她总是叹息着：“就是吃它一个命啊，哪抵吃肉呢。”

他们家在饮食方面的投入，引起整个大院的诧异、窃笑与非议。我们大院里的人没这么过日子的，显得太好吃不说，最后连个响也听不到。我们大院的人更愿意把钱攒起来买家用电器，谁家是大院里第一个买电视机的，谁家是第一个买冰箱的，谁家是第一个买洗衣机的，全大院的人心里都有本清账。把钱花在这上面，多有面子。

李姨家没有这些电器，连像样的家具也没有，也不完全是因为李姨败

就是爱历史（近代）8. 第一次在南方兴起而波及全中国的农民战争是哪次？

家，她丈夫也不是个会过日子的人。

她丈夫我们喊作张叔，在我们大院的男人里，也是个非典型。印象中他是个电工，大人们说他收入也还可以，但他却不给李姨一分钱家用。弄点钱，就去街上小饭店里叫俩凉菜，喝个小酒，能拎一包卤菜回家，就算他有心了。而李姨对此不管不问，一家三口共同出现时，还是一副其乐融融的样子。

这样两个人，自然过得家徒四壁，大人提起来都摇头，觉得他们的日子太失控。我们小孩，却一直有点羡慕小雨。

我们都上小学之后，我和小雨成绩都一般，但我爸妈明显比李姨着急多了。尤其是暑假刚开始那几天，大家坐在巷口那户人家的竹榻上乘凉时，总有人主动谈起自家孩子成绩，其他人一边啧啧赞叹，一边分出余暇来，含嗔带怨地瞥上自家孩子一眼。我妈还会额外加码，伸手推我一下，我从那力道里感觉到我妈内心的失衡。

李姨则不同，她只是笑笑，是打心眼里不当一回事，她的这种淡然无疑令那些成绩优秀的孩子的家长扫兴。李姨走后，我听到她们对她深切的同情："找个男人是那样，小孩又是这样，她这命真不好。"

之后我们陆续都搬离了那个大院，我不再听到和李姨有关的消息。十几年过去了，有天，我爸说："你知道吗？小雨现在跟她对象一块儿卖牛肉汤呢。"

我听了很是吃惊，我爸解释说，小雨后来上了技校，认识了一个男同学，两人毕业后都找不到工作，正好男方家里是卖牛肉汤的，两人干脆帮家里做生意去了。又过了几年，我爸对我说，小雨家的牛肉汤已经风靡全城了，还开了好几家连锁店。

我曾见年入数百万的人，被贫穷感一路追击，张皇失措，不知所往，也有李姨这样的人，心安理得，怡然自足，谈不上富有，但绝对不贫穷。她是结结实实地"把钱都花在了自己身上"，别人买东买西，她只买一个"我高兴"，这才是真正奢侈的消费方式。

火箭熊摘自作者微信公众号

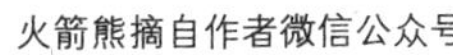

【讨论区】本文实际上讨论的是：最值得的消费方式是什么？作者认为千金难买我高兴，钱是为人服务的，而不是奴役人的；但钱在大多数国人的传统观念里，仍然是为之奋斗的目标，只知道赚钱不懂得花钱。对此你怎么看？欢迎扫描加入"故事会文摘"读者圈，参与讨论。

老师的功夫

@刘春晓

上学的时候，老师问我："你长大的理想是什么？"

我是山东威海人，用家乡话说："美女和金钱。"

老师马上说："别说了，多庸俗。"

旁边有个小胖子，叫春明，站起来说："老师，我的理想是爱情和事业。"

老师一听，说："你看看，这就是我要的答案。"

其实，美女和爱情、事业和金钱，在某种程度上，没有差别。这就是不同的表达会带来的不同效果。

直到我上大学的时候，遇到我们系主任，方才觉得表达方式对一个人的工作更加重要。

上宪法课，老师提了一个问题："我们国家的根本大法宪法，它的结构特点是什么？"

通常情况下，一个问题提出来，无非三种答案：第一，不会；第二，会；第三，介于会和不会之间。无论是哪一种，我们老师都能滴水不漏地给你接起来。

"宪法的根本特点是什么？"老师点了我的名。

那天，我没准备，就说："对不起老师，我确实不会。"

"来，掌声！这就是我要的学生！为什么？因为做人诚实，这个比会不

8. 答案：太平天国。

会更重要。”

“好，第二个，高亚伦。”

这个东北的兄弟，比较浪漫，他站起来说：“老师，我觉得吧，宪法的特点有很多，最大的特点就是结构比较严谨。”这不是废话吗？宪法结构不严谨，能成为宪法吗？

老师说：“掌声。我要的学生就是要有创新思维。书上怎么说不重要，自己怎么说才是最重要的。好，鼓励一个！”

第三个，一个女学霸站了起来，将宪法的特点全部背了出来。老师说：“看到了没？这就是我要的学生。做学问，相当严谨，有一不说二，来，掌声！”

我讲到了这里，大家可能觉得老师不得了，会的，不会的，头头是道的，都能给抬起来。

还有没有更神的呢？就在我们三个站起来回答问题的时候，旁边就有个体育系的，听不懂呢，就在课堂上睡觉，哈喇子都流了下来。结果呢？老师走了过去。当时，很多学生就想看热闹。

结果，老师过去以后，轻轻地推了一下这个学生。这个学生站起来，很壮。“干什么？”

老师说：“这位同学，虽然我不知道你叫什么，但我建议现在的每一位同学，给他一个热烈的掌声！”

我们以为老师是要讽刺他，但其实不是。我们老师说：“对于一个老师来说，最大的尊重，就是来自于学生。这个学生在这么艰苦、这么困难、这么困的情况下，还能来坚持上我的课，我认为，这就是最大的尊重。再次给他发自肺腑的热烈的掌声！”

嘿，这老师真会说话啊！

杨子江摘自《特别会说话》新世界出版社

图：小黑孩

憨蛇弯弯

@雨 街

《故事会》文摘版伴我走过人生路

雨街

弯弯不知道自己憨。比如现在吧，天上正下雨呢，弯弯就不知道躲，而是像搞不清怎么回事似的，腹部像一根竹竿搭在前面的石头上，椭圆形的脑袋直直地向上翘着。雨水不停地打在他的头上，可他就像感觉不到一样。天空一道闪电落下，那雨水更大了，而弯弯身子竟然向上一蹿，像一条鱼一样随着暴雨，甩着尾巴不停地向上，向着闪电的方向游了过去。

弯弯一定认为那闪光的是他的同类，他也要像他的同类一样银蛇狂舞，但他忘记了，雨总有小的时候，雨小了，雨的密度不足以再托起弯弯的身躯，他就像一条被乌云抛下来的草绳，瞬间就掉在了一棵高高的波巴布树上，而且正掉在大冠鹫的窠里。

弯弯吓了一跳，条件反射似的盘成一团，只露出半截脑袋打量着四周。树上很静，只有树叶上的雨水顺着叶脉向下淌去，落到贮水塔一样的树干上，那树干就像海绵一样，转眼间就把雨水吸到里面去。

弯弯伸出蛇信子，没嗅到大冠鹫的气味。他甩了一下尾巴，绷紧的身子就像放松了的弹簧，一下子由里到外地在松散开来，只有蛇头高高地举起来。然后弯下头，用鼻孔的前端在一枚卵上触了一下，那卵在发出细碎的裂纹声的同时，还向前滚动起来，弯弯逆势把身子挡上来，那枚卵碰到了弯弯的躯体，前后晃了晃，就像卵里有一双翅膀，正跳着脚似的要向上飞翔一般，弯弯慢条斯理地张开大嘴，欲把那枚卵整个地吞下去。

可大冠鹫的卵明显要比弯弯的口腔大多了，但弯弯仍执着地要把那卵吞下去。只见他嘴上的肌肉先是失去了弹性一样，然后，下巴又像被放下的吊桥，搭在那枚卵之前，颈部也向躯体里缩进去一大截，整个蛇嘴就如同从长布袋之中长出来似的。

那枚卵向弯弯的口中一点点走去。原来，弯弯正收缩口腔内的肌肉，在外界看来，他的口腔好像有了吸引力似的，等那枚卵从口腔中吞进大半后，弯弯就地一转身，先翻过身子，再转过头部，然后头部平躺一下，再慢慢向上抬起，那样子，就像一条蛇在做仰卧起坐似的，而那枚卵也在这种独特的运动方式下，被吞进了肚子里，如此一来，弯弯本来匀称的身躯一下子从中间鼓起来一个疙瘩。

如法炮制，弯弯又吞下窠里另外两枚卵，身体内就有了三个鼓鼓的大疙瘩。

弯弯很满足，身子沿着窠边一圈一圈地转着，蛇头偶尔会探出去，向下张望一下。就在这时，空中传来两大冠鹫的“忽溜、忽溜”的长啸声。

弯弯心里一惊，猛地抬起头向空中望去，只见一雄一雌两只成年大冠鹫一前一后在空中盘旋着，这是他们发现猎物后的表现。突然，两只大冠鹫向相反的方向飞去，然后又猛地掉转身体，收拢起翅膀，整个身子像一张蓄势待发的弓箭，呼啸着扑向地面，对地面的猎物形成了前后夹击。

雄大冠鹫在贴近地面的刹那，身子猛地一倾斜，面向地面的那个翅膀在张开的瞬间，斜着向前扇了一下，地面上的草也随之向前倒去，而隐藏在草丛中的那条身长两米多的黑曼巴蛇，身体像由两个S叠加似的向上竖着，蛇头也随着雄大冠鹫翅膀的劲风，向前倒去，也就是在这条蛇倒下的同时，雌大冠鹫的爪子一下就抓到了他的颈部，并随之飞上高空。

黑曼巴蛇在雌大冠鹫的身体下扭动着，长长的蛇身也借着惯性一次又一次地像鞭子一样向上抽去，雌大冠鹫扑腾着翅膀，左闪右躲，而雄大冠鹫像猛地拔高一样，只几个上跃，就飞到雌大冠鹫下方，在与雌大冠鹫交叉而过的瞬间，身子翻转，爪子向上一抓，死死地抓住黑曼巴蛇的尾巴，加之两只大冠鹫是逆向而飞，黑曼巴蛇的身体就如同拔河用的绳子，“嘭”的一声被绷得紧紧的，向前飞去的力被阻止，而且还被反射回来，如果不及时阻止，两只大冠鹫就会在空中高速撞击在一起，造成死伤，雄大冠鹫对此似乎早就胸有成竹，只见他的另一只利爪在黑曼巴蛇身上只是划了一下，那黑曼巴蛇就应声断为两截。

弯弯吓坏了，本来刚进完食，身子疲倦，想进入休息状态，此时他哪里还敢懒惰呀，逃命要紧呀。弯弯就像树上淌下的一股溪流，转眼间就没入树下的草丛，他紧紧贴着地皮快速地爬行着，而两只刚刚捕获猎物的大冠鹫也回到了自己的窠穴里，只见他们缓慢地向上反拍着翅膀，长长的爪子直直地伸向窠里。

但雄大冠鹫的爪子还没落入窠中，向上反拍的翅膀便向下狠狠拉去，隐藏在翅膀中的脖子一下子凸显出来，长长的，就像刺向空中的一把利剑，两只尖尖的爪子并排着猛地向前一伸，然后又向后用力蹬去。茂盛的波巴布树也向后晃了一下，随着“滋咕”一声长啸，雄大冠鹫向空中扑去，而雌大冠鹫也像雄大冠鹫的影子，如影随形。

弯弯头也不敢抬，身子画着曲线，逃向自己的洞穴。还好，自己的洞穴距波巴布树不远，眼看快到自己的石头城堡了，两只大冠鹫发现了弯弯的身躯。他们的眼睛在冒火，向内弯曲的喙像是要把阻挡他们向下飞扑的风也划破了似的，发出尖锐的破裂声，而他们巨大的身影，就像从天上罩下两个黑漆漆的斗篷，转眼间就向弯弯的身上罩了过去。弯弯弯曲的身体猛地拉直，“嗖”的一声滑入石缝之中，即便如此，还是晚了一步，细细的尾巴被大冠鹫踩个正着，同时大冠鹫还用尖利的喙叼住弯弯的尾巴，想把弯弯从石缝之中拖出来。而弯弯哪里肯就范，他宽大的腹鳞依次竖立起来，死死地抓住地面，并借助肋骨产生的推力，向前挣扎着。

几经努力，弯弯占了上风，只听“哧”的一声，弯弯的尾巴上硬是被脱掉了一层皮。大冠鹫一愣神，就觉得爪子下空了，低头一看，爪子下除了薄薄的一层蛇皮，哪里还有弯弯的踪影。

9. 答案：中国第一艘轮船、第一所兵工学堂、第一批西方书籍、第一批赴美留学生。

两只大冠鹫蹒跚着迈上乱石堆，偶尔会斜着眼向石缝里张望，或者用爪子扒一下石缝。蛇的浓烈的气味从石缝中飘散出来，但他们毕竟没办法把弯弯从石缝中掏出来，只是无奈地在那里悲鸣着，偶尔还会边扇动翅膀，边跳脚。直到从云层中时隐时现的夕阳像漂浮在远远的那条河流上，并随河流远去，两只大冠鹫知道再也找不回他们的孩子了，才从乱石堆上跳下来，一步一步向家的方向走去。

逃脱两只大冠鹫追击的弯弯痛苦极了，最痛苦的不是他的尾巴被大冠鹫的利爪扯下了一层皮，而是吞进肚子里的一只卵怎么也摔不碎，但他还是不停地往石壁上撞击着，他的身边是他刚刚吐出的另外两只卵的破碎的外壳，而肚子里这一个卵，感觉越来越硬，坠得肚子疼痛难忍。直到这时他才明白，圆圆的东西不一定都是卵，还有石头，而这块像是卵的石头，是雄大冠鹫的枕头。

原来大冠鹫也会像乌鸦一样，睡觉时，喜欢枕在一块凉凉的石头上面。等弯弯明白了这些之后，他不再挣扎，现在他所能做的就是等夜深人静之时，拖着笨重的身体，去远远的那条河流的上游，那里的泥土富含碱性，他只有吞入大量的碱性泥，增加腑腔中的润滑程度，再通过反刍，把吞入腑中的那块石头吐出来。

夜幕升起来了，弯弯拖着肚子里那块石头来到那条河流的上游，他慢慢吞进一些含碱性的泥水，慢慢收缩肋骨，推动着那块石头向口腔运动，同时把嘴张得大大的。他多希望那块石头快一点从口中滚出来呀，他努力着，努力着，并等待着一个奇迹的出现！

摘自作者新浪博客

【作者简介】雨街，原名刘兴华，河北日报集团记者，衡水市作家协会副主席。他曾获中国年度最佳短篇小说奖、中国年度最佳散文奖、第二届中国当代诗歌奖、第二届河北省十部好书奖等奖项。曾出版《狮王科特》《棕熊哈根》《蟒蛇巴布》等多部动物小说。其作品先后被多家出版社收入“动物小说精品选”“中外动物小说精品选”“中国动物小说品藏书系”等书。

其最新力作——《蜜獾莫尼》《小象彼克》《章鱼拉尔》等三部动物小说，将由上海故事会文化传媒有限公司和上海文艺出版社联合推出，敬请关注！

看完还想听？
扫码进入故事会百宝箱，朗读音频随你听

新西兰机场经历『犯法区』

@紫贝

新西兰机场，一个穿制服的女人让我跟她走，走到头，指着靠墙的长凳子说："坐那儿吧，海关官员一会儿过来。"看到凳子的同时，我看到墙上的大字："Crime Zone"，血红。这是进机场的"犯法区"了，还好，有凳子坐，对我也和气，没有厉声呵斥蹲下。我木木地坐下，不是吓呆了，是乏呆了。

太累了——我当时正在澳大利亚旅游，出发前我也许只睡了个把小时，或者似睡非睡，根本没有进入恢复阶段。在这之前的四五天中，每天也是大概五个小时的睡眠，连日奔波，师老兵疲一触即溃，这似睡非睡的个把小时是封穴一击，把我打得呆若木鸡。

且说我昏头涨脑飞四个多小时从墨尔本抵达奥克兰，出关走"Smart Gate"。这个好，无人把守，正不想说话，把护照放机器上，手指触屏回答问题，拿上它吐出的通行证走人。还剩检查行李最后一关，先生的室友已经等在出口外准备请我们吃饭。走到闸门，穿制服的人戒备森严，如临大敌。夸张的大牌子和标语上写的是："最后的机会！""扔了，还是受罚？"我扫了一眼标语牌子，把手袋放上检查带，昂首走过闸门。走过去等手袋过关，一个穿制服的人问："这是谁的袋子？"我上前认领。他说需要打

开检查。查吧。他从袋子里拿出一个芒果，就这样，我被带进“犯法区”，那个芒果，被我彻底忘了。

临出门前，我看到桌上有个芒果，随手放进手袋里。半夜三更起床的胃口像挑食的孩子，哄着也只喝几口水，途中我一定需要水果。

怎么把这个芒果忘了？呆若木鸡了呗。我坐在凳子上等海关官员，不急不行，醒醒，“犯法区”了，好不好。一会儿见了海关官员，我应该强打精神，顾盼相迎，还是黯然低回，痛心疾首？

20分钟后，海关官员终于开门出来，两米多高的个子，花白头发，有些刚忙完其他事的匆忙，倒是比迈着四方步的大摇大摆少了衙气。他带我们到旁边的柜台前，把胳膊放柜台上，上身半伏问我：“这芒果是在你手袋里发现的？”明知故问，但我知道那是程序，他必须听到我承认。

“你们来新西兰做什么，准备待多久？”

“旅游，大约十天。”

他让我们拿出护照，敲进电脑检查，回来还是伏在柜台上，说：“为什么把这个芒果带进来？你在飞机上应该得到资料，新西兰禁止肉、蛋、水果、蔬菜等生物食品进关。还有，你没有看见那边的大牌子和标语吗？”

我老老实实回答：“我知道新西兰的规定，我把这个芒果忘了。凌晨两点钟起床赶飞机，没有吃任何食物，我准备在途中吃了它，但是忘了，我不是有意把它带进新西兰。”

他重复我的话：“你忘了？”一边打量我，我面无表情。“我相信你的话，”他说，“但这事非同小可，不是小题大做，几年前有人从澳大利亚带进来一只携病菌的橘子，害得新西兰政府花费了上千万新元，所以我们三令五申，严加管制。”他说着拿出一纸公文：“我们必须按规定处理，这上边有四种方案，你可以任选一种，好好读读，想好后告诉我。”他留下那纸公文，转身走进门里。

我看着他身后关上的铁门，有些泄气，到底要被砍一刀了，他们擅长穿越于冰火两重天，在和颜悦色的热与照章办事的冷之间游刃有余。我和先生回到凳子上看公文：第一，交400 新币罚款完事；第二，两周内交上400新币罚款，网上付也好，打电话交也行，接受邮寄支票，不拒绝亲自送钱；第三，提出申诉，两周后开庭；第四，不交钱，也不申诉，等新西兰高等法院的裁决。看了两遍，第三条首先出局，没有两周时间上法庭。第二条也是多此一举，既然痛，长痛不如短痛，干脆现在交给他400大洋，有敢于忘记的豪气，就应该有敢于承担的勇气，省得在以后的旅途中被这段不了公案冷不丁蜇一下，怪不和谐的。

他从门里出来，把我们叫到柜台前，还是那个姿势，胳膊放柜台，上身半伏："看明白了吧，选哪条？"

我说："第一条，交罚款。"

"很好，"他认真地说，"这是你自己的选择，我没有告诉你选哪个，你有选择其中任何一条的权利。"他好像在强调"任何一条"。

我和先生对视一眼，突然有些顿悟，问他："如果我选第四条，高等法院最坏的判决是什么？"

"400新币罚款。"他认真地回答。

当年陈胜吴广没有选择，逃跑、造反都是死，干脆反了，我这明明有生机，干吗当场就义，真是呆了。于是对他说："我改变主意，选第四条。"

"很好，"他说，"你有权选任何一条，这是你自己的选择。"他重复一遍刚才的话，又说，"签个字，你们可以走了。"好喜欢他这样办差，认真。转身就走出"犯法区"。

秋去冬来，没有见到来自南半球的罚款通知。春也走，夏又至，我差不多把新西兰高等法院的裁决忘了。偶尔腹念：大概是免罚了，虽然裁决权在最高法院，有没有一种可能，那个经验丰富的海关官员，看在我是良民和态度诚恳的份上，有意无意以教育为主呢？

我给自己总结：出门旅游遇到这种事，要冷静诚实，陈明原委，有错认错。更重要的是，接受教训，面对法规条文时，不论巨细，不能呆头呆脑犯糊涂。

摘自《文汇报》

图：陈明贵

【小贴士】经常出国游的筒子们看过来！2017年6月1日中国海关新政策规定，5种入境行李将不予放行，分别是：1.旅客不能当场缴纳进境物品税款的；2.进出境的物品属于许可证件管理的范围，但旅客不能当场提交的；3.进出境的物品超出自用合理数量，按规定应当办理货物报关手续或其他海关手续，其尚未办理的；4.对进出境物品的属性、内容存疑，需要由有关主管部门进行认定、鉴定、验核的；5.按规定暂不予以放行的其他行李物品。

出国旅游，也要尊重其他国家的出入境规定，以免出现不必要的麻烦哦！

看完有话说？
扫码进入故事会百宝箱，
百万书友陪你聊

 10.答案：曾国藩长子曾纪泽《中俄伊犁条约》收回伊犁，但仍属不平等条约。

三楼，够朋友

@李日月

雪子今年上二年级，住在五楼。小区没有电梯，上下楼必须走楼梯，但好处是这里有她最好的朋友——住在三楼的直子。但是最近，直子的爸爸因为工作调动，全家搬到很远的地方去了。

对身为独生子女的雪子来说，直子就是她的亲姐妹。每次从三楼经过，她都会想起直子，感觉孤独。过了不久，三楼搬来了新住户。

第二天，雪子下到三楼时，看见门前贴上新的户名，写的是“田中”。田中一家三口人，父母都很年轻，有一个两岁上下的男孩。

雪子失望极了，因为不可能跟两岁的男孩一起上学，一起玩耍。

第二天，雪子放学回来，在田中家门前停下脚步。接着，她伸出食指狠狠按一下门口电铃的按钮。“叮铃铃……”门铃声骤然传向房门内侧，雪子慌忙跑上楼。

到了五楼，雪子气喘吁吁，大张着嘴巴，一个劲“哈啊哈啊”，不停地抚摸胸口。顺利逃过，没有被田中婶婶发现，雪子心情好轻松。但她的胸膛炸裂一样咚咚剧跳不已。以后每天放学回家经过三楼她都偷偷按响田中家的门铃，然后再猛跑到五楼。

这给田中一家带来很大麻烦。门铃响，田中婶婶就开门看，每次都没有人影。男孩在睡觉的时候，门铃一响，往往会被吵醒。这样的事情接连持续了一个月。田中婶婶为此心烦意乱。尽管门铃一响，她马上开门，但只能听到有人匆匆向楼上奔跑的声音。所以，她想，一定是楼上的孩子做的恶作剧。

今天，雪子正要朝门铃上伸手，却发现和以前不一样了：在门铃旁边贴上了一张白纸，上面满满地写着："很喜欢淘气的孩子，以后来我家玩吧。婶婶。"

"哎？"雪子不禁笑了，而且，她再一次确认了白纸上写的字。

"婶婶真没生我的气呀。"雪子有一种放下心来和深深的遗憾交织在一起的心情，木然地持久呆立在白纸跟前。

就在这时，从楼下传来"咚咚"的脚步声。有人上楼来，是田中婶婶。她左手挎着一只看上去很重的菜篮子，右手紧紧抓着小男孩的手。雪子慌张地要往楼上跑。

婶婶大声说："雪子，等一等，不来我们家坐一下吗？我买了烤家吉鱼，我们一起吃吧。"

雪子回头看见婶婶正朝她微笑。雪子喜欢吃烤家吉鱼，怎么办？也可能会因为按门铃的事被呵斥呢，怎么办？雪子正犹豫不决时，小男孩用力拉开了沉重的房门说："快请进！"说着，用小手示意进入。

雪子决定豁出去到房间里看看。雪子在门口迟疑间，田中婶婶在里面爽快地说："快进来，快点！"

婶婶把热乎乎的烤家吉鱼分别递给雪子和男孩子，说："还有一个是留给婶婶的。"说着，从口袋里拿出烤家吉鱼大口地很香地吃起来。

在这样的气氛中，雪子的身体和心头温暖而放松："婶婶，我要跟你道歉。"

"什么？"

"那个，我做了讨厌的事。"

"啥，什么讨厌的事？"

"门铃，我按了门铃就跑……"

"哦，那是雪子、雪子干的呀。"

"是我，真对不起。"

"算了，算了！不过，以后可别再跑了，来我家玩好了。"婶婶微笑着说。

雪子的脸上漾起坦然的微笑。

摘自《文学少年（小学版）》

图：恒兰

文摘版编辑部邮箱

编辑部：wenzhaiban@126.com；

田　芳：greygrass527@sohu.com；

蔡美凤：836361585@qq.com；

袁燕娜：41641068@qq.com。

森林蚊身馆

@普二丁

在慷慨赴死之前，我决定去搞一个文身。

我的水果店生意不太好，我去借了些高利贷，本想靠这些钱重新装修店面，进些好货，没想到还被供货商骗，进来的水果都烂掉了。现在欠款到期了，高利贷主人叫我去面谈。

慷慨赴死吧……我很害怕！完全没有和这种人打交道的经验，怎么样才能显得自己有底气？怎么样才会让对方觉得我不是箱底被压烂的西红柿？思来想去，我决定去弄个酷炫的文身，壮壮怂人胆。

网上查了下，酸古山脚下有家“森林蚊身馆”，价钱比较便宜。不过，酸古山这地名有点奇怪啊……

不管那么多了，明天是最后期限。我打了个出租车来到山脚下。

我在森林边缘下车，走了大概三分钟吧，远远地看见一个小院子，再走近点儿，看到院子门口的阔叶树树干上用细铁丝拴了块敷衍的牌子：森

林蚊身馆。

怎么还有错别字？心里嘟囔了一句，还是走进院子。推开小屋的木门，屋里却空无一人，但无论是沙发或者小桌，都干净得很。我随便找了个沙发坐着，寻思着点根烟等，刚把烟点着，却听见沙发底下传来一个声音：“客人，不要吸烟啊，烟味熏得在下嗓子疼。”

低头，一只肚皮很肥大的胖青蛙艰难地从沙发底下探出头来，爪子里还攥着块抹布。

“沙发底下太脏了，在下正在擦。客人先把烟熄了，咳咳，在下有咽炎。”胖青蛙说。

“哦哦，好的好的，不好意思。”赶紧在小碟子里按灭烟头。

青蛙从沙发底下钻出来，用爪子掸掸肚皮上的灰：“客人来文身？”

“是的，我想要酷一点的文身。”

“您先坐着，我去叫文身师过来。”胖青蛙把抹布在肩膀上一搭，一蹦跶一蹦跶地跳到门外去了。

在沙发上傻坐了一会儿，等得我有点困了，才听到门外传来“嗡嗡嗡”的声音，还有“吧嗒，吧嗒”的，似乎是肚皮砸到地板上的声音。

向门外一望，可把我吓坏了，一小群蚊子“嗡嗡”地向我扑过来。胖青蛙依然蹦跶着，每蹦一下，它的肥肚皮就撞一下地板。“客人，客人，别赶走文身师啊！”青蛙喊着。

我放下手里的沙发垫：“你说这些蚊子是文身师？”

青蛙一副理所应当的样子，已经跳上了桌面，撕开一片湿巾擦了擦自己的白肚皮。“客人，要不然咱们怎么叫蚊身馆呢？咱们的文身师傅就是蚊子呀。”

这时这群蚊子也落在桌面上了，我从上衣口袋掏出近视眼镜自己看。却见桌上的每只蚊子爪子上都拎着一个小桶，里面是不同色的颜料，蚊子嘴也比平时看到的要长要尖，看起来像针头似的。

“这位客人要文一个酷点的文身在胳膊上，你们准备一下。”青蛙对着蚊子指挥着，然后转过身来，指指自己的雪白肚皮。“客人，请把手腕搭到在下肚皮上吧。”胖青蛙说完，就四爪摊开躺倒在桌面，一副恪尽职守的样子。

我看着它的雪白肚皮，特别像一个放大版的汤圆，很柔软的感觉啊。于是听话，把手腕搁在它肚皮上，好凉快。

几个蚊子用它们长长的嘴吸食颜料，一只只飞到我胳膊上，长长的嘴扎进皮肤。居然不怎么疼，反而有些麻麻的，很舒服的感觉。我想可能是

11. 答案：普鲁士俾斯麦、美国格兰特、中国李鸿章。

蚊子嘴里含着麻药的原因。

“客人，您可以闭眼休息一会儿，请相信我们的文身师傅。”青蛙在我手腕下说。

这样，我闭上眼，不知不觉睡了一觉。再次醒来，蚊子们已经坐在桌子不远处盘腿喝茶了。胖青蛙在我手腕下伸了个懒腰，揉揉眼：“我也睡着了。”

看来是文好了，我怀着激动的心情往胳膊上一看，一个非常漂亮的颜色鲜艳的看起来口感润泽的草莓，栩栩如生：“你们就给我文了个草莓？我要酷酷的文身，就文了这个可爱的红草莓给我？！”我声音都颤抖了。

蚊子转过头，比较大的一只端着茶杯走过来，拿着一个扩音喇叭：“客人，草莓很酷啊，你为什么觉得草莓不酷呢？”

“草莓不酷好吗！我现在看起来像个少女！”我咬牙切齿。

“不不不，”蚊子晃晃它的爪子，“客人，草莓作为我们蚊子的图腾，是很酷的东西呢，它象征着丰收、好运，不会被人类轻易拍死……总之啊，草莓是很好很好的。”

它说得也有道理，我不禁有些动摇：“这草莓会让别人怕我吗？”

“放心吧，”蚊子又嘬了口茶，“草莓是很好很好的，大家都会爱你的。”

第二天我去见了债主。废弃的厂房，阴暗的气氛，走路间脚步的回声，都令我好害怕，胳膊上的草莓很红，很红，丝毫没带给我安全感。

然而令我没想到的是，在和债主谈判过程中，她居然很宽容地暂缓了我的还款日期，并且称赞我的文身很漂亮。“文草莓的男人，蛮酷的。”我走的时候她这么说。再后来，她成了我的妻子。

然后我俩一起重整旗鼓，把水果店重新开张，在身为黑道老大的她的威慑下，我再没被供货商骗过。

“那家水果店的水果都很好吃呢，许老板胳膊上都文着草莓，看着啊，就让人心情好！”大家这样一传十十传百，我的小水果店生意越来越好。

偶尔燥热的夏夜，我和妻子躺在床上，有蚊子“嗡嗡嗡”，妻子想要点燃蚊香，我却阻止了她，打开窗子，用毛巾赶走它们。还有雨后窗外的蛙鸣，每次听到，都会回想起那只胖青蛙，肚皮真软。

李金锋摘自《一头栽进月光里》湖南文艺出版社

图：恒兰

看完还想听？
扫码进入故事会百宝箱，朗读音频随你听

丸子的朋友圈

哲学系二师兄

今天早上醒来的时候，我发现自己身处一个陌生的地方，立刻使劲地回想，没有被绑架，没有喝醉酒，也没有发生什么灵异事件。那我是在哪儿？大家猜猜看。

丸子：你收拾了房间！

快递员小马

想起今天的事真是够巧的：刚把车停好，抱着箱子正准备进小区，就看到有个男的背对着我，抱着个小孩在问："宝贝啊，你悄悄跟爸爸说，最近是不是有什么人经常来找你妈妈？"那小孩瞧见我正走进来，眼睛一亮啊！指着我就喊："他！"当时他爸"咻"的一声转过来，怒气冲冲地瞪着我，要不是他看清了我穿着工作服早就动手了啊！

郭美眉：好险！

王大脸真的不是女汉子：快递也成了高危职业啦？

王大脸真的不是女汉子

昨天找了一大夫，把脉后，建议我多运动，不要买饮料，多喝白开水，多坐公交或步行，不要在外面吃饭，尽量吃素，少吃肉类和海鲜！

我点了点头问他："我是啥毛病

就是爱历史（近代）12. 我国第一台蒸汽机、第一艘轮船是在哪里制造的？

啊？”

老中医说：“收入太低，压力太大，不适合高消费，一花钱就上火！”

郭美眉：神医啊！
王大脸真的不是女汉子 回复 郭美眉：我还以为让我减肥……

丸子

这个学期我选修了摄影课，昨天的课上，老师在黑板上写道：“摄影是用光的艺术。”没想到下课后有个同学偷偷地在“是”和“用”之间加了两个字“把钱”。

金融小王子刘思聪：总而言之，这是一门把钱用光的艺术。

王大脸真的不是女汉子

火车上，旁边坐着一帅哥在啃猪蹄，我也想吃。

于是我拆开了一包瓜子，微笑地问他要不要，他摇摇头，然后出于礼貌地问我：“你要吃猪蹄吗？”

我一把抓过来说：“谢谢你啊。”

丸子：真是枚机智的吃货啊！

金融小王子刘思聪

同事对一个女孩有好感，表白多次都被拒绝了。上周末，姑娘忽然对同事说：“咱们去看壶口瀑布吧。”哥们儿大喜，殷勤订票，坐车终于到达目的地后，听到姑娘轻轻地说：“已经到了黄河，这下你该死心了吧？”

快递员小马：我猜到了开始，没猜中结尾！

郭美眉

翻看自己的QQ空间，有一条说：“我会永远记住今天的！”后来，我想了一个下午，还是记不起那天发生了什么。

大老板张富贵：贵人多忘事。

大老板张富贵

人这一辈子，最重要的三点其实是：岁月静好，懂得感恩，与你相随！

哲学系二师兄：其实吧，我们在小学就学过，按照国际的说法，就是：Fine，thank you，and you？

时光不再来

@麦九

买彩票的小戏子

胖胖的家乡每年到佛生日的时候，少不了请些戏团来助兴。

那会儿，胖胖还只是个十岁的小鬼，一听有戏看，抱着小板凳，屁颠屁颠去占位子。那些抢不到位子的孩子把她围起来，为首的是韩兵，叉着腰喝道："起来，你又看不到，不用这么好的位子！"

胖胖涨红了脸："谁说我看不到，我看得到！"

韩兵推了她一下："看戏？咱们村谁不知道你是半个瞎子，戏子穿什么衣服，你看得到吗？"

胖胖一愣，扑上去和他打起来，然后跑到戏台的偏僻角落哭。她不是瞎子，可确实看不清。胖胖是长到五岁才发现眼睛有问题，到医院检查，说是全色盲，只看得到黑白，而且治不好，到哪都一样。

"我不是瞎子……"胖胖坐在角落抹眼泪，模模糊糊，见到一个白色的身影站在面前，问："你们村哪里有卖彩票？"

胖胖不哭了，这是个小戏子！她擦干眼泪，站起来："我知道，我带

12. 答案：安庆内军械所，是清政府创办最早的以手工制造近代武器的军工作坊。

你过去。”

卖彩票的离戏台有些远，到了后，胖胖看着小戏子熟练地买了几张，还请她吃菠萝冰。

胖胖接过冰棍，问：“你为什么要买彩票？”

“我爸爸天天买彩票，就想中一百万。”小戏子问她刚才怎么哭了，胖胖一股脑儿说出来，末了强调：“我不是瞎子！”说完，她忐忑地看着他，她好怕他也嘲笑她的缺陷。

但小戏子只是笑了，清洌的眸子甚至多了温度：“那你看到的肯定跟我们很不一样，就像黑白电影，呃，怎么说呢……”

“不一样？”胖胖睁大眼睛，从来没有人说过，她是不一样的。

“当然！你想，所有人看到的都是一样的，只有你，全是黑白，就像唱戏的妆容，别人浓妆艳抹，你是江南水墨。”

太文绉绉了，胖胖不懂，不过她快活极了，原来她就是传说中的天赋异禀啊。

苏秦走了

小戏子带她到后台。小戏子的爸爸松散地披着戏服，指间夹着根烟，问：“买了吗？”

小戏子恭敬地递上彩票，抽走烟：“您少抽点，会坏了嗓子。”

“没事。”他爸爸拿了彩票，半瞌着的眼终于有点亮光。

胖胖有点怕，缩着脖子躲在小戏子后面，偷偷看他穿戏服。

前台的幕布拉起，老戏子摆好姿势，踏着乐点出去。刚才还是烟鬼，上了台就变成俊青年，胖胖震惊了：“你爸好厉害！演皇帝耶，那你妈是不是演皇后？”

小戏子神色有些暗淡：“我妈妈跟人跑了。我爸也没办法，所以总是买彩票，或许中奖了，有钱了，妈妈就回来了。”

“一直买，就能中奖吗？”

“不知道，不管怎样，总要找些寄托。”小戏子心情不好，又问，“你怎么总跟着我？”

“我，我想看你唱戏。”

“等我登台了，就唱给你听。”

小戏子还没正式登台，不是他学艺不精，是他爸爸不让。老戏子唱了一辈子的戏，唱得老婆跑了，戏班摇摇欲坠，他不愿儿子再受这样的苦。这些话听得胖胖很伤心，起码她是喜欢看戏的，不想它们消失。

村里有人请戏班连演七天，演员们也分散住到村民家里，那么巧，小戏子就住进胖胖家。可七天后，戏唱完，戏班开始收拾行当。晚上，胖胖

不吃饭，躺在地上打滚："我不要苏秦走。"

"苏秦，你不要走，你走了，就没人跟我玩了。"

苏秦一脸无奈，和她并肩坐在装道具的木箱上，他也舍不得胖胖，他没兄妹，小丫头跟前跟后，就像他的妹妹。

蓦地，他想到什么，掀开箱盖，拿出花花绿绿的瓶罐："胖胖，过来。"

苏秦给胖胖画了一个花旦的妆，画好了，胖胖对着镜子左照右照，其实那些殷红的颜色，她分不清。她忐忑地问："苏秦，我好看吗？"

苏秦看着她，用力点头。胖胖咧嘴笑了。

第二天，大人在装戏服的大箱子旁找到他们，两个小孩脸涂得乱七八糟，小手紧紧握着，肩并肩挨着睡过去。苏秦是在胖胖睡着时走的，胖胖醒来，对着花旦的妆，红了眼圈，咬咬嘴唇却没哭。她怕把妆哭花了，这是苏秦留给她的。

两人的约定

没人知道，他们之间还有个约定。那晚，苏秦告诉她，接下来戏班要去演出的都是附近的村落，这也是苏秦第一次登台。

"我求我爸，他终于肯让我试试，就演《李亚仙》里的莲花落那段，一个小乞丐。"

"我一定要看！"于是，他们学着戏里，互相约定，不离不弃。

那一天，胖胖独自一人走在长满野草的偏僻小路，她跑得那么急，天又太黑，一不小心膝盖摔了一道血口子。她咬咬牙，一瘸一拐继续赶路，最后还是迟到了。等她狼狈赶到戏台，大家拿着凳子三三两两走了，胖胖逆着人群走过去，看到苏秦站在显眼处不停张望。戏唱完了，她错过了，胖胖忍了半天的眼泪终于掉下来。

苏秦吓了一跳，胖胖的衣服沾满泥土草屑，膝盖摔出了血口子。苏秦问她怎么了，她不说话，就哭，好久才哽咽着："莲，莲花落……"

那一刹那，苏秦的心动了一下。他为她擦眼泪："没事的，还有下一次。"

"下一次我一定不会再迟到了，苏秦，我要看着你，从乞丐唱到皇帝！"

隔日，苏父送胖胖回去。胖胖再出去玩，就有小孩盯着。特别是韩兵还阴阳怪气地问："胖胖，你是不是想跟小戏子跑了？他们说，他妈是狐狸精，才会跟人跑，小戏子也是狐狸精，不然你们认识才几天，你就要跟他跑了！"

就是爱历史（近代）13．清末第一所官办外语专门学校京师同文馆后并入哪所名校？

“谁说我跟他跑了，苏秦才不是狐狸精，我们是好朋友！”胖胖怒了，为苏秦打抱不平的小宇宙燃烧了，长期被韩兵欺压的怨气爆炸了，她扑过去，张开嘴狠狠地咬下去。

当天韩兵家长领着人过来投诉，把胖胖爸妈数落了一顿。韩兵哭得一抽一抽：“我要留疤了，娶不到老婆，胖胖得嫁给我。”

“不要！”胖胖急了，“我就是跟苏秦跑了，也不要嫁给他！”

一屋大人哭笑不得，胖胖爸觉得丢脸：“你乱说什么！”

胖胖站在椅子上，像个正义的小英雄：“韩兵骂我是半个瞎子，抢我位子，你们不管，还说三道四，骂别人狐狸精！苏秦不欺负人，不会说人坏话，我就要跟他玩！”她一句又一句，心里委屈极了。胖胖爸也气极了，这才几天，就会“夜不归宿”，打架顶撞，真是被人带坏了，他怒道：“你以为那个小戏子是什么好东西？小小年纪就会偷钱！”

“说谎！苏秦才不会偷钱！”

“有没有，你当面问他去！”

欠他一个对不起

胖胖被父亲带到苏秦面前，他一脸惊喜，她开口就质问：“你是不是偷了你爸的中奖彩票？”

苏秦的脸带着伤，嘴角破了一块，一看就是被打过。苏秦的眼神慢慢黯淡了，他轻轻地点头，不再说话。

“为什么？”胖胖呆立在原地，她爸爸过来，用力拉她：“走，以后不要跟这种人做朋友，你会被带坏的。”

胖胖被拉走了，看苏秦站在原地，越来越远，他一动不动，甚至连抬下眼皮都没有。

这场与成人的博弈，胖胖败得溃不成军。她被罚跪，检讨自己的过错，不该打架，不该顶嘴，不该乱交朋友。胖胖承认了错误，变得不爱玩，话也少了，天天待在院子里。倒是韩兵经常来找她，有次骑着辆崭新的自行车过来：“胖胖，快来试试，这是小戏

子送给你的！”

原来，他拿了中奖的彩票，瞒着父亲偷偷去换钱，就是为了给她买一辆不用走小路的自行车。

胖胖坐在自行车后架，催促韩兵快点，可最后见到的都是空荡荡的戏台，苏秦走了，没人知道戏班下一站去哪里。

韩兵是去阿姨的村庄做客，见到苏秦，他认得韩兵，就托他帮忙。“什么都没说，就要我把车送给你。”

胖胖想起苏秦那时的眼神，她一声质问，让惊喜从他眼眸一点一点剥离，她伤害了他。

回家的路上，韩兵带着她，他回头，看到小女孩眼神空荡荡的，她喃喃问：“你说，我还能不能再见到他？”

“或许明年会再见。”

可是一年年，他们都没有再见。没人知道苏秦的戏班到了哪里，胖胖成了村里第一个拥有自行车的人，喜欢新鲜事物的小孩子开始接近她，但她不让任何人碰那辆自行车。直到很久以后，他们都可以看到，那个沉默的小女孩骑着自行车，孤独地在村庄的戏台徘徊，寻找着什么。

摘自作者新浪博客

题图：豆薇

看完还想听？
扫码进入故事会百宝箱，朗读音频随你听

13. 答案：京师大学堂，今北京大学，是中国历史上第一所冠名“国立”的大学。

哪里来的

@于永海

一天下午，女儿认真地问我："爸爸，我是从哪里来的呀？"

我微笑着告诉她："当然是从你妈妈的肚子里呀，你没看见妈妈肚子上有条疤吗？医生就是从那里把你抱出来的。对了，你怎么想起来问这个问题？"

女儿回答道："老师让问的，还让我们明天上幼儿园的时候在班里说呢！"

第二天，女儿一出幼儿园就一副不开心的样子，我忙问道："宝宝，怎么啦？怎么不高兴啊？"

女儿噘着嘴说："都怪你，今天小朋友们说起自己是哪里来的，说什么的都有，就数你说的这个最没意思！"

我纳闷地问："哦？小朋友们都说自己从哪里来的呀？"

"张小佳说她是妈妈从石榴花里抱出来的，王小妮说她是爸爸从星星上抱下来的，马小毫说他是被一只大鸟从山上背下来的……"女儿见我一脸的不可思议，很不屑地扫了我一眼，接着说，"切，少见多怪，这都算什么呀？全班最厉害的是韩哲！"

"哦？他是从哪里来的？"

"他说他爸爸妈妈爱打网络游戏，有一天闯关打Boss，爆了一地的东西，他就躺在宝箱里面哭，他爸爸看他长得很可爱的，就把他从电脑里拽出来了。"

摘自《杂文报》

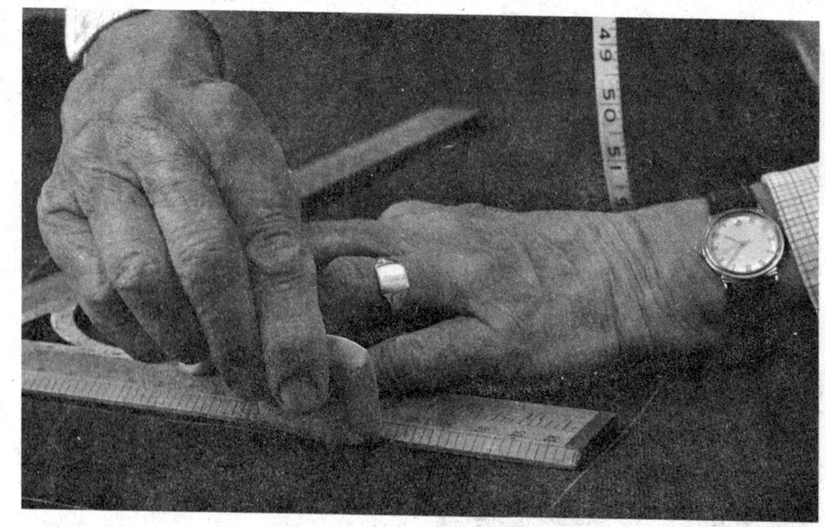

改衣

@尚书华

朋友从美国寄来一件衬衫，肥肥大大，不重新加工一番根本穿不出去，必须得改。

于是我来到一家个体缝纫店。门面很小，不足十平方米，打理得倒是蛮像样，屋里屋外，干干净净，让人极易生出好感。

店主人是位四十多岁的女人，忙得连我进屋都没顾上抬头瞅一眼，正手拿针线，眼盯针脚，埋头在缝纫机前全神贯注地干着活儿。“坐吧。有什么活儿需要干？”她仍然没抬头，只是问我。

“您看，这衣服能按我的体形改改吗？”

她停下手中活儿，把衬衫接了过去，打量两眼，说：“这衣服改起来比做件新的还麻烦，大小、肥瘦都得动，整个缩一圈。先拆，后裁，再缝，跟盖错了房子拆了重建一样，不但多费工，料还变得不顺手。”

我听得有点烦，心想：说这么多，不就是想多要点钱吗？“得多少钱？”我开门见山地问。

没想到她却说："我建议你别改，有合适的朋友送人算了，太费劲。"

"那怎么行，这是远在美国的朋友跨洋越海一份心意，我怎么能随便送人。你就说多少钱吧。"我说。

她稍思片刻说："一百六十元。"

我听了，不禁脱口而出："这件衣服还不知值不值一百六十元呢！手工费竟要这么多？"

谁知她接着说道："大哥，你错了，这件衬衫即使在美国买也不会低于一百五十美元，这料子是现在最流行的高支纱纯棉面料，国内买至少要一千三百元以上。修宝马与修捷达是不一样的。"说完，便重新坐到缝纫机前忙活起来，不再理我。那意思是，该说的她都说了，改不改由我。

听她这么一说，我有些不太自在，但心里却隐隐佩服起这个女人来：懂的还真不少，看样子是个行家。"得！一百六十元就一百六十元，改吧。"

"那好，一周后来取。"女人依然忙着活儿，侧脸说了一句。

一周时间很快过去了。我如期来到店铺，一进门，还没待我开口问衬衫改得怎样，女主人便满脸歉意地说："真对不起，我家这两天有点急事，衣服还没来得及改，耽误您穿了。"

我一听，顿时很不悦："怎么能这样呢？做生意最重要的就是信誉。说好哪天让人来取衣服，就是不吃饭不睡觉也得给人家赶出来。"

"是，是。"女人一边在案板上用滑石片划着布料，一边直点头。

我的气仍没消，继续冲她发火："你说说，我家离你这八九里路，坐公交车得半个钟点，搭钱费时不说，而且——"

我话还没说完，她把话头儿抢了过去："行了大哥，啥也别说了，我现在就干你的活儿，明天下午来取行吗？"她的语气里明显透着哀求，脸色也不好看，像是有很重的心事的样子。我还能再说什么，晃晃脑袋，无奈地走了。

可是，第二天下午再去的时候，店铺却锁上了门，连人都没见着。

第三天又去，仍然锁着门。问挨着门做生意的左右邻居，人去哪了，都说不知道，连个电话也没留。

第四天是端午节，同样没人。我猜想，也许她家不在本地，提前几天回家过节去了。可无论如何，总该留下几个字或电话号码什么的。真气人！

怕吃闭门羹，我接连三天没去，反正衣服也不等着穿。再去的时候，女人终于出现了。瞅着她，我气不打一处来，劈头盖脸训起来："哪有你这样做生意的？说走就走，不贴通知，不留电话，害得我连来七八趟见不着人。”我故意夸大其词，恨不得找出最解气的话抱怨她。

她倒是异常冷静，不争不辩，待我稍稍平静一些时，她轻声说：“大哥，我错了。本来你的衬衫已经改好了，可还没等你来取——”她话没说完，门开了，进来一个十六七岁的女孩，手里捧着一盒饭菜，穿一身校服，左臂上戴着黑纱。女孩进屋便对女人说：“妈，您吃口饭吧，不然会摞倒的。若真摞倒了，我可怎么办？”我心里一愣，莫非这家人家出了什么变故？

女人从孩子手中接过盒饭，问：“你吃了吗？”

“吃过了。”孩子心疼地瞅着妈妈。

望着母女两人脸上的神情，我脑海里瞬间一阵猜度——是女人的丈夫、孩子的爸爸出了事，还是女人的父母、孩子的姥姥姥爷有了不幸？女人的店铺离学校这么近，会不会是特意为了照顾孩子念书，才在这儿租了门面？或者女人的日子一直过得很艰难？

我顿时动了恻隐之心，并有些自责：我不该冲她发脾气，甚至还跟她撒谎。其实我家离这里并不远，用不着坐车，溜达过来也就十多分钟；另外，最多我也就来过四趟，七八趟纯属挖苦人家。想到这里，我的脸有些发烫。

后来，孩子走了。出门前还直嘱咐妈妈：趁热把饭吃了。

女人找出了给我修改好的衬衫，让我穿上试试。我穿上后，哪儿都不错，特别合身，忙夸她说：“手艺真不赖，活儿干得真好。”听了我的话，她扯动一下嘴角，勉强露出一丝苦笑，说：“其实这衣服原本什么毛病也没有，活儿做得特别精细，只不过你不喜欢人家那种宽松、洒脱的样式，年轻人都很喜欢。”

我说：“对，对，是我不习惯，落伍啦！”边说边掏出两张百元钞票递给她，等她找回四十元。不承想，她只接过一张，说：“那六十元不收了，算我没有按时交工的补偿。这么远的路，让你空跑了那么多趟，太不好意思。”

我一时语塞，不知说啥才好，趁她转身整理衣服的工夫，我把另一张钞票悄然放在了案板上，然后便匆匆离开了店铺——生怕她撵出来。

刘振摘自《人民日报》

14. 答案：日本人福泽谕吉，他主张日本“脱亚入欧”，曾用“支那”蔑称中国。

我家姑娘是最有福气的

@婉兮

一定可以治好的

2012年4月，妈妈开始固定在每晚7点给我打电话，问我今天吃了什么、有没有哪里不舒服，都是家常琐碎的话语，可我一接起电话，就忍不住要流泪。

在此之前，我们的通话记录不多，像中国大部分的乡村母女一样，我们深爱着对方却又羞于表达。但2012年春天，从我确诊肾病综合征开始，妈妈开始每天都要联系到我，似乎只有听到我的声音，才可以确定我还活着。顺利毕业后，我从长沙返回，一路舟车劳顿，到家第三天，竟然开始上吐下泻、浑身浮肿，吃不下也睡不着，躺在床上奄奄一息。爸爸不在家，她背着我搭上一辆小面的，一路颠簸地到了镇上的医院。

她捏着化验单发呆。医生说："赶紧去县里，有生命危险了，只有人民医院可以救。"我看见妈妈擦了擦眼睛，转过身扶起我，她说："没事，一定可以治好的！"

到了人民医院，我哭着要求放弃治疗。我害怕，害怕插管时刀子划破血管的疼痛，害怕下半辈子只能靠着透析机苟且偷生，更怕尿毒症三个字背后的绝望与挣扎。可是她执意在家

属知情书上签了字，她说："你要活着！妈妈只要能看着你，再苦再难就都可以撑下去！"

我脖子上的大血管被划开，一根管子被深深插进皮肉。一头连接静脉，一头连接动脉。透析时，血液从这一头流进机器，过滤沉淀之后，又从那一头流回身体。

插完临时透析管，我痛得无法动弹，妈妈搀着我去卫生间擦洗身体。"妈妈……"我摸着她的头发，低声说，"对不起，别人家的女儿已经工作赚钱了，可我还需要你来照顾。"她的手停顿了一会儿，忽然低下头不动，我看见豆大的眼泪一颗颗落到了地上。

那是她唯一一次在我面前痛哭，哭完后她继续给我洗澡，然后把我安顿在病床上，依旧告诉我："一定可以治好的！"

妈妈可以捐给你

尿毒症患者只有两条路，透析或换肾。妈妈独自去了医生办公室询问，回来时坐在床头一件件盘算："你爸爸是一家人的依靠，他不能捐。弟弟还没有成家，也不能捐。但是没关系，妈妈可以捐给你！"她含着笑注视我，"等凑够钱，我们就去配型，早点做手术。"

可是，当时我的户口刚刚从大学所在地迁回，没来得及买医保，无法享受家乡的报销政策，所有治疗费用都只能自己承担。不到两个月，家里的存款便空空如也。

后来我的大部分同学通过口口相传知道了我的病情，他们的爱心捐赠一点点汇聚过来，透析费用才暂时有了着落。

第一年，我每次去透析都有妈妈陪着。在我透析的那四个小时里，她拿着我的所有病历和各种证明材料跑了一个又一个地方，民政局、妇联、红十字会……目标只有一个，凑够肾移植手术的费用。

到最后，县里的领导们都知道我了，然后，各种救助政策都降临到了我身上。有了保障，爸妈决定马上带我去配型。

那天，我和妈妈坐火车去昆明。12月最冷的时候，妈妈用大衣紧紧裹着我，我的手冰凉，内心却翻腾得厉害。我们在40块钱一晚的小旅馆住下，夜里透风。所有的毛衣外套都盖在了身上，她搂着我沉默不语。

但经过检查后，医生得出的结论却是妈妈并不适合作为供体。我暗暗松了一口气，她却黯然神伤，带着我回小旅馆收拾东西，但嘴里一直念叨着一定还有别的办法，一定可以治好。

 就是爱历史（近代）15．中国著名教育家马相伯因何创立复旦大学？

再次捡回一条命

我的配型资料被寄到全国各地的同学手里。爸爸忙着跑车赚钱，妈妈则找了一个在大棚里干活的工作。父母开始夜以继日地挣钱以备不时之需，他们都以惊人的速度飞快瘦下去。

2014年春天，我竟得了严重的肺感染。送到医院时，高烧40度，胸腔深度积液，整夜咳嗽无法入睡，昏昏沉沉。

入院、输液、透析、插管排水……大把大把的现金交进去，可是前前后后十多天，依旧不见半点好转的迹象。我以为活不了了，精神好点的时候，开始有意识地交代后事："妈妈，寿衣太丑了。到时候给我穿一件旗袍，化个妆。"她默默听着，不赞同也不反对，看向窗外的眼睛里却噙着一包泪。"妈妈，我有两张银行卡，密码是爸爸、你还有我生日的日子组合。"

她摇着头，摸过来拉我的手："一定会好的，所有人都说过你有福气。"

半个多月后，我高烧渐渐退了，再经历一轮上吐下泻，我开始胃口变好。病情却反反复复，从4月到7月，住了一百多天的医院后，我终于再次捡回一条命。

女子本弱，为母则刚

那年我24岁，在经过与死神的一场殊死搏斗后，我意外地迎来了好消息——肾源找到了！

我们一家三口马上赶到武汉。安顿好我们，爸爸便返回云南照料年迈的奶奶。做好手术后，我还在ICU里接受观察，妈妈就睡在外面的走廊上。

然而她的操劳还没有结束，欠下的巨额债务迫使年近半百的妈妈又踏上了外出打工的路。她去了昆明的一家大酒店洗盘子，每天工作近12个小时，挣1500元工资。拿了工资后她总是兴高采烈地给我打电话："够你一个月的抗排药了！"但有时候她也发愁，"手术完了也要一辈子吃药，要一辈子好好养着，等我和你爸爸干不动了怎么办？"

我握着手机不敢哭出来：我作为农村难得一见的尖子生，他们含辛茹苦，把我一路供到了大学。大学毕业，以为可以放下重担，想不到等到的却是生死较量……我来到她身边，好像就是为了讨债。她却说："有好几位大仙都说过，我家姑娘是最有福气的！"

其实我所有的福气，都是她和爸爸给予的啊！

孤山夜雨摘自《那些打不败你的，终将让你更强大》民主与建设出版社

图：小柯

捡到一张身份证

@张晓风

事情是这样的，我的身份证掉了，我自己并不知道，直到有一天我去办公室复印一份唐诗资料才警觉。那资料是一首短歌谣，只占半页。我环保成性，总认为剩下半页太可惜（虽然用的是旧纸的反面），便打算找出身份证来凑合着印。

但是，糟糕，它竟然不在我的皮包里，我匆匆印完资料，把自己从全唐诗的巨帙里拉回现实，并且追想我最后一次看到身份证是在什么时候？

啊，身份证真是一件诡异的事物！我是我，我确确实实地活着，然而一旦没有那张巴掌大的小东西来证明我是我，我就会忽然变得什么都不是。160厘米高的一个人没人承认，人家只承认6厘米乘以9厘米的那张小卡片。

唉，我的那张小卡片在哪里呢？我把资料丢在一旁，苦思冥想起来，想着想着，倒也被我想起一些端倪来了。上一次，好像是去电视台录节目，事后得了一笔钱，他们曾跟我要身份证复印件供报账，我便去印了给他们。

然而，那一次，我是在哪里复印的呢？会不会复印完了我就把它放在

15. 答案：震旦学院被教会控制，学生退学，马相伯站在学生一边，另建复旦公学。

复印机里忘了拿走了？想到这里不禁悲从中来，觉得在此茫茫五百万人口的大城市里，走失了一个“我”。也不知这个“我”流落何方？为何人所捡拾？悲伤啊！我怎么都不知道“我”已成为失踪人口？

我似乎是在统一超商复印的，家附近这种店有好几家。趁着一个不用上班的星期天，我挂着一副悲戚的面容去一一走访，仿佛去寻找“失踪老人”或“失踪小孩”，我殷殷打听：“请问有没有人在复印机里捡到一张身份证？”

咦？原来还真有，好心的店员拿给我看，有身份证，也有驾照，然而那一把证件上的人都不是我。我继续一家家去找，终于绝了望，黯然返家。

我开始悲伤起来，听说有人专盗人家身份证去冒用，我的不必盗，只消捡就可以了。被冒用的身份证会变成什么下场呢？听说有的会卖给非法入境的人，而非法入境的女人会和色情业挂钩，于是会有一个“我”出现在风月场中，这种事想象起来也令人魂飞魄散！又听说有人会拿这种身份证去登记公司，于是“我”就成了董事长，人家就利用“我”去骗财，不久，“我”就有了上亿的债务！

第二天是星期一，我下定决心去户政事务所跑一趟。我估量一下时间，电话中他们虽保证只消半小时就会办好补发手续，但加上来去的车程，少说也要花掉一个半小时。而一个半小时是生命中多么不可弥补的损失啊！

我换上一套去年在广西阳朔外贸街买的水洗丝休闲服，心情稍稍好了一点。当下决定办完手续便去朋友推荐的一家咖啡店，享受一杯咖啡，外加一块玫瑰蛋糕。

然而，荒谬的事发生了！就在此刻，我忽然觉得夹克的内层口袋里有个怪怪的硬卡，伸手一摸，天哪，竟是我那“众里寻他千百度”的身份证！证上的旧日照片与我互视良久，我把它重新放入皮包。喜悦兴奋当中也不免微微失望，因为不必出门了，那杯咖啡也就取消了。

这天早上我感觉恍若捡到了一张身份证，而既然有了这张身份证，我便可以冒用上面的数据好好活下去！我好像又有理由来凭恃而可以在这个城市里立足了。我捡到了一个“我”，在我以为我们彼此已失之交臂的刹那。重逢不易，自宜珍惜。

伯仲摘自《岁月在，我在》

北京联合出版公司出版&北京紫图图书联合出品

图：Aiko

【作者简介】张晓风，中国台湾著名的散文家。《张晓风自选集》中的《行道树》一文，曾被选入人教版七年级语文课本。

童话皇帝朱厚照

@刀尔登

明朝的正德皇帝朱厚照，脾气是不错的，被人冒犯了，从不大生气。他的性格只是童心太盛，做太子时，贪玩的名声已经远播，等十五岁时做了皇帝，更觉手脚伸展，于是今天到西海擎鹰搏兔，明天上南城攀险登高，还在宫中演武，火炮声响彻昼夜，士民听了无不变色。

正德皇帝的故事流传很多，只说他三件事。第一件是热爱旅游，起先是在京城微服出行，时常单骑远出，满山遍野地乱跑，把附近的景致玩遍之后，又要出远门。在近处逸游，臣下尚要唠叨不休，每一出格，谏疏雪片般飞来，哪里能够容他到远处乱跑？正德皇帝便琢磨偷偷溜掉。某年的八月初一，他起个大早，趁天未亮，带上亲信，徒步出宫，溜出德胜门，一路北行。走得累了，在路上雇了大车，奔向昌平。群臣上朝，等了小半日，知道皇帝失踪，飞马来追，在沙河将他赶上。正德皇帝不听劝阻，继续北上，在居庸关被巡关御史张钦执剑挡回。在宫中装了几天老实后，他又一次溜掉，这次计划周详，又赶上张钦出巡在外，正德皇帝顺利地闯出居庸

 就是爱历史（近代）16. 哪位美国作家撰文揭露了八国联军侵华期间的暴行？

关，玩到第二年才回来。

从这次开始，他在外面的日子多，在京里的日子少。他常年住在宣化府，号称“家里”，臣子请旨，只好去宣化，什么事都要耽搁，那是不用说的了。即便回京时，他也不回宫，住在豹房，那是他登基的第二年，在西华门内造的大宅子，留作逃避之用。

第二件是爱打仗。有一次蒙古的小王子犯边，正巧他在山西阳和，不畏反喜，自将兵迎战。小王子之来，只是例行骚扰，没有发生什么激烈的战斗，双方伤亡，合在一起不足百人，但毕竟让正德皇帝过了回瘾。

几年后宁王朱宸濠造反。这是惊天动地的大事，但正德皇帝的反应不是愤怒，而是欢喜不胜。理所当然，他要御驾亲征。这一次他师出有名，群臣自然是无话可劝。可惜刚走到涿州，消息传来，叛乱已被王阳明等平定。正德皇帝好不扫兴，便压下捷报，继续“南征”。他想让王阳明把捉到手的叛王朱宸濠释放回鄱阳湖，由他自己率兵，再战一场。

王阳明好不容易捉到朱宸濠，放是不肯放的。后来君臣妥协，在南京把朱宸濠放到一个大广场中，正德皇帝以威武大将军的身份，全盔全甲，威风凛凛，动手把朱宸濠再捉了一遍，捆绑起来，自己向自己献俘。可怜朱宸濠，造了一回反，倒被捉了两次。

第三件事也令人匪夷所思。他“南征”到扬州时，竟下令禁止民间宰猪养猪。正德皇帝属猪，又姓朱，所以要禁止养猪。此令一出，天下骚扰，百姓只好将猪杀掉，或贱价抛卖，或做成腌肉藏起来。

正德皇帝虽然怪，但一不疯，二不傻。所以怀疑他的胡闹，至少一部分是有意为之。禁猪的荒诞，便可能是故意捣乱。他的一些极端举动，如放着皇帝不做而要做将军、公爵、法王，如他听到直谏，会假装要举刀自刎，以此耍赖，如他亲自做强盗去抢人，一半出自童心，一半出自烦闷；一半出自性格，一半出自观念。

但正德皇帝的臣子们显然完全无法理解这位君主的心思。群臣只好继续拿大义来劝皇帝，而没有意识到皇帝恰恰是被他们口中的大义和责任逼反。既然做不到尽去人欲，尽守祖训，尽合大义，索性破罐子破摔，还落得个响儿。

那时的臣子，依人之常情，笑是一定要笑的，只是不敢形诸笔墨，所以我们今天见到的史料中，只是一位怪诞的皇帝和一群愁眉苦脸的臣子。

杨子江摘自《中国好人》山西人民出版社&汉唐阳光联合出品

图：小栗子

下一碗相思面给你吃呀

@银针一朵

谈完业务我一个人开车回公司，顺道还要去医院做个检查。

我车开到半路的时候突然觉得有点饿，眼角瞥见旁边小巷子里有家小面馆。

面馆的名字很有韵味——相思面馆。里面没有客人，可能是环境和时间的原因。

老板坐在柜台里，若有所思地看着门外，我进到店里也没转过来看我一眼。

“老板，你这里有什么面？”

“相思殿里只有缠绵。”

“什么？”

“相思店里只有缠面。”

“好，那给我上一碗缠面。”

面上来了，汤料很少，面都坨在一起，好在还加了一颗溏心蛋。卖相也太差了吧，我心里吐槽。吃起来味道倒是不错，这汤料很鲜，面也比较筋道。三下五除二吃完，就去结账：“老板这面多少钱？”

“15 块。”

“噢，好的。”

“一根。”

我有点愤怒：“你这是什么黑店？

16. 答案：马克 · 吐温。

这么贵？”

“痴情人的相思无价。”老板平淡地回复道，“你要是嫌贵，帮我个忙，我就给你免单。”

“什么忙？违法的事我可不干。”

“去对面的店里和老板娘说我不爱你了。”

这个老板竟然有这样的恶趣味！我暗自腹诽道，不过也没办法。

对门是个茶馆，名字叫“忘情茶馆”。老板娘坐在门口右边的柜台里，看到我，她神情突然有一点激动，很快又恢复了平静。

“我不爱你了。”我对老板娘说。

“真的吗？”

“真的。”

真是两个神经质老板，这老板娘居然还和我对上戏了。

“那你喝了这杯我们店镇店的忘情水。”老板娘说完，起身给我倒了一杯水。

这个不会是迷幻水吧？应该不是，要下药的话之前在面里就可以下了。我喝了这杯水，喝的瞬间，似乎看到老板娘眼角有泪光。

“你回去和老板说我答应了。”

我内心好奇得很，回到面馆和老板说了一切。

老板很激动，直接跑去了对面。

我按捺不住内心的好奇，决定等老板回来，问他个清楚。

过了一会儿，老板和对面的老板娘一起过来了，跟我说了一切。老板说，他一直喜欢这个老板娘，只是老板娘以前有个恋人，在一次事故中为了救她掉入洪流。老板娘等了那个男人好多年，其实大家都清楚那个男人很可能已经死了，老板娘这些年也被老板的诚意感动，但是始终不愿意对不起昔日恋人。

于是在一年前，老板娘和老板开了这两家店铺，老板娘对老板说，如果老板能在那个男人回来找她之前，找到一个和那个男人长得相似的男人，对她说不爱她了并饮下忘情水，她就答应老板。

由于老板不知道那个男人长什么样，所以每来一个客人，都让客人这样做，一直持续到今天。

听完故事我走了，并且为他们的幸福而感动。

来到医院，医生问：“你今天怎么这么晚才来？”

“路上好饿就吃了碗面。”

“我说了你得的这个失忆症容易引发很多后遗症的，不要大意。”

“好的，医生。”

摘自《寂寞的脑洞比海深》

江苏凤凰文艺出版社

图：陈明贵

牛大姐家乐事多

主要人物：牛大姐（妈妈） 牛大哥（爸爸） 牛小美（女儿） 牛小宝（儿子） 钱多多（牛小美的男朋友） 刘姥姥（牛小美的外婆）

※牛小美上厕所，手机只剩6%的电量了，她就寻思把电耗完就起身。过了一会儿，牛大姐内急敲门："你好了吗？"

牛小美不假思索地回了句："马上，还有2%。"

牛大姐嘟囔着："读了点书，你拉个屎还能精确到百分比了？"

※圣诞前夜，牛小美和钱多多去挑口红。

牛小美说："我想找一支砖红色的口红。"

钱多多："砖红色？你说的是机制砖还是手工砖？是砌墙用的那种吗？哦，我知道有两种，你说的新砖还是老砖？"

牛小美："……"

钱多多："真的，这几种砖颜色都是不一样的，咦？你怎么不说话了？"

※昨天牛小宝淘气，牛大哥忍不住打了牛小宝的屁股，牛小宝委屈地说："爸爸，我以后一定听话，您别打我了，好吗？"

牛大哥说："这怎么可以！这祖传的手艺怎么能丢，以前你爷爷也是这么打我的……"

※前几天，牛小美在家做菜，不小心切到手，想让钱多多心疼一下，就给他发了信息："亲爱的，我刚才做菜的时候不小心切到手了。"

结果，钱多多这样回复了："啊？！你居然会做菜！做的啥菜？"

※说起未来的婚礼，牛小美对钱多多说："我们结婚的时候，我想邀请我的前男友来参加，毕竟他以前是我的跆拳道教练，还教我很多防身之术，要不是因为他，我们也不会认识。我请他来，你不会生气吧？"

钱多多呵呵一笑，说："看你说的，我哪有那么小气？你邀请吧，如果他愿意来的话，就安排他坐我同学那桌，

就是爱历史（近代）17. 清末民初民主革命家章太炎的四个女儿叫什么名字？

我那几个同学都是教拳击的教练，正好互相交流一下。”

※ 这天，牛小美和钱多多一起吃饭，只有两条鱼，一大一小。钱多多先把大的吃了，牛小美勃然大怒：“多不合适！”

“怎么了？”钱多多装傻。

“你吃掉了那条大的，如果我是你就不会这样做。”

“那你会怎样呢？”

“我当然是先吃小的。”

“那好哇，你抱怨什么，那条小鱼不是还在吗？”

※ 牛大姐在网上看电视剧，每一集开始都会加很长一段广告，牛大姐就拿出一个小本在记录。

牛大哥问牛大姐：“记广告干什么？”

牛大姐：“我得记着是哪些产品耽误了我看电视剧，以后坚决不买！”

※ 这天，牛大姐看着镜子里的自己不由长叹：“咋就变成黄脸婆了呢，眼看着就老了！”

牛大哥忙安慰道：“不老不老！其实，有个特简单的方法可以测试你老没老，一测一个准。”

牛大姐很好奇，忙催促他：“快说！快说！”

牛大哥笑道：“你一会儿去大街上转转，如果有宣传保健品的人亲热地和你打招呼，嘘寒问暖，跟你拉家常唠闲嗑，然后热情地送你优惠券邀请你去听保健讲座……这就说明你确实老了。”

※ 晚饭时，牛大哥跟牛大姐说：“每月就那点钱，我烟都要抽不起了。”

牛小宝一听，像想起了什么似的，默默放下碗筷走进房间，出来时手里捧着个盒子，里面是他攒的钱，有一块的、有五块的……

牛大哥顿时感动得老泪纵横啊，然后听牛小宝对牛大姐说：“妈妈，还是你来保管安全点。”

※ 牛大姐不知从哪弄来了血压计和听诊器，要给牛大哥量一下。量完了，属于正常范围，过了几分钟她说要再量一次。重新给牛大哥胳膊绑上袖带，她戴着听诊器说：“现在告诉我，你的私房钱都藏哪儿了？说！”

※ 公园里，钱多多边欣赏美景，边坐下来夸道：“多么自然的色彩。真希望能把这些奇异的色彩带回家。”

“你会如愿以偿的。”牛小美答道，“这凳子油漆未干。”

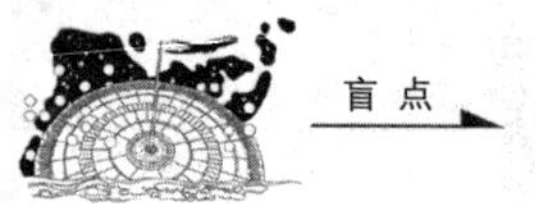

我可能不是上学，而是上坟

@博物馆丨看展览

在西安，你的大学要是只有个唐代古墓，勉勉强强和人打个招呼；要是有个汉代古墓，那才可以坐下和人聊两句；要是有个秦朝古墓，那就叫俩凉菜点个啤酒慢慢聊；要是有战国古墓群，那，那你到哪儿后脑勺都挂着佛光！

不久前，西安建筑科技大学校园内一建筑工地里发现了一座古墓，虽然这座古墓除了砖头，还没有出土任何有价值的文物，但学生们还是表示很激动！在被压抑了这么多年后，终于可以大声地告诉全世界：我们真的是西安的大学！不过，谁说只有西安高校有古墓？六朝故都南京和中原腹地郑州表示不服！

西安邮电大学：
战国、秦、汉、唐墓密集区

虽说西安高校古墓协会会员众多，但是要说哪家古墓数量最多、古墓分布最密集，这第一把交椅，西安邮电大学绝对是当之无愧！

2001 年，西安邮电大学在长安区茅坡征地一千亩，建设新校区。建设过程中，考古工作者在这一区域发

17. 答案：章　(lǐ)，章叕（缀），章　（展），章　（jí）。

现了战国、秦、汉、唐代古墓葬六百多座，其中80%以上都是秦墓。这里的古墓从东周到唐代皆有，这要是串起来，活脱脱一部中国古代史。强烈建议邮电大学开设战国至唐代史专业，带上学生把六百多座墓葬刷一遍，这段历史妥妥的没问题。

西安财经学院：秦始皇祖母之墓

要论墓葬级别，位于西安财经学院新校区的秦墓无疑是最高的。这座墓是迄今已发掘的“中国第二大墓葬”，也是最大的具有四条墓道的墓葬。

2004年，为配合西安财经学院新校区建设，陕西的考古人员发现了一座大型秦墓。虽然墓葬被盗严重，但一件“六马鞍车”的出现，还是让考古专家兴奋不已。

因为按照礼制，用六匹马拉车是天子出行才能享受的待遇，正所谓“天子驾六”。根据文献记载，考古专家将目标锁定在了秦始皇的祖母夏太后的身上（就是芈月的孙媳妇）。

西北政法大学：西汉廷尉张汤之墓

要说挖出的哪座古墓最“应景”，那非西北政法大学莫属。为啥？法律的祖师爷张汤的墓就在这里。

没错，就是那个“酷吏张汤”。在西北政法大学发现张汤墓，简直冥冥之中有天意啊！所以当这座墓被发现之后，在讲授中国法制史时，只要提到西汉张汤，老师必然会潇洒地撩一下刘海，自豪地补充上一句——“他就埋在我们学校！”这里现在成了校园各种传说的发源地，更是很多学生在司法考试前都必须来拜一拜的“福地”。

西安交通大学、西安理工大学：汉代壁画墓

西安高校哪座古墓“颜值”最高？西安交大和西安理工互不相让。西安目前发现了三座汉代壁画墓，其中两座位于高校中，一座1987年发现于西安交通大学，另一座2004年发现于西安理工大学曲江校区。因为有壁画，可以推断这两座汉墓的主人，地位一定非常高。

汉墓壁画的色彩异常艳丽，甚至超过了唐代的壁画。西安交大汉墓的壁画中，还保留了迄今为止中国年代最早、保存最完整的二十八星宿图。

由于汉代没有墓志铭，所以西安理工那座汉墓的主人，至今无法确定。至于西安交大汉墓的主人，根据各种史料相互佐证，极有可能是汉宣帝时

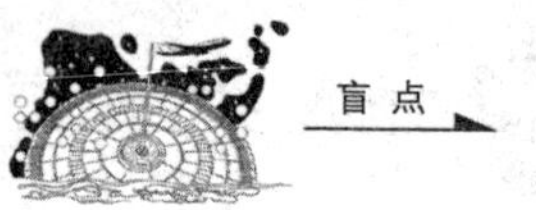

期的御史大夫萧望之。

南京大学：东晋帝王陵墓

1972年4月，在南大北大楼后面施工时，发现了一座古代墓葬，考古发掘清理出陶案、耳杯、卧龙座、卧虎座、卧羊座、金叶片、玛瑙珠等各种陪葬文物。出土文物中，一件玻璃杯残片尤其引起人们注意。从残片判断，这是一件敞口折唇腹部略鼓起的玻璃杯。

根据随葬品专家判断，此墓墓主的身份极高，肯定比王谢等“高门大族”还要高贵。东晋大墓的墓主是谁，争论纷纷。但有一点是明确的，发现于南大北大楼后面的这座大墓应该是帝陵。

如今南京大学北园，其实就是东晋时期的一个皇家陵墓区，至少有四座帝陵。其他三座帝陵或者已经被毁，或者还深埋在鼓楼附近的地下，不为人知。

南京林业大学：坐拥南京考古“富矿”

这些年来，南京林业大学南大山俨然成为南京考古的一个“富矿”，这里陆续发现了很多重要的墓葬，包括六朝、宋朝、明朝、清朝的墓葬，古墓中出土了金器、银器、铜器、陶瓷等各种随葬品百余件。

在明代开国元勋徐达后人徐君叙的墓中，发现了两方墓志、一件白色陶罐、一件蓝釉梅瓶。这件陪葬的蓝釉梅瓶价值极高，已经作为展馆之宝，收藏在南京市博物馆“玉堂佳器”精品厅内。

郑州大学西亚斯国际学院：120座战国古墓

2014年，河南新郑市郑州大学西亚斯学院校园内发现大型墓葬区，该墓群占地面积约一万平方米，已发掘出古墓一百二十余座，除汉代和宋代砖墓各一座外，其余均为春秋战国墓葬，这些墓葬主要分为竖穴土坑墓和竖穴土坑空心砖墓两种。

此处自1998年建校以来，随着校园的不断改造与扩张，到2009年，已经累计发掘各类墓葬一千多座，被我们称为西亚斯墓地。与整个西亚斯考古发掘相比，这可能只是冰山一角，再发掘出更多古迹也不足为奇。

不知祖国的花朵们有没有机会和学长学姐们一起上坟。看到笑得很神秘的大叔从学校进进出出哦，惊不惊喜？刺不刺激？

李金锋摘自微信公众号博物馆丨看展览

图：小栗子

就是爱历史（近代）18. 八国联军的主力是哪个国家？

在复杂的世界简单地混

@艾小羊

从小到大，张小伍都在跟别人解释一个问题：我爸姓张，我妈姓伍，我是独苗，我家没有五个孩子。当她把这段话像背课文似的说给阮明，阮明心里笑了一下。阮明没看错，张小伍是个一根筋、傻乎乎，但挺能干的妞儿。

一

试用期的第三个月，张小伍发现公司正在研发的新产品正在走一个大大的弯路，她激动地写了一份报告给阮明。阮明不知是被张小伍无知无畏的激情感染了，还是被她最后那句“我们可以把这个方案的利弊全部写进报告，请老板定夺”打动，他将张小伍的报告略作修改后转发给了老板。

半年后，新产品成功推向市场，比预期提前了整整四个月。张小伍很开心地看着阮明一次次春风得意地上台讲话，虽然只字没提她张小伍，她却为自己帮公司节约了钱，帮领导树了名而由衷地高兴。

年底，研发部出了个小差错，阮明被调职，新上任的研发经理名叫顾小丽，员工卡上写着生于1979年，看上去却像85后。

二

顾小丽第一次召集全部门开会，张小伍因为去设计院取资料，赶到会议室时，已经晚了五分钟，偌大的会议室却只有顾小丽一个人。

同事们陆续来了，进门落座，比预定时间晚半个小时了，依然有两个资深员工未到。顾小丽打电话给秘书，问为什么还没给她一份部门员工的通信录。张小伍觉得她挺惨的，忍不住把自己手里的那份员工通信录递给了顾小丽。

当阮明得知张小伍以迅雷不及掩耳之势成为顾小丽的左膀右臂时，着实不爽了一下。阮明在培训部，名为副主任，其实是个闲职，大部分时间都坐在电脑前整理资料。

三

研发部在三楼，培训部在五楼，与之相邻的是资料室。张小伍去资料室，特意拐到培训部来看阮明。阮明尽管心里对她有想法，可毕竟还能来看坐冷板凳的“老领导”的下属已经十分稀罕了，他就顾不上斗气，拿出珍藏的一盒椰汁，热情地接待了张小伍。

“最近工作怎么样？”阮明问。

“挺忙的。顾小丽上任以后，想做的事情很多，可愿意帮她的人不多，所以很多事情都分给我了。”张小伍答道。

阮明刚刚放下的怨气，不小心被张小伍点燃了，忍不住酸溜溜地说了一句：“真没想到，你在每个领导面前都很听话。”张小伍惊讶地看了他一眼，说：“这不是员工的基本素质吗？”阮明的脸微微一红。

四

几乎每个月，张小伍都会借着查资料的名义来看看阮明，跟他聊聊天。

阮明离开研发部的第一个生日，正逢他老婆刚生了女儿，家人都去忙孩子了，没人记得他的生日。要下班的时候，却有人送来一个生日蛋糕，卡片的落款是张小伍。

阮明呆呆地看着那只洁白的底子上烫着金字的蛋糕盒子。想起过去，每逢生日，部门同事总要闹着给他礼物，眼泪差点流了下来。不知是为了这唯一的生日礼物，还是为了近一年来自己所受的冷落与委屈。

五

职业生涯的第五年，张小伍稀里糊涂地成了公司里最幸运的人。

公司决定在新加坡成立一个单独的技术部门，内部公开招聘研发总监。坐了两年冷板凳，东山再起成为总公司研发总监的阮明鼓励张小伍去应聘。张小伍觉得公司里比她资深又比她想出国的技术人员一大把，怎么会轮到她呢。

阮明却说：“我觉得你是最合适的人选。技术上不比别人差，做人方面，你比别人强太多。在那天高皇帝远的地方，一个可靠的人远比一个能干的人重要。”

绣球能落到张小伍手里，阮明自然起了至关重要的作用，这是张小伍送他生日蛋糕的那一刻从未想过的。

“记住他人的恩惠，不给他人难堪。”——如果张小伍写一本职场励志书，这可能就是全部内容。书名嘛，就叫《简单》。大凡职场成功者，其实都有一颗简单的心。

司志政摘自作者微信公众号

18. 答案：日本，次为俄英法美德奥，意大利只是象征性派遣了80人。

废旧古桥 变成价值连城的古董

@北京爱新觉罗

在美国的亚利桑那州哈瓦苏湖上，矗立着一座原建于英国的伦敦桥，这座桥离奇迁移在异国安了家。

伦敦桥原建于公元965年，是泰晤士河上资格最古老的一座木桥，这座桥桥面有8米宽，由19个不均等的拱柱支撑。桥面上还建起了商店和教堂，桥南端还建有一座门楼。

这座桥耗时33年才建成，是当年沟通泰晤士河南北两岸的唯一通道。随着时间的推移，伦敦桥上车流太过频繁，已不能承受重负。桥身以每八年2.5厘米的速度下沉，成为隐患。于是市政府决定重建。

如何处置废弃的伦敦桥，已提到市政府议事日程。为此伦敦市政府专门召开了市议员的讨论会。在会上，伊凡·路金市议员提议，将具有一千多年历史的伦敦桥作为古董投放到市场上拍卖。

当时他的这个想法遭到了绝大多数市议员的反对，他们认为伊凡·路金的建议简直就是痴人说梦。谁会花巨资买一座废弃的桥呢？伊凡·路金据理力争：“正因为它是座著名的古桥，才具有拍卖的价值。”伦敦市政府感觉伊凡·路金的提案有一定的道理，于是决定按

照他提出的设想尝试一下。

市政府通过媒体发出拍卖的通告，距离拍卖日还剩五个星期，也没有一个人提交申请竞拍。路金认为，这是因为拍卖的宣传没有到位。他向市政府建议，到纽约召开一次新闻发布会，以吸引当地的开发商。市政府采纳了他的意见。

在新闻发布会上，伊凡·路金把伦敦桥悠久古老的变迁史细致地描述了一遍，并特别强调说："伦敦桥不只是一座桥，它是英国一千多年的历史，是很珍贵的古董。"这句话被很多媒体引用作为新闻头条进行了报道。这条新闻引起了美国房地产开发商麦卡洛克的高度关注。

麦卡洛克曾在 1963 年买下了哈瓦苏湖城 1.6 万英亩的土地开发权。他买下这块地后建楼建厦出售，但没想到前来买房置业的人寥寥无几。他想了很多办法，但收效甚微。

麦卡洛克突发奇想，如果把伦敦古桥搬到哈瓦苏湖城，势必可以聚焦全世界的目光，这样，这块土地就会成为旅游胜地，哈瓦苏湖城的房子就容易出售，地价也会飙升。

他立即行动起来，提交竞拍申请，讨论搬建伦敦桥事宜。此时没有竞争者，他以 246 万美元的价格，顺利地买下了伦敦桥。

英国与美国相距遥远，如何将这座大桥拆卸并装载运输成了大问题，况且伦敦桥外层都是由石头组成的。

为了保持古桥的原有风貌，麦卡洛克让人把伦敦桥的构件逐一编号拆卸并吊装到巨轮上，乘巨轮到达加利福尼亚长滩，再用火车、汽车运往哈瓦苏湖城，最后再按照约翰兰尼设计的伦敦桥的原图在哈瓦苏湖上重建此桥。

为了与这座桥的风格相配套，麦卡洛克请设计师在桥的周边地区建造了许多英式的住房、商场和教堂，与伦敦桥交相呼应，成为一个浓缩的伦敦景观。

大桥建成当天，吸引了来自英国乃至世界各地的民众。人们看到从伦敦运来的这座桥，并没有建在湖上，而是建在城市与哈瓦苏湖中间的一个半岛上。风景宜人，景色壮观，游客络绎不绝。

人们开始争相购买这里的房子，房子销售一空。此地的房地产随之大大升值，周边的民众也因"古董桥"而富裕起来了。

一座废旧的古桥，摇身变为古董，不仅繁荣了一座城市，也将一段传奇故事载入史册。

丁强摘自《东方青年》

图：陈明贵

拍部电影，逃离险境

@佚 名

1979年底的一天，在伊朗首都德黑兰，美国驻伊朗大使馆突然被大批德黑兰学生占领，数十名美国外交人员被扣押。在伊朗扮演了不光彩角色的CIA（美国中央情报局）顿时陷入混乱。

直到几周后，CIA特工托尼·门德兹收到了来自美国国务院的加密备忘录，才惊讶地得知：在美国驻伊朗大使馆被攻占的过程中，六名美国人成功逃脱，得到了加拿大驻伊朗大使馆的秘密庇护。显然这六人是最容易被救出的。门德兹的专长是利用“身份转换”解决棘手情况，曾帮助数百人逃离险境。他打算以自己的专长首先营救这六名美国人。

计划很直接：这些美国人绝对不能暴露自己的国籍，应该使用假护照离开。当然，必须得有人先溜进伊朗，跟他们取得联系，用假身份对他们进行伪装，再把他们安全带离。

要给美国人伪造身份，首选加拿大，因为加拿大跟美国的语言、文化等都比较相似，而且当时伊朗对加拿大的态度并不敌对。但是，该以什么借口让六名“加拿大人”从时局动荡的伊朗离境呢？记者、工业顾问等身份都不行，因为这些人要不已经被严密监视，要不就是被伊朗人熟知。突然，门德兹有了灵感：自己可以伪装

成爱尔兰电影制片人，带着“摄制组”在伊朗为一部好莱坞科幻片取景，取完景当然就要离开了。

有了初步构想之后，门德兹做出了详细的计划方案，CIA 和白宫也批准了这一冒险行动。

很快，门德兹带着一万美元现金飞往洛杉矶进行前期筹备，并给朋友、好莱坞金牌电影化妆师约翰·钱伯斯打了电话，钱伯斯又带来一位负责电影特效的同事。他们见面后，门德兹将计划告知两人。两人几乎每晚都关注有关伊朗人质危机的报道，因此毫不犹豫地决定助门德兹一臂之力。短短四天内，三人就建立了伪造的好莱坞制片公司“第六工作室”。他们为那六名美国人设计了名片和假身份，并在高档写字楼建立了一个办事处。

这一切办妥之后，他们所需要的就是一部电影了，而钱伯斯手上正好有一部完美的剧本——在这部获奖科幻小说的电影剧本和草图中，伊朗可以说是理想的外景取景地。

门德兹也认为这个剧本非常完美，并给剧本起了一个新名字。他还给新成立的“制片公司”装配了电话、打字机、电影海报等，并与钱伯斯设计了电影的整版广告，在《名利场》等知名杂志上刊登。在门德兹回华盛顿的前夜，第六工作室还举行了一个小型晚宴，为电影作宣传。

一切看上去都那么逼真，只差“摄制组”了。1980 年 1 月底，门德兹带着所需工具秘密来到伊朗。

此次营救行动也得到了加拿大的帮助，伪造专家门德兹伪造了他能想到的所有证件：健康证、驾照、加拿大餐馆收据、第六工作室名片、电影摄制材料……抵达德黑兰后，门德兹又从加拿大大使馆那里拿到了加拿大护照。六个人的新身份已经完全建立起来了：有编剧，有运输协调员，有布景设计师，有副制片人，有导演，还有摄影师。

当天晚上，在加拿大大使馆工作人员的秘密安排下，门德兹和逃出美国大使馆的六个人见了面。他向他们解释了整个行动计划，展示了准备的相关材料，并将名片和护照分发给他们，请他们尽快熟悉各自的新身份。

在美国，第六工作室也十分繁忙。那位电影特效师和妻子负责看守办公室，因为办公室里有三条电话线路，只向 CIA 公开的那条由电影特效师负责，他的妻子负责接另外两个电话——它们是制片公司对外公布的电话，时不时会有人打来。

那部不存在的科幻电影的广告发布后，《名利场》等知名杂志的记者曾打来电话，并在杂志上发表了小篇

19. 答案：1911 年四川荣县独立，把保路运动推向高潮，成为武昌起义的先声。

幅的报道，其中一篇提到“枪战场景将在法国南部拍摄，然后剧组将会考虑是否赴中东取景”。关于演员阵容问题，报道援引那位电影特效师的话称：“我们会选用大明星来主演，但现在还得对此保密。”

第三天的黎明到来之前，美国大使馆那六名工作人员的发型和服饰都经过了精心设置，他们已经伪装成了好莱坞摄制组成员的样子。而在此前的两天中，他们也已进行了数次“彩排”，记下了该电影的故事情节，以及各自所伪装人物的背景信息。

凌晨四点时，六个人启程到达德黑兰的国际机场。而门德兹已事先前往机场，以调查现场情况。发现当天机场的军方人员很少后，他通知伙伴们一切安全，按照计划进行撤离。

由于事前准备工作非常充分，海关人员很轻易地就在美国人伪造的护照和出境签证上盖了章，然后七个美国人登上了瑞士航空公司的航班。飞机因机械问题延迟了一小会儿起飞，这一小会儿对他们不啻巨大的煎熬。直到飞机飞出伊朗领空，他们才松了一口气：终于成功逃离了伊朗。

这次营救行动异常成功，以至于第六工作室关闭数周后，门德兹还收到了26部电影剧本，其中一部就来自美国的著名导演斯皮尔伯格。

司志政摘自《百家讲坛·红版》

图：小柯

怎样应对节日“红包炸弹”的密集轰炸

@要去吃土的

份子钱“众筹”，是由于农耕时代生产力比较落后，盖房子娶媳妇都是大事，仅靠一家一户难以完成。

后来，酒席攀比的风气迅速兴起，要去人家家里喝酒吃肉，总不能空着手去吧，于是随礼之风也就跟着出现了。

那时候的人对MONEY还没有那么执着，更喜欢赠送物品。

到了明代，份子钱越来越金钱化，贪财如命的万历皇帝在给儿子娶媳妇、嫁闺女的时候，都要赤裸裸地向大臣索要份子钱。

就是爱历史（近代）20. 辛亥革命以后建立的亚洲第一个民主共和国是哪个国家？

发展到今天，份子钱更是变成了一份让人吃不消的“人情债”。

据说新郎新娘这辈子记忆力的最高峰就是拟定请客名单的时候，突然就可以记得所有人的名字，包括十几年都不联系的同学和八竿子打不着的“朋友”。

没有空，不能出席婚礼？

没关系啊，

支付宝、微信转账多方便，再不行给你银行账号，直接转账就行。

中国移动 16:10

〈WeChat(… 二狗子

老同学，你最近混得不错呀，国庆回来看看不？

兄弟准备要结婚了，顺便来聚聚呗？

？？？

一个月后

兄弟结婚啦？哎呦恭喜恭喜

太不巧了，我手机之前掉水里了，今天售后才给我送回来，你这消息我才看到。

错过了兄弟的婚礼真是不好意思，下次啊下次，下次你的婚礼我一定到场

中国移动 09:27 78%

〈发现 朋友圈

张全蛋

MD，过节又加班！一分钱不发，上个月奖金倒帮我扣光了！极度气愤中闭关勿扰！都别安慰我，请吃饭都不去！

30分钟前

唐马儒

10月3号我结婚，大家来赏光啊。

1小时前

尔雅荡

结婚啦，结婚啦啦啦啦……

1小时前

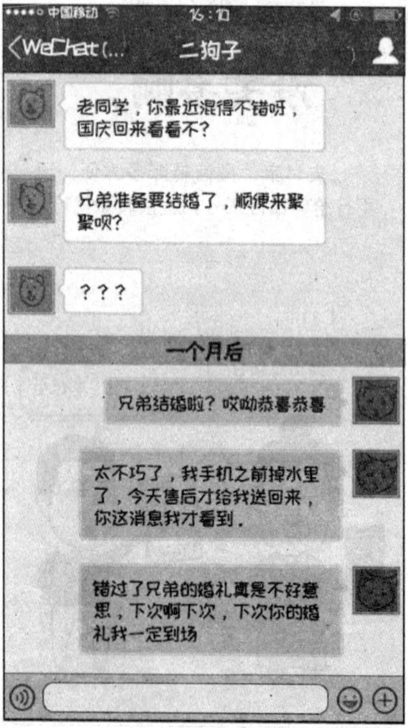

20. 答案：中华民国，为二战主要战胜国及联合国五个创始会员国之一。

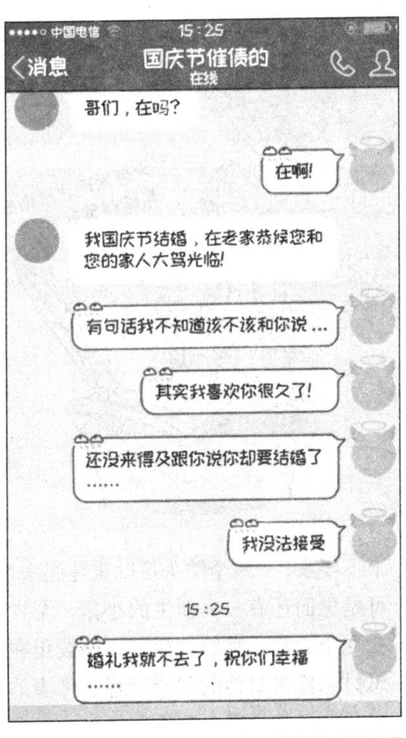

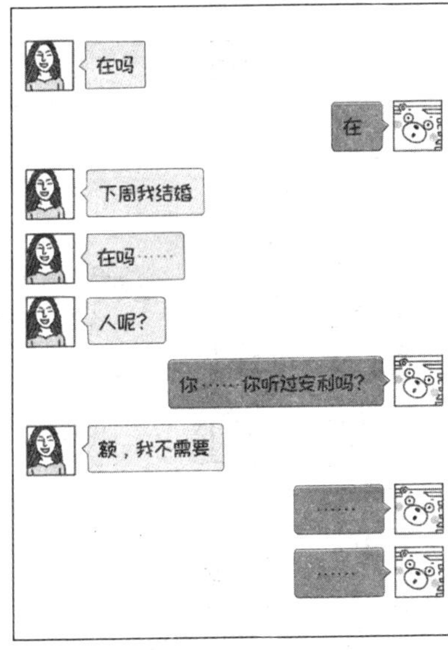

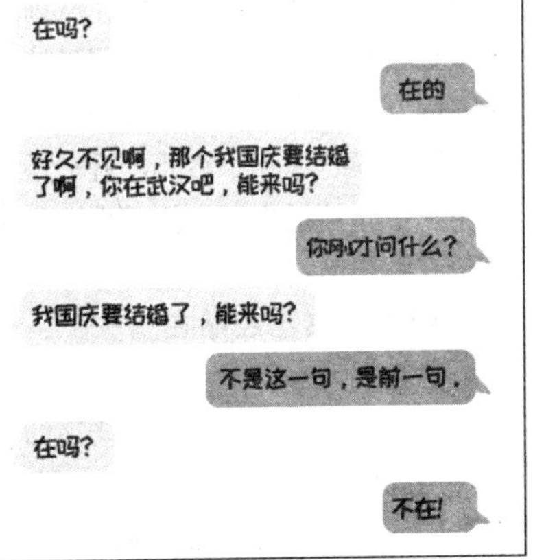

摘自微信公众号大鱼漫画

西洋人眼里的中国故事

@王力

西洋人对于中国的事情，无论真假，都喜欢知道，捏造的话也不少。举一个例子，就是查理·蓝在《爱利亚论》里面所说中国人发明烧猪的故事。

在开天辟地后的七万年内，人类只知道吃生的兽肉，查理把这个时代叫做“厨放”，就是“厨子放假”的意思。后来烧猪的艺术是偶然被发明的。有一个牧猪人，名叫火帝，他在清晨就到树林找猪的食料去了，只留他的长子波波看家。波波是一个笨孩子……当时的青年都喜欢烧火为戏，波波更可说是一个火迷。他一个不留神，让火星迸射在一束干草上，就燃烧起来，转眼间，一间茅屋已成灰烬。茅屋烧了不要紧，一两个钟头可以重建起来；可是里面还有一窝新生的小猪，至少在九个之数，都给烧死了。波波正在思忖怎样来对他的父亲解释这件事的当儿，忽然觉得一阵香气扑鼻。是茅屋被烧，发出来的香味儿吗？从前茅屋也曾被烧过，为什么不曾闻过这种味儿呢？他想不出一个道理来，且先弯下腰去摸一摸那小猪儿，看它还活着不。手指给烫疼了，他天真地拿指头放在嘴里吹。在摸的时候，一些烧裂了的碎猪皮已经贴在指头上。于是，他有生以来第一次（其实可说是有人类以来第一次）尝着了烧猪的味道——脆的啊！他再摸摸看，不期然而然地，他又舔自己的指头。这样尝

了又尝，他终于恍然大悟，原来刚才闻着的是烧猪的味儿，而烧猪竟又是这样好吃的。火帝回家之后，和儿子大闹一番。波波想法子让他父亲尝着了烧猪的美味，于是父子俩正经地坐下，把这一窝乳猪吃个精光。

火帝叮嘱波波严守秘密，因为恐怕邻人知道了，说他们擅自改良上帝所赐的食物，会用乱石打死他们。但是，邻人们却注意到火帝的草房子烧了又造，造了又烧。从前没有见过这样密的火灾，最巧的是：母猪每次生了小猪，火帝的草房子一定被烧，而火帝并没有责骂过他的儿子一句。邻人们觉得奇怪，终于侦察出他们的神秘来，告到北京的法庭（当时北京还小得很呢）。火帝父子被传去审讯，那烧猪也被拿去做物证。正要判决的当儿，裁判委员会的主席提议先把烧猪放进木箱里。于是他去摸了摸，其余的委员也去摸了摸，他们的手指都给烫疼了，都放在嘴里吹冷。这一吹就变了局面，委员们也不再顾那些人证物证的确凿，也用不着互相磋商，大家不约而同地宣告火帝父子无罪。这么一来，把旁听席上的人，市民们、外人、访员，都弄得莫名其妙起来。

那法官是一个狡猾的人，等到退庭之后，就秘密地去买了许多猪。几天之后，大家听说他采邑的房子被火烧了。这一件事传播开来，四面八方的民房也都遭了火灾。在这一带，柴草和猪都大涨其价。保险公司一个个都关了门。人们造房子，越来越马虎，大家都怕建筑之学不久就会失传了。幸亏有一个圣人出来，他才发明：烧猪或烤别的肉类都犯不着烧去一座房子，只须用铁叉叉着烧烤就行。

故事的本身是很美的，但我根本不相信它是一个中国故事。燧人氏的时代，中国未必有法庭，更不会有访员，那时的政治中心也不会在北京。保险公司非但中国古代没有，现在也还不曾深入民间呢。即使是一种手抄本，也该像中国人的话，何至于一个牧猪人称为火帝，把一个太古时代称为“厨放”呢？这也许是我译错了字。但是，波波毕竟不像中国的古人名。中国上古的人名有双声，有叠韵，却是没有叠字的。

查理也许像美国人，喜欢把广东人看作中国人的典型：广东人有烧乳猪的事实，因此渲染成为一个故事。

摘自《龙虫并雕斋琐语》中华书局

图：小黑孩

【作者简介】王力（1900–1986），中国语言学家、教育家、翻译家、散文家、诗人，中国现代语言学奠基人之一。为发展中国语言科学、培养语言学专门人才作出了重要的贡献。

每年一度的体检喜剧

@冬亥

一年一度的单位体检，不亚于年度谐星走红毯，赵本山宋丹丹什么的都弱爆了。

根据往年体检经验，B超项目往往是最为耗时的，所以王哥一登场就直接跑到B超室外排队去了。负责维持秩序的小护士过来要他的体检表看了，很不满："血还没抽，你就跑这里来排队干什么啊？"王哥理直气壮："我都憋好尿了。"小护士嘻嘻地笑："憋好尿了您就去撒啊，没谁拦着您！"

旁边的几位大姐都瞅着王哥笑，王哥这才想起，只有女生才需要憋尿，红着脸跑到厕所去解决问题。好在都是同一个单位的，还是好心人多，就有人提醒王哥说上厕所的时候想着取尿样啊，中段！王哥答应着去了，可是过了一会儿空着试管就出来了，急赤白脸地跟大家解释："一泡尿谁知道时长多少，咋知道哪是中段啊？刚犹豫了一下子，结果就没流量了。"

同样凡事"只争朝夕"的还有我们可敬可亲的刘科长，本身来得就晚可还嘟囔着"哎哟，来不及了"到处插队。大家都是一个单位的，彼此知根知底的明白他就这么个脾气，不见得真有什么工作等着他去干，翻翻白眼也就过去了，但是人家体检大夫却看不过眼去了，提醒他："都排队啊，不能插号！"刘科长厚着脸皮不肯走："我恰好犯病了，是急诊。"旁边的柳美眉也替他帮腔："那就让他先来吧，反正我们这些人都用不着吃脑残片。"

刘科长进去了才知道柳美眉这句话的确切含义。这个检查项目叫经颅多普勒，就是查看脑供血情况的，长时间脑供血不足的确能够导致脑残。

财务科的大宋天生话多，闲极无聊就编排人家B超室的段子："哎哟，大家可得抓紧点，上次他们就耦合剂准备得不够，最后几个人进去了，大夫就是朝肚皮上吐口唾沫，拿着那个小刷子来回地抹。"大家哄堂大笑，惹得里面的大夫都出来了，提醒大家保持安静，并批评大宋不要随便造谣，影响人家体检中心形象。大宋还在那里嘴硬呢："谁造谣了，我说的都是真事啊！"

等大宋从B超室里出来，却是一脸的古怪。有人纳闷，问他怎么这

民防小知识 2. 在雷雨天气不要触摸任何金属管线，不要使用太阳能热水器洗澡。

副表情。大宋拒不交代，被追问急了这才咧着嘴道出了真相："祸从嘴出了。他们好像想向我证明什么似的，把胳肢窝都给我抹上了，我用了十几张纸到现在还没擦干净，凉凉的，酸爽极了。"

管理科的老高首先被查出来严重问题，肾脏上有一个一厘米直径的水泡。老高的脸都白了："大夫，我还有多长时间？"大夫很纳闷："什么还有多长时间？"随即恍然大悟，"哦，没事，这很正常。"

老高不干了，说："都一厘米直径了还很正常？是不是你们医生整天看多了，就觉得算不上什么大事了？但对于我们普通人来说，却是人命关天的大事啊。"大夫耐心解释，说真的不算什么大事，很平常。老高表示不相信："我没见过人的腰子，可是吃过猪的羊的腰花，从来没有见过谁的腰子有水泡的。"

大夫都快崩溃了："老哥，猪啊羊啊的活不到一年就宰杀了，腰子还没怎么用呢，而你都已经用50年了。"

其实任谁抖机灵摆幽默，都没有领导的水平高。体检报告出来后，一大批人都有大大小小的毛病，主要病因就是长期在电脑前久坐，落下的腰椎颈椎以及血压血糖血脂三高毛病，纷纷提出来要加强休养。

面对困境，处长胸有成竹："把有毛病的同志统计一下，星期五全天徒步道路巡查的活，正不知道安排谁去呢，就让这些查出来有病的，站起来走两步！"

刘名远摘自《喜剧世界》

图：恒兰

动物界的吃货军团

@张天一

在许多美食比赛节目中，选手们惊人的食量常常让我们感叹："他怎么能吃那么多！"如果把动物们的食量列出来，你也许会觉得人类的大胃王真不算什么。

蓝鲸：大胃王冠军

蓝鲸是世界上已知最大的动物，它们的体长能达到33米，重量能达到200吨以上，非常庞大。成年蓝鲸舌头的重量就足以和一头成年大象的体重相当。它们的心脏重达590千克，跟一辆大众甲壳虫大小差不多，是哺乳动物中最大的心脏。为了支撑这么庞大的身躯，它们的食量当然也得大！

每天蓝鲸能吃多达5吨的食物。有趣的是，这么庞大的动物，食物竟然主要是细小的磷虾。当蓝鲸张开大嘴时，水和浮游生物将会流入这个"大口"中，随后蓝鲸会挤压腹腔和舌头将海水从鲸须板的缝隙排出，留下水里的磷虾，每天4000万只磷虾会葬身鲸口。

大熊猫：每天花14小时吃

熊猫是不爱活动、行动迟缓的典型代表，那大部分时间里，熊猫都在

民防小知识3. 发生雷电时不要使用任何家用电器，拔掉所有的电源线和信号线。

干什么呢？

那就是吃和睡。每天，熊猫会花14个小时吃掉12.5千克的竹子，剩下的时间除了少量的活动外，都在睡觉，在每两次进食中间，它们都会睡2—4个小时，睡醒了接着吃。然而，大熊猫这样做也是有理由的。

大熊猫的祖先是食肉动物，随后，在漫长的进化过程中，由于竹子更容易获得，大熊猫的饮食逐渐以竹子为主，但它们的消化系统并没有太大改变，仍旧与肉食类动物一样：消化道较短、犬齿锋利、没有盲肠。这就出现了一个问题：大熊猫肠道缺乏分解纤维素的特定细菌，所以大熊猫从竹子纤维素中获取的热量比例很低，它们吃的竹子虽多，但只能消化掉其中的17%。为了获得营养，大熊猫只能通过不停地“吃”来弥补。

鼩鼱：挨饿，就会死

鼩鼱体型非常小，最大种类的鼩鼱大概只有15厘米长、100克重，而最小的只有3.5厘米、2克重，跟一枚硬币差不多大小，是最小的陆地哺乳动物。也许你会认为这样小的动物根本不需要太多食物，如果你这样想，那就错了。

普通的鼩鼱每天得吃相当于它们体重80%—90%的食物量，每2—3小时就得进食一次。侏儒型鼩鼱还得吃相当于自己体重3倍的食物量，这意味着它们每隔15—30分钟就得捕猎。

为什么鼩鼱胃口能这么大呢？因为鼩鼱这么小的哺乳动物，为了维持它们非常快的新陈代谢率，就得呼吸、心跳更快来获得氧气，并将氧气运输至身体各个角落。因此，鼩鼱需要摄取大量的热量来抵消其巨大的能量消耗。而如果5小时内不进食，鼩鼱就会死于饥饿。

毛毛虫：最贪婪的动物

世界上最贪婪的动物诞生了，根据吉尼斯纪录，它是一只来自北美的飞蛾——多音天蚕。而这次它之所以打破纪录，是因为一只多音天蚕毛毛虫在56天内，吃掉了比自己体重重8.6万倍的食物！这些食物量根据最近的另一项研究显示，如果换算一下，相当于一个成年人每天得吃23—91千克的莴笋。而它们吃这么多，也是为从毛毛虫到飞蛾的巨变积蓄能量。一旦成年，变为飞蛾后，多音天蚕就不会再吃任何食物，成年的寿命也非常短，只能活5—6天，在交配完产完卵后，它们就会死亡。

水云间摘自《大科技·科学之谜》

图：陈明贵

年祭

@唐志豪

自打进了腊月，年味就一天天浓了起来。中午，老李把屋檐下用麻绳挂着的一溜儿腌肉条解了下来。老伴已经把刷干净的瓦瓮搬到了天井正中。然后，老李夫妇把配好的大米、普洱茶叶和松柏枝放入瓦瓮中，加入点燃的木炭，铺上木糠。

老李忍着烟熏，又把腌肉条一条条吊在瓦瓮中，最后盖上盖子。老伴说："莫忘了常倒倒地儿，别一块糊一块生的……亮娃子可是最爱吃这个的。"

两个人摊着油手站在天井里。瓦瓮中的烟不断地从瓮盖的缝隙中钻出来，天井里弥漫着一种奇特的香味儿。

老伴高兴得眼角边的皱纹条条打颤，她双手一拍膝盖："对了！等亮娃子一回来，我就把邻居全叫来吃顿饭。我做的腊肉可是屯里出了名的香呢。"

老李不小心在瓦瓮上烫了手，他一边甩着手，一边说："等到晾好的腊肉能下嘴，那还得半月呢。你怎么会叫咱们的娃饿着嘛。"

老伴不以为然，兀自沉浸在自己的骄傲里："亮娃子当兵以前，可是三乡五屯硬实俊俏的后生崽。他二婶子还说了，亮娃子的身架样貌好，指定是从小吃着香透山沟沟的腊肉长大的结果呢。"

老李揭开瓮盖，一股浓烟喷涌而出，他用手挡着眼睛："快别说嘴了，该起瓮了。火候正好……"

熏好的腌肉香喷喷的，金黄金黄。他们不再说话，手脚麻利地把熏好的金灿灿的腊肉条重新拴到窗前屋檐下。半个月之后，就能吃了。

风把腊肉的香味吹到了屋门口，又吹进了堂屋里。堂屋的八仙桌上烛烟缭绕，摆满着果品菜蔬。桌子正中，一张黑框镶着的黑白照片引人注目。一条长幅钉在桌子后面的墙上："向抗震救灾中牺牲的好战士李亮娃致敬！"

（本文作者系山东省潍坊中学 2015 级学生
指导教师刘晓峰 晓寒荐）

不知从什么时候开始，出现了一种新行业：造梦。制造梦境的这一类人，被称为造梦师。造梦师能制造出各种各样的梦境。人们可以在梦中做一些在现实中做不到或者不敢做的事情……

梦杀

@闲云归路

梦境的要求

皇龙集团的总经理李青石，今年三十三岁，算得上年轻有为，他问身边的一个二十多岁身材高大的年轻人："那件事办得怎么样了？"

年轻人叫何远，是李青石的助理，只见他脸上掠过一丝犹豫，低声道："李总，我找了几个，但都达不到您的要求。"

"那就继续找，我要最好的造梦师，最好的，明白吗？"

"是，我这就去找！"何远的身影消失在玻璃门后，李青石望着有些阴沉的天空，陷入了回忆当中。

四年前，李青石已是辉腾集团的董事长，叱咤风云，年少有为。但商场无情，因为一次重大投资失败，辉腾公司欠下了巨额债款，面临倒闭。也就是在这时，李青石抛弃了在一起六年的女友晶晶，和付晓婉走进了婚姻的殿堂。

李青石并不爱付晓婉，只因她是皇龙集团的女当家，付晓婉有能力并且也答应帮他还清债务，只要他同她结婚。李青石清晰地记得分手的时候，晶晶脸上绝望的表情。她是个好女孩儿，就算李青石一无所有，依然陪伴在他身边，在分手的前一天，晶晶还对他说："我打算开个小店，多赚一些钱，帮你还债。"

晶晶是个好女孩儿，但是他背叛了她。他已经习惯了富足奢侈的生活，没有勇气过那种清贫的日子。

但只过了两年的时间，付晓婉渐渐恢复了千金大小姐的脾气。一旦李青石做错了什么事情，付晓婉立刻高声叫嚷，丝毫不顾及是否有其他人在场。

李青石只能默默忍受。并且，付晓婉有间歇性心脏病，受不了刺激。他也想过离婚，但他比谁都清楚，他的一切都将从此消失，他会变成一个一无所有的穷光蛋。

他不知该如何发泄心中的痛苦，直到有一天，何远向他推荐了一个造梦师。他还记得那个中年人掏出一个小瓶，递给他。他躺在床上，将烟雾倒进耳朵，平生第一次体会到梦境的美妙，在那里，他抢劫了一家银行。

为了发泄心中的怨气，他甚至在梦中折磨自己的妻子，而且，要求也越来越高。遗憾的是，中年人技艺有限，达不到他的要求，没有办法，李青石只好开始寻求更好的造梦师。但是，好的造梦师万里无一。李青石叹了口气，从沉思中醒悟过来。

造梦师陆大师

一个星期后，李青石跟着何远到了城郊一栋巨大的庄园门前，黑色的奔驰车缓缓停住，李青石和何远走了下来。

摁了墙上的门铃，片刻之后，走出一个十六七岁的清秀女孩接待了他们，并交待他们："陆大师是聋哑人，只能通过纸和笔进行交流。"女孩儿离去之后，何远说道："李总，我在门口等你。"

李青石点点头，推门走了进去。

房间里的布置古色古香，房间的中央拉着一个竹帘，竹帘后隐约能看见一个戴着面纱的人影。

李青石走到竹帘前，掏出纸笔，将来意写在上面，然后将纸笔通过竹帘中间的缝隙递过去。片刻之后，对方又递了出来，纸上写着八个字：你想要什么样的梦？

李青石写了一个关于妻子的梦。对方回复他一周后可以来取。

一周后，李青石派何远前去城郊庄园，带回来一个青色的小瓶。

当天晚上，李青石第一次见识到了如此真实的梦境，在梦中，李青石用各种方法折磨妻子，尽情发泄着心

民防小知识 5. 人被雷击中后，他的身上是不带电的，应及时接触受伤者进行抢救。

中的怨气。

一天上午，在董事局的会议上，付晓婉正安排着下一个季度的工作，中途忽然面色苍白，双手捂住胸口，软绵绵地倒在了地上。

在医院里，李青石接到了医生的通知，心脏病复发。

这件事让他想到了一个一劳永逸的办法。他驱车赶往城郊庄园，在那个古色古香的房间里，向陆大师提出了一个要求：噩梦，越可怕越好。

竹帘后面的陆大师似乎有些发愣，好一会儿之后，纸条传出来，上面只有三个字：为什么？

李青石的回答是：这个你不需要关心，你只要开个价格就可以了。

片刻之后，陆大师的纸条传了出来：十天后来取吧。

十天之后，李青石从陆大师那里拿到了一个黑色的小瓶。

当天晚上，等付晓婉睡熟之后，李青石轻轻起身，将瓶中的噩梦倒进了她的耳中。李青石露出了一个冷酷的微笑。一切都在按照计划进行着，现在的他只需要等待，等待着付晓婉被噩梦吓死，她脆弱的心脏一定经不起这样的刺激。

这真是一个不错的计划，妻子是被噩梦吓死的，跟他有什么关系呢？李青石得意地笑了。

噩梦？美梦？

李青石又预订了一个更加可怕的噩梦。除此之外，还为自己要了一个关于付晓婉的美梦，他需要发泄内心的怨气。

在属于他自己的全新的梦境中，一切竟然都跟入睡前一模一样，自己躺在床上，妻子就躺在自己身边。他抬起头看了看墙上的钟，指针显示是早晨八点，他又看了看自己的腕表，时间是深夜十一点。

为了区别梦境，陆大师告诉他一个方法，在梦境中，每一处的时间都是不一致的，如果时间一致，那就是现实；反之，则是梦境。

李青石放下心来，他毫不客气地将妻子推醒，让她去给自己做饭。

付晓婉睡眼惺忪地醒来，看了看李青石，忽然骂道："大半夜的，你疯了吧？"

李青石抬腿一脚，付晓婉像看怪物一般看着李青石，忽然大叫着向他冲了过来："你竟然敢打我，我跟你拼了！"

李青石没防备之下，被付晓婉一把抓了个满脸花。李青石又惊又怒，为何妻子这次却开始反抗？他一面摸着脸上的伤口，一面和妻子厮打起来。

缠斗中，李青石被付晓婉咬了一口，痛得大叫起来。他顺手从茶几上拿起一把水果刀，猛地刺向了付晓婉的腹部。只见付晓婉脑袋一歪，软绵绵地倒在了地上。

李青石长长地吸了口气，正在这时，楼下忽然传来一个声音："先生太太，你们没事吧？"是用人。

李青石一愣，再次向墙上的钟看去。经过了和妻子打斗的这段时间之后，墙上的钟依然还是八点。墙上的钟竟然停了！

难道眼前的一切竟然都是现实？自己亲手杀死了自己的妻子？李青石忙问用人："哦，对了，现在几点了？"

用人的声音传了过来："李先生，现在是午夜十一点二十。"

李青石感觉头顶"嗡"的一声，这根本不是梦境。李青石情不自禁地打了个寒战，起身来到楼下的客厅之中。一定是什么地方出了错，但与此同时，李青石头昏脑涨，迷迷糊糊地昏睡在沙发上。

李青石醒来之后，已经是第二天清晨。昨晚的记忆瞬间涌入脑海，李青石不自觉地打了个冷战，呆愣了片刻，忽然飞快起身，驱车赶往城郊的庄园。

开门的是一个留着小胡子的陌生男人，瓮声瓮气地问："你找谁？"

"我找陆大师。"

"陆大师？这儿哪有什么陆大师？"小胡子有些不耐烦。

李青石一愣："怎么可能，我昨天刚来过这里。"

小胡子想了想，露出恍然大悟的表情："哦，你说的是那个女人吧，她昨天刚搬走。"

"女人？"李青石一下子愣在了原地，他感觉自己似乎掉进了一个巨大的圈套。他绝望了。

当天下午报纸上登出了新闻：皇龙集团总经理李青石从楼顶摔下身亡，警方已经介入调查。没有任何他杀的证据，几天后，事情顺利结案，李青石为何自杀，原因不明。

最后的梦境

这一天下午，李青石的别墅里，付晓婉穿着睡袍，慵懒地坐在沙发上，在她对面，坐着的是何远。

付晓婉喝了口咖啡，说："这件事情多亏你了。有个问题我一直想问，陆大师到底用的是什么法子？"

"很简单，李总在梦中杀死了董事长，但他以为是现实。"

"那他什么时候醒过来的？"

"第二天早晨。"

"最后一个问题，陆大师为什么要求我趁他睡着之际，将他弄到客厅的沙发上？"

"因为那是现实和梦境的交接点，

陆大师会让他在那里醒过来。”

付晓婉赞赏般地叹了口气，片刻之后，她忽然问何远，“你不想知道，我为什么要杀他吗？”何远正不知如何回答，付晓婉继续说，“我为这个负心汉付出那么多，但是他一直忘不了那个女人，从来就没有真正地爱过我。”付晓婉的声音里已经带了一丝悲伤，“这不是我想要的生活，我试图通过无理取闹，想让他跟我离婚，但是后来我明白了，他是根本不可能离婚的，我不知所措，直到你向我推荐了这个方法。

“本来我还有些愧疚，但没想到他起了杀心，竟然想利用噩梦吓死我，不过他怎么也想不到，陆大师为我制作的全都是奇妙无比的美梦。”说到这里，付晓婉的脸上已经没了悲伤，而是一片得意之色。

付晓婉挥挥手说道：“好了，去忙吧，你和陆大师做的这一切我会记在心里的。”

“多谢董事长。”何远站起身，掏出一个青色小瓶，递到付晓婉面前，“董事长，这里还有一个梦境，是陆大师让我转交给您的。”

付晓婉接过小瓶，嘴角露出微笑，说道：“难得大师这么细心。”

何远微笑着告辞离去。

当天晚上，付晓婉躺在床上，打开青色小瓶，将瓶中的梦境倒入了耳中，沉沉睡去。

这是一个全新的梦境，场景是在家中，而自己正躺在床上。付晓婉正想起身，朦胧中，感觉身边好像还躺着另一个人，她扭头看了一眼，忽然发出一声惊恐的尖叫。在她旁边躺着的，是浑身是血、面容恐怖的李青石，此刻，他正咧开嘴，对着她微笑。付晓婉捂着心口软绵绵地倒了下去。

第二天上午，在城市的高速公路上，一辆轿车正疾驰向前。车厢里，何远手拿一份报纸，面带微笑地看着新闻：皇龙集团董事长付晓婉昨夜心脏病突发，已经离世。

然后，他将报纸递给了身边的一个人——一个戴着面纱、看不清面孔的人，并问：“师妹，有个问题我一直想不通，你为什么起了陆阳这个怪名字呢？”

陆大师面纱后的一双眼睛似乎发出了光，半晌说道：“你猜呢？”

摘自《雨露风·超好看》

图：豆薇

看完还想听？
扫码进入故事会百宝箱，朗读音频随你听

故事的力量

以前看过一个故事，讲的是一个富商的奋斗史，说他刚到香港淘金的时候，身无分文，山穷水尽之际，忍住饥饿观察，终于发现了一线生机——那就是蹭擦鞋小工的客户，趁客人在享受擦鞋服务的时候，他冲上去，讲故事帮客人打发时间，竟然因此捡到了第一桶金。

后来，他存钱投资，逐渐发家成为小有名气的富商，但他在一些重要的谈判间隙或者饭局，仍然喜欢给人家讲故事，他甚至不无得意地称这是他“制胜的独门法宝”。

原来故事这么有力量啊。通过讲故事能获得商机，还能为谈判添分加码，攻无不克，简直是隐形神技呀！

其实，通过讲故事能缩小人与人之间的距离，甚至让你意想不到地打开彼此的心门。故事，来源于社会，在故事里能看得见你我他的影子，让人觉得亲切；而故事本事又是很好的媒介、谈资，更是避免冷场的不二利器。

对我来说，故事就等于童年。到现在我还记得冬夜来临前，躺在热乎乎的被窝里听大人讲故事，或者自己看书读故事，然后甜甜睡去，那种感觉很久都记忆犹新。

又到冬季，泡一杯茶，读一则故事，让故事温暖你。

本期责编 田芳

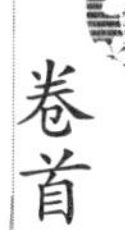

卷首

高贵的捐赠

@方冠晴

一场大火，夺去了这个家庭女主人的生命。我去的时候，男主人和他的小孩暂时安身的车库门口已有好些人。有一对母女引起了我的注意。那位母亲对女儿说："你瞧，这被褥，是妈妈最好的被褥；这件衣服，是你爸爸刚买的最好的一件衣服。我们都能将自己最好的东西拿来捐给翔子家，你为什么就不能拿你最好的呢？咱们能不能换一下，不捐这破了缝的熊，捐你最宝贝的？"

女儿问："我要是将我最宝贝的东西捐给翔子，他还会还给我吗？"我忍不住插嘴："当然不会，哪有捐出去的东西再要回来的道理？"

我们一道进了那个车库。当小女孩的母亲奉上带来的被褥和衣物时，小女孩拉过满脸泪痕的翔了的手，郑重地、小心翼翼地，将她母亲的手交到翔子那只小手上，她的脸色苍白，咬了咬嘴唇，下了很大决心似的说："翔子，我将我妈妈捐给你了，你以后有妈妈了。"说完这一句，她的眼泪就顺着脸颊淌了下来，转身跑开了。

她的母亲追了出来。小女孩满是泪花的双眼定定地看着她的母亲，怯怯地说："妈妈，不，翔子的妈妈，我不是想将你要回来，可是，我还是想亲你一下。你别告诉翔子，偷偷地让我亲一下好吗？"

她的母亲一把抱住她，我看到，这位母亲的眼里噙满了眼泪，满脸都是幸福而又骄傲的神情。

摘自作者新浪博客

扫码与作者面对面

故事会 2018.01
Stories Digest
文摘版 总第41期

社长、主编：夏一鸣
副社长：张凯
副主编：高健
本期责任编辑：蔡美凤
发稿编辑：高健 田芳 袁燕娜
美术编辑：周睿
电话：021-64668742
021-54561119
邮编：200020
地址：上海市绍兴路74号
主管：上海世纪出版集团
主办：上海故事会文化传媒有限公司
出版单位：《故事会》编辑部
发行范围：公开

出版、发行电话：021-64313938

发行业务：021-64313938
发行经理：钮颖
媒介合作：021-64338113
广告业务：021-64334376
新媒体：021-64677160
广告经营许可证：
沪工商广字3100320080016号

国外发行：中国图书贸易总公司
印刷：上海四维数字图文有限公司
发行：上海邮政报刊发行局
邮发代号：4-900
国外代号：MO9178
定价：5.00元

卷首

焦点

看点

笑点

泪点

视点

盲点

零点

侃点

亮点

评点

故事会文摘版欢迎投稿

稿件要求：来自最新的报刊、书籍或网络，故事性强，文字明快，主题健康，视野开放，纪实或虚构均可，体现“新、知、情、趣”的特点，同时欢迎第一手的翻译作品。推荐作品须注明原文出处、原作者姓名，确保转载不存在侵害版权的行为，并请留下推荐者真实姓名及通信地址。作品一经采用，即致推荐者50至200元推荐费，并向作品著作权人支付稿酬。

故事会文摘版 投稿信箱
wenzhaiban@126.com

故事中国网：www.storychina.cn

故事会文摘 gsh-wz　　故事会微信 story63

痴是劫

@虎皮妈

帮个忙

大年三十。忽然手机一振，原来是罗一鸣给我发了一个红包：“哟，罗班，这么客气，有什么阴谋啊？”

果然他说：“卫视新开的那档唱歌选秀节目，你的基友赵娜是不是去当导演啦？是姜菁菁的表妹要参加，我就受人之托，帮个忙。”

我叹一口气，手指来回摸着手机屏幕：“哟，罗班，够长情啊，前妻的表妹还要帮忙呢。”

“别乱猜，就是帮个忙。”

大三那年，罗一鸣也是号称帮忙经济学院做海报，帮着帮着，半年后就跟系花姜菁菁十指紧扣出现在大家面前。大四散伙饭，我借酒装疯，拿着瓶啤酒去找罗一鸣：“你不够意思！”他讪笑：“我哪里不够意思了？”我撇嘴盯住他：“你自己知道！”他一愣。赵娜来拉我：“走了走了，你喝醉了。”

“我没醉！”我喊一声，罗一鸣上来抢过我手里的啤酒。我看着他仰起头，没有换气，一口喝完，然后把空啤酒瓶在我眼前倒扣，红着眼问我：“现在够意思了吗？”

维多利亚的梦

这天，听到有人按门铃。我臭着脸看到一个网红脸美女，美瞳V脸，上身围巾大衣堆得厚实，下边一条短裙加靴子，露出白花花一段大腿。她见到我，激动地说：“是雯姐吧？！你好，我是维多利亚！我给你打手机打不通，就问姐夫要

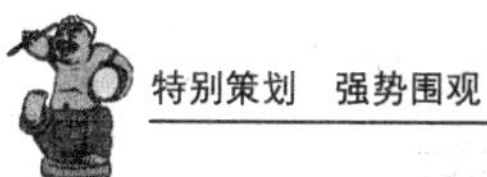

了你家地址来找你了。”

“你姐夫是谁？”我问她。

罗一鸣灰头土脸摸进咖啡馆，我毫不犹豫猛踢他一脚，冷笑：“你怎么不让她直接找赵娜去啊！”

罗一鸣叹口气：“你以为我愿意啊？她天天坐在我家门口，逼着我给她找人，你说这过年啊，我家爸妈亲戚都看着呢。对了，她给你表演唱歌剧了吗？”

我气急反笑：“表演啦！说是欧洲学回来的美声唱法，把我家楼道里的应急灯都唱亮了！你那个表妹说她十八岁考音乐学院，考了三年没考上，准备出国留学又准备了三年，在欧洲待了不到一年，学位也没拿到就回国了。她还觉得她真有天赋？这两年选秀节目没少参加吧，最好也就小比赛前三十的成绩。她做梦也做了够久了，怎么现在还不醒？她疯家里人也陪着一起疯吗？”

罗一鸣淡淡地说：“她妈妈癌症晚期了，也曾来找过我，说最大的心愿就是走之前让女儿圆一次梦。每次比赛，一首歌都唱不完就让人淘汰了，现在只希望能在电视上唱完一首歌，就唱一次。万绮雯，你觉得你能帮这个忙吗？”罗一鸣抬起脸来，深深地盯住我的眼睛。我望着这个目光，心不期然就软了。

最多前二十

我带维多利亚去见赵娜。赵娜在电视台十来年，雷厉风行。维多利亚说了唱了没两分钟，赵娜示意她停：“好了好了，你前面唱过那两句就可以了。其实啊，维多利亚对吧？你是老万的亲戚我才跟你直来直去。你这么漂亮，有没有想过走其他的路啊？”

维多利亚眨着大眼睛：“娜姐，我一直觉得我就是为音乐而生的。我四岁时第一次在幼儿园登台，从那一刻开始，我就有一个信念，我相信我一定是属于舞台的……”

维多利亚还要继续，赵娜拦住了她：“这样吧，你的报名表我已经看到了，回去准备准备，明天早上九点来找我。我跟你表姐还有点

事情商量，你就先回去吧。”

维多利亚一走，赵娜叹口气：“你这个亲戚肯定是不行的，一点辨识度都没有。”

我把罗一鸣的那套说辞讲给赵娜听，赵娜一撇嘴：“拜托，这种故事都烂大街了好吗？哪怕是真事，现在说出来也招反感啊。”

我撒娇：“好啦好啦，你说最多能进多少？”赵娜仰头叹口气，算了半天：“最多前二十吧。”

我给她一个熊抱。

祸水东引

我出差回来，拖着行李箱刚到家门口，就被哭哭啼啼的维多利亚一把抱住：“雯姐，你帮帮我，你帮帮我！他们这次一定会淘汰我了啊！娜姐肯定生我气了，她根本不接我电话也不听我解释。”

原来，维多利亚是个微博奇人，先是在淘宝上买了二十万僵尸粉，然后拿了几个小马甲去其他参赛选手微博下骂人，最奇葩的是，拿同一批马甲去自己微博下面吹捧点赞。这不是找骂吗？于是过去三天，轰轰烈烈的“维多利亚滚出某某歌赛”的主题爆红。在回击时，维多利亚信誓旦旦说自己唱功了得，深得某导师和导演赵娜的肯定。

祸水东引到导师和赵娜。导师立刻跳出来撇清干系，只可怜了默默无闻的赵娜，不到半天，赵娜就关闭了微博评论，歌赛官方微博也沦陷了。虽然赵娜他们似乎也找了水军来解围，但粉丝们和好事者毫不气馁，大有不把赵娜和维多利亚打倒在地誓不罢休的劲头。

我气得四肢冰冷，浑身发抖，又羞又恨。约赵娜见面，看她一身轻松的样子，我心下紧张：“怎么样？对你影响是不是很大啊？”

赵娜反而笑了：“有个朋友开影视公司，找我过去帮忙，我也是一直没想好。但这次事情一出来，我反而想明白了。”

我胸中有块大石头压着：“我记得，上学那会儿你的梦想就是进电视台，说通宵剪完片子迎着晨光出门是你最开心的时候。”

赵娜笑起来：“都什么年代了，谈梦想多俗啊！”

再见，舞台

赵娜有始有终，要做完这期歌赛才走，让我找维多利亚谈谈，20进16这场她必须走，但要走得体面一点。

当晚，维多利亚的妆很清爽，镜头推上去，只见她眼中含着泪水，

1. 答案：古埃及文明。

但控制得恰到好处，并没有落下来：“这几天，在网络上有一些对我非常不友好的评论，还牵扯到了我的导师和整个节目组，我在这里跟大家说对不起！”她深深地一鞠躬，再抬头时，脸上已经有两道泪痕，“我走了，大家就能把注意力好好放在比赛上了，我很开心。”她遮了一遮嘴，哭得挺好看。

赵娜对着话筒说：“三号机，给她推个特写。”于是维多利亚的脸占满了大半个屏幕。她定了定神继续说：“一路走来，我也在反思，为什么我一定要把音乐作为自己的梦想，连累家人为我担心为我奔波。”维多利亚说到这里，别过头去呜咽起来，用手抵住自己眼眶。

赵娜靠近我：“台词写得不错，你写的？”“当然我写的，听，最精彩的两句马上要来了。”

维多利亚止住哭，逞强笑起来，整张脸在泪光下闪闪发亮：“为了唱歌，我屡败屡战，屡战屡败。我要跟我的家人我的导师说一声对不起，但我就是爱唱歌，对不起……”

所有情绪都恰到好处，我满意地松了口气。

曲终人散

这天，维多利亚兴奋地打电话给我：“雯姐，昨天有服装厂跟我联系，问我愿不愿意做自己的服装品牌；今天又有一个游戏平台的人跟我联系让我去当主播！雯姐，你说我是不是要红了？”

放下电话，我哑然失笑，然后看到赵娜发来一张照片，是一张晨光中的照片，还说——我很怀念那个时候。

那是大学暑期实践，我们去三峡拍移民的纪录片。我们拍的那家人出门了。DV跟着他们，一步两步，离开祖祖辈辈生活的地方。江边忽然传来一声悠长的鸣笛。太阳那么亮，他们越走越远，最后的背影，也在我们的镜头里消失不见。

朱权利摘自微信公众号子鱼

图：小柯

【编者的话】你还有梦想吗？告诉我，你的梦想是什么？

“这些年，一个人，风也过，雨也走，有过泪，有过错，还记得坚持什么？”你还在坚持你的梦想吗？哪怕它遥不可及、荒诞不羁，甚至没有自知之明？

梦想还是要有的，万一哪天实现了呢？本期焦点故事为您推介两篇与梦想纠缠半生的故事——《痴是劫》和《寻找名字的人》，让我们一起去追梦！

春运的故事

@秦俑

四叔的故事

春节前夕，四叔请了一天假，特意起了个大早，他要赶早班车去火车站排队买票。过了晚饭时间，四叔坐公交车回来了。“票买到了吗？”看到四叔一脸疲惫地点着头，四婶的心才算是落了地。

“不过，两张票不在一班车。你头一天走，我后一天走。”四叔说话总是细声细语。“能回家就好。”四婶说，“都两年没回去了，明堂都快上小学了。”明堂是四叔四婶唯一的儿子，那一年他六岁。

工厂放了假，四叔送四婶去火车站。四婶一个人先走，四叔有点不放心：“你的票是有座的，这一小包行李你带着。我是站票，到时看能找地方蹲着不……银行卡放在你大衣内袋里，下了车站，外边就是银行……在车上要注意安全，别挤着踩着，睡觉别睡太沉了……上车下车包要拿好，水和方便面放到手提袋里，拿出放进都方便……十二个小时就到了，到站时间是明早八点，可千万别睡过头……出站后不用等我，取了钱就回家，老人小孩都等着呢，我明天到火车站给家里打电话……”

第二天下午三点四婶才到家，火车整整晚点四个小时。四叔往家

里打了好几通电话："安全到家就好……家里冷不……明堂又长高了吧……""冷，冷得我直哆嗦。明堂长高了，都快到我肩膀了。"四婶问，"你这么早到车站了吗？"

"我……回不去了……到大年初一，你替我在我娘跟前磕个头……"四叔声音越说越小，"排了一天队，连站票都没了。你的票，是我花高价找'黄牛'买到的……我怕你不愿一个人回……我知道你很想回家……"

四叔以为四婶会对他破口大骂，结果四婶没有骂，却在电话里"哇"的一声哭开了。

> "
>
> 春运就是一张火车票，
> 最后一站都是家。

明堂的故事

第二段故事，发生在去年北京的冬天。半个月前，明堂来找我，说他今年不回家过年了，他和同学要结伴去泰国，让我回家时给他爸妈捎点儿东西。

明堂是四叔四婶的独子，大学毕业两年了，和我一样在北京上班。

我说："不要光顾着玩，春节还是要回家陪陪你爸爸妈妈，四叔四婶一定也盼着你回去……"

明堂打断我的话："哥，今年春节回家的车票确实不好买，我在网上抢票，没抢到……而且，我们已经订好了去泰国的廉价机票……再说了，过完春节再回家不是一样嘛，难道非得赶这个点？"

前几天，明堂又来找我了。明堂说，他去不成泰国了，他得回家，东西就不麻烦我捎了。

我笑着问他："怎么这么快就想通了？""不是我想通了，我爸都把回家的往返车票给我订好了，我能不回去吗？"

"四叔也会上网订票了？"我假装奇怪地问。"谁知道他们怎么搞到的。我妈说，为了上网抢票，我爸在网吧里守了好几天。"明堂赌气地说，"真不懂他们怎么回事，我不回去，他们这年就没法过了似的！"

然后，我就给明堂讲了四叔四婶二十年前的那段往事——一周前，四叔打电话央我教他怎么在网上订票，说了很多话，还给我讲了这段往事。我觉得，我有义务也讲给明堂听听。

故事讲完了，你也许会问，明堂春节到底会不会回家？我只能告诉你，在我的故事里，明堂回家了。

郝景田摘自《昆山日报》

图：豆薇

寻找名字的人

我们都是没有名字的小人物，从来没有人留意到我们的存在。
可我们又都是在寻找名字的人，一路上捡起又放下自己的梦。

@澈　言

龙套

“一，二，三……开枪！”

“啪”，她应声倒地。

“不行不行！”对讲机里传来声音，“最后一个倒的没有跟上节奏，太慢了，重来！”

她爬起来，拍拍身上的土，往右挪了点位置。刚摔的时候好像扭了脚，有点疼，但她顾不上去揉，只是怵怵地盯着对面。眼前的日本兵又一次举起了枪，那枪口黑洞洞的，好像要一口吞噬掉她。

“第十五场四次二镜，开始！”

“砰”的一声，再次倒地。

“哎呀！”她脚一滑，头重重地磕在了地上，痛得她情不自禁地叫了出来。

“还能不能好好演了！”导演砸了下监视器，“怎么又是你出问题？”

见出了岔子，片场外的他忙冲过来，铁青着脸骂：“你白痴啊？来之前给你说了吧，这场戏很重要，能露脸的，露脸你知道吗？有多少人跑了几年龙套都没有这个机会！”

说完，他又跟旁人赔笑：“真不好意思，麻烦您跟导演说说再来一条吧，她刚刚走神了。”

那人摆摆手：“导演说了，不用她了，你让她走吧。”

二人只好默默地走出片场，一路无言。走远后，她一屁股坐在地上，低声地抽泣了起来，哭了一会儿，她忽然抬头，小心翼翼地看了眼他：“对不起啊……张哥……我本来不想喊的，可真的太疼了。”

他没有搭话，只是恨恨地点了根烟，抽了会儿，忽然他开口说：“喂，我说，你一个中戏的毕业生，为什么要来跑龙套当死人？”

是啊，为什么来呢？

2. 答案：古希腊历史学家希罗多德。

横店

来横店已经一年多了，这期间，从刚来的欣喜，到后来的习惯，再到现在每天演死人的麻木，如今，她所有的希望都寄托在这个被她称作“张哥”的男孩身上——他负责给她接戏，一天八十元的酬劳，还管顿盒饭。

自小，她就认为自己有着过人的表演天赋，也曾经常幻想能一夜成名。刚入学时，同宿舍的室友就因一次选秀而步入演艺圈，一年不到，大红大紫起来。大学的其后几年时间里，同学们又一个个唱歌的唱歌、接戏的接戏，似乎人人半只脚都踏入了演艺圈内，而只有她自己，别说踏入演艺圈了，有一阵，甚至连温饱都成了问题。

后来，一个朋友建议说：“要不要考虑去横店发展？虽然苦点累点，但凭你的资质，至少能保证……有戏拍。”

于是，她第二天便收拾行囊，来了横店。前三个月里，她接二连三地串剧组混脸熟，直到遇到了他——张哥。

别看这位张哥年龄不大，但却很有资历，有过很多跟组经验，认识不少选角导演，也曾经确实给她安排过一些好角色，例如少林寺对面尼姑庵的师太的随从，清宫戏里跟太监们打成一片的小宫女，民国城里的人肉背景墙，或者就是今天的抗日戏里被日本鬼子糟蹋的女学生。

机会

夜深了，她仍在等一个上场的机会。

这场戏是在郊外的某座荒山上拍的，夜戏，剧情大意是：皇后娘娘跟着皇上出宫打猎，驻扎在山上，而此时，娘娘正好临盆，她扮演的宫女要装作一脸着急的样子，对着皇后娘娘喊：“生了生了！”

开机了，她穿着戏服一路小碎步地跑去，演皇后娘娘的是一个女明星，一线大咖，现在正躺在地上“呜呜哇哇”地叫着。这大明星的演技有目共睹地差，此刻在她眼里，

显得更加滑稽。

她没敢笑，忙念词："生了，生了！"

"不行不行，没有语气！"导演说，"再来一条吧。"

她忙调整状态，又跑一次："生了生了，娘娘生了！"

"谁让你多加词儿了！"导演骂道，"不要改词儿，就是'生了，生了'，这四个字，有那么难吗？再来一次！"

她又一次调整好状态："生了，生了！"

接连演了十遍之后，导演气得把手里的本子一摔："谁找的人，太笨了！罢了罢了，最后一次。"导演憋了口怒气，"各部门注意啊，最后再拍一次。"

再开机，她在镜头前，看着那位一线大咖仍旧躺在地上丑态百出地扭着，像一只蛆。她看着这只蛆，愣到一句话也憋不出来了："娘娘，生……生……"

"滚，白痴！"导演终于怒不可遏地骂了脏话，"多简单的四个字，怎么就琢磨不明白？让她滚！"

她看着恼羞成怒的导演，手足无措，脑袋一懵，便蹲在地上，又一次懦弱地哭了起来。

初心

哭过后，她忽然对赶来的张哥说："你知道吗？今晚跟我对戏的那个女明星，是我的大学室友，大一时就火了。"过了一会儿，她又说，"那什么，我下周回北京，去演一个舞台剧。"

他一愣："那……你去北京，演什么戏？"

"不知道呢。"她站起来，拍拍屁股，"看情况吧。这次怎么也得演个有名字的人。"

回到北京后的一天，走出剧院的楼，她在门卫室找到自己的快递，拆开，发现里面是个U盘，旁边是一张字条：

你最近怎样，还在跑龙套吗？哦，不对，你应该已经在演舞台剧了吧。恭喜你啊，舞台上的你，肯定要比影视剧里的更引人注目吧。

我现在开始做摄影师了，今天是我第一次掌镜，虽然只是个网剧，不算大项目，但至少也是一次突破。

对了，那天的事，我后来打听了，其实并不怪你，只是导演故意想整那个演皇后的女明星罢了。

所以你放宽心，那次你演得很好，大家都夸你有天赋，说你演得比皇后好多了。

最后，送你个小礼物吧，我给你剪了个小片子，存在U盘里，你抽空看吧。希望你好好加油，将来无论演怎样的角色，都勿忘初心。

她拿出那个U盘，从背包里掏出笔记本电脑，蹲在路边，就看了起来。那是一部用她演过的片子和生活照粗剪成的MV，背景音乐是张韶涵的《隐形的翅膀》。

看完后，她合上笔记本电脑，蹲在马路边，哭了起来。

她身边放着一张崭新的《会计师从业资格证》，今天是她来这个剧院的第一天，她报到的部门是财务科。

摘自《你暖起来就像好天气》

江苏凤凰文艺出版社

图：小柯

如果古人有手机

@马甜甜

俞伯牙善鼓琴，但钟子期喜欢网易云音乐。两人擦出的唯一火花是在评论区。

姜子牙海投简历，七十多岁才收到 offer，还高薪高福利，立刻在喜马拉雅 FM 开了网课《如何在最好的年纪里躺赚》，狠狠地捞了一笔。

周幽王点燃烽火，褒姒打开斗鱼直播，众诸侯 ：“呸！”

越王勾践为了复仇，卧薪尝胆，早起晚睡，坚持每天去蚂蚁森林偷绿色能量，终于种下第一棵树。

孔子周游列国，拿着块小牌子逢人就问 ：“想了解儒家思想吗？想获取修身齐家治国平天下的方法吗？请扫码关注我的微信公众号，谢谢。”

孔子问道于老子 ：“老子您好，晚辈特来拜访，想请教一些问题。”

老子说 ：“你不会百度？”

齐国饥荒，面对财主施舍的稀饭，饥民坚持廉者不受嗟来之食，决定去做祖传贴膜，小本生意，门槛低利润高。

张骞出使西域，打开手机导航——GPS 信号弱……遂迷路，不知所终。

周瑜准备火攻，万事俱备只欠东风。诸葛亮胸有成竹，上前一步说道 ：“我有呼风唤雨的法术，今晚能为你借来东风。”

3. 答案：纸莎草。

周瑜："少废话，墨迹天气我也会看！"

诸葛亮端坐城楼，临风抚琴，城门大开，四下无人。司马懿疑虑丛生，以防埋伏，不如打开微信，看看附近的人。诸葛亮，卒。

隋文帝杨坚一日偷偷去尉迟氏那里私会，突然独孤皇后闯进来："说了多少回，不准你撩别人！"

杨坚："没有没有，我只是路过。"

独孤皇后当下夺过杨坚手机，只见 WiFi 早已默认连上。

夏日炎炎似火烧，杨贵妃想吃荔枝，打开饿了么一看：您的订单不在配送范围内。

戴宗创办神行快递，八百里一日达。

孙二娘有酒有肉，外卖接单送全城。

公孙胜电脑算命，不准不要钱。

朱允炆发朋友圈：哎，朕的江山被叔叔夺了，在此招募义军，助我讨伐贼人、重登大统，不求点赞，只求转发。

徐霞客游历四方，一辈子稳坐微信运动步数第一。

唐僧："老大，你那地方不好找啊，发个微信定位给我吧。"

如来："算了别来了，经文压缩包传你。"

《西游记》完。

孙悟空："师父！我还在山下压着呢！"

司志政摘自微信公众号九点国学

图：小栗子

疯娘痴父

@戴亮口述　秋至整理

疯娘

父亲是上海人，叫戴建国。1970年，十八岁的他初中一毕业，便去了黑龙江逊克县“下乡”。

那个地方土地贫瘠，西伯利亚的寒流长驱直入，条件极端恶劣。一群上海小青年，天天干着从没干过的农活，特别辛苦。可是同样的活，到我父亲这里却变得“轻松”，他要锄的地，总有人帮着锄；要轧的农作物，也有人帮着他轧完。

谁在暗暗帮忙？我父亲悄悄观察后终于发现，那人是屯子里最漂亮的姑娘程玉凤。而这位程玉凤，也就是十年后把我带到人间的母亲。

对我外公外婆来说，他们只有一个闺女，哪能嫁给一个什么农活都干不了的上海人？他们还担心，戴建国从上海来，说不定哪天拍屁股就走人了，那女儿怎么办？于是，1971年冬天，趁着我父亲回上海过年，他们决定把母亲嫁给邻村一个男子。

面对突然而至的婚事，母亲誓死不从，将送来的彩礼丢到门外。外婆束手无策，便说家里收了人家三百元钱聘金，如果你不嫁，就找上海人要三百元钱退给人家。这话让母亲看到了希望。她匆匆赶到百里之外的城里，找到邮局发电报给父亲，要父亲速寄三百元钱为她赎身。

也许是他对这电报半信半疑，也许是以他当时一天两毛钱的工资，根本弄不到三百元钱，也许是他尚未真正想过娶她为妻。总之，父亲接到了电报却没有寄钱，也没有回复。

母亲心如死灰。出嫁前夜，她逃出了家门。外公外婆急坏了，找来一大群人打着火把寻找。大雪漫天纷飞，母亲又饥又冷，不知跑了多远，终于再无气力，昏倒在地。

天亮了，屯子里的人找到她时，她已冻得半死。

即便这样，婚事也没延期。为防她再逃，外公外婆将她绑了，用被子包着抬往男方家。一路上，母亲一声声哭喊："戴建国，我被卖了，卖给别人当媳妇了……""建国，你还不来，我就不是你的人了！""戴建国，快回来救我呀！你不救谁救呀……"路有多长，母亲就哭了多久。最后，看到站在门前迎亲的新郎，母亲突然口吐鲜血，发出一声凄厉的大笑。

母亲就这样疯了。

痴父

第二年春，父亲回来了。"你可回来了！"有乡亲拦住他，"你知道不？小凤疯了！出嫁那天，喊着你的名字疯的……"

父亲头顶仿佛响起一声惊雷。问清事情原委，他傻了："怎么会这样？小凤，我害了你，害了你啊……"

到了1975年上半年，父亲成了当地村小的一名老师。而此时，母亲已经被婆家退了回来。

母亲回到娘家，父亲与她的命运再度交集。因为父亲去村小学上课，会经过母亲的娘家，常会看到她。起初，她蓄着长辫，疯劲一来，她就用长辫勒自己的脖子。后来，她被剃了光头。春天里，瘦得皮包骨的她光着头在村子里到处乱晃。见到人，她要不就是傻笑，要不就是狂吐唾沫，村里的人都厌恶极了。

唯独父亲不会。这是他曾经爱过的姑娘，而且，她是因他而疯的。谁都可以厌恶她，唯独他不可以。

1978年，各地掀起知青返城潮。上海家中，爷爷奶奶也一月几封信催父亲回城。父亲犹豫过，可是想到母亲已不认识他了，留下来也毫无意义，最终决定走。

那天一大早，他准备去县城坐车到市里，再转火车回上海。谁知，正当他背着包从村前路口经过时，却惊讶地看到，平日疯疯癫癫的母亲就站在村头树下，不哭、不笑、不闹，只安安静静地盯着他，任他从她身边走过。父亲的脚步，哪里还迈得动？

为了她受的伤害，也为了自己的良心，父亲选择留下来。课余时间，他开始主动往母亲家里跑。说来奇怪，自村口送别那一幕发生后，再见到父亲，母亲就会安静许多。父亲开口说话，她就不打不闹，安稳地坐着听。这让父亲看到了希望。到1979年上半年，他终于下了决心：娶她为妻。

1979年10月1日，父亲二十七

岁生日这一天，他去当地的民政所办了与母亲的结婚证书。

不离

婚后没几天，母亲疯态复萌。

父亲挑灯写就的文稿若没藏好，转眼就成了母亲手下碎片。睡梦中，父亲常被母亲的尖叫声惊醒，醒来发觉脸上火辣辣的，一摸，竟是被她抓的满脸血道道。

没办法，父亲只能轻柔地安慰母亲，尽量让她情绪平息下来。母亲实在不住手，他就将她的手牵到他脸部以外的、外人看不到的地方，比如背呀、腿呀，任她去抓、去挠、去撕扯。

1980年，母亲生下了我。

母爱太伟大。不管母亲怎样疯癫，她从不伤害我半点，从没误过一次给我喂奶。

1981年，父亲被县广播电台调去当记者，后来还升职为广播电视局总编。有人开始劝父亲：考虑到你的脸面，就让小凤随她父母生活。父亲摇头：“有个疯妻就丢脸面了？她是为我而疯的，我哪有嫌她的道理？”

母亲进城，真给我父亲带来不少麻烦。父亲第三次获全国新闻奖那天，单位同事共贺，他多喝了几杯，几个女同事怕他醉酒，便送他回家。远远地，大家看到母亲倚在门边，正望着父亲回家的路。待走近，才发现她目光空洞、浑浊，却又闪着凶光。

不好，小凤又发病了！父亲酒醒了大半，忙过去搂她进屋，可母亲不从。她撕打着父亲，口里“哇哇”叫着，又突然抄起石块，追打起父亲的女同事来。父亲又急又羞，只得死死抱住母亲，任她在自己身上发泄……

> 每个人的人生都有一碗苦水和一碗甜水，我只是把苦水先喝了而已。

1997年，父亲决定回上海。外公外婆支持他回去，但不同意他带母亲走。他们说：“建国，你是好人，小凤的情况也好了许多，就让她留在这边吧！拖了你近三十年了，已是仁至义尽。离开她，你后半生可以去过轻松的日子，我们一点也不怪你。”父亲摇头：“不行，小凤离不开我，我也离不开她了。何况，最苦最难的日子都过去了，我相信，在上海，她能更快好起来。”

回归

到上海后，母亲的情况真的好了许多。

她发病的次数少了，只是，我们稍不注意，她就会溜出门去。这可

4. 答案：美尼斯。

苦了父亲。每次母亲不见了，他就只能蹬着自行车大街小巷地找。有一次，不知母亲是坐地铁、公交还是走路，竟从我们家所在的闸北到了徐汇。等我们父子找到母亲时，她正蹲在街头一拐角处的快餐店前。父亲奔跑过去，一把将我母亲搂到怀中："小凤，小凤，你还在，你没丢……"在众人诧异的目光下，父亲笑着笑着就大哭起来。

2010年10月22日下午，父亲说一家人好久没去黄浦江边走走了，于是牵了母亲前往外滩。

到外滩时，正是黄昏，太阳的余晖涂抹在钟楼和黄浦江上，遍江满城，温暖着人们的心情。我们挑了一个面对江景的餐馆吃饭。父亲兴起，提出喝点儿酒。

服务生便给我们父子摆了两个酒盏。不想，母亲望望两个酒盏，再次将目光紧盯着父亲。

父亲一阵惊喜："小凤，你也想喝点儿？"母亲竟点了点头。

看父母一头银发，想着他们三十多年的爱与沧桑，恍惚间，我记起"醉里吴音相媚好，白发谁家翁媪"的句子，热泪盈眶。

"爸爸妈妈，这些年你们受苦了！"我站起来，举起杯，端向父亲母亲。

就在这一刻，我突然听到："儿子……谢谢你！"

巨大的幸福犹如浦江之水突起风浪，我与父亲几乎同时抱紧母亲，任泪水尽情流淌在上海的这个金灿灿的黄昏……夜色降临，黄浦江华灯彩影，如梦如幻。在江边，我们走了许久许久。母亲牵着父亲的手，边走边看，她的眼里，如今全是对这滩、这江、这美丽城市无尽的迷恋，一扫而光的，是占据了大脑三十年的浑浊、迷乱以及空洞。

2011年8月，在阔别东北十四年后，父亲带着母亲和我的家小，一大家人回到父亲的第二故乡。大东北的天空高远空灵，黑河依然唱着千年不哑的歌谣。站在他和母亲初次相拥的小河边，父亲跟我说："每个人的人生都有一碗苦水和一碗甜水，我只是把苦水先喝了而已。"

杨子江摘自《夕阳红》

图：陈明贵

看完还想听？扫码进入故事会百宝箱，朗读音频随你听

看到雪就又是一年

@孙道荣

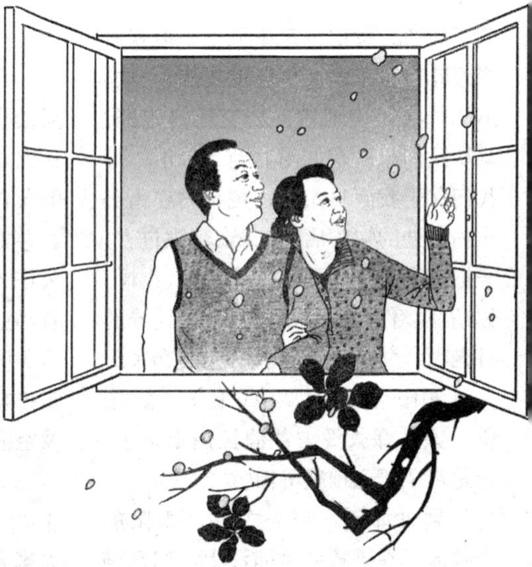

卫生间里又传来“哗哗”的水声。她走进去，告诉他：“你已经洗过脸了，而且，已经洗了三次啦。”他一脸茫然地看着她，喃喃地说：“我真的洗过脸了吗？”她笑说：“我逗你呢。”他也乐了：“我还以为我老糊涂了呢。”

她的心隐隐地疼。他们都还不太老，可是，显然医生的诊断是对的，他真的开始糊涂了。

他洗好了脸，很认真地帮她择菜。忽然他停下来，扳着手指头，默数着什么，半晌，好像是数明白了，激动地对她说：“我们结婚已经整整三十七年了，再过三年，我们就结婚四十年啦，就是红宝石婚了，我的愿望就实现啦。”

她的思绪被拉回到三十七年前。那是一个寒冷的冬天，他和她在他狭小的宿舍里，结婚了。没有婚礼，也没有亲人的祝福，只有窗外漫天飞舞的雪花。她依偎在他的怀里，他捧着她被冻得通红的脸，对她说：“我只求能陪你四十年。”

他们后来一起来到这座南方小城定居。在南方，不是每个冬天都会下雪，但只要下雪，他就会特别开心。一眨眼，三十七年过去了。

她看着他，笑着说：“说好了陪我四十年，你可不能爽约哟。”

看着他，她的心又隐隐地疼。儿子已经偷偷地告诉了她，爸爸的检查结果很不好，除了帕金森综合征外，他还得了癌症，中晚期，医生说，他怕是熬不过这个冬天了。

她瞄了一眼窗外，天阴沉沉的。据说，这个冬天很可能又是一个暖冬。他们共同期待的雪，恐怕是来不了了。

他去午睡了，她看一会儿电视。天气预报主持人说，一股冷空气正在南下，预计明后天全国将大规模降温，部分地区将降下今年的第一场雪。下雪？她打了个激灵。

她给儿子打了个电话，让他赶紧给他们买两张明天到宿州的高铁票。她跟他说："我们去宿州看看翠云吧。"翠云是她的表妹。

第二天，他们坐高铁到了宿州。住进翠云家的那天傍晚，天空忽然飘起了雪花。她喊他走到窗前，激动地说："看，下雪了，过年啦！"

他将手伸出，几片雪花，落在了他的手心上。他开心地说："真下雪了呢。"边说，边扳着手指头默数，然后，盯着她，一字一顿地说，"这么说，我们结婚三十八年啦。"

她点点头。

在宿州住了几天后，他们回到了南方小城。她每天都很准时地收看天气预报。

一个月后的某一天，她让儿子开车，陪他们回一趟北方老家。她在集镇上买了不少菜，还让儿子偷偷写好了一副门对联。

第二天，果真如天气预报说的，老家突然下起了雪，雪花漫天飞舞。她让儿子赶紧将门对联贴上。她陪着他，站在老宅前，雪花很快落满他们一身。她说："下雪了，过年啦！"

他仰头看看天空，喃喃地说："时间过得真快啊。一眨眼，又过年了；一眨眼，我们都老了。"然后，低下头，扳着手指头默数，说，"我们结婚都三十九年了。"

回到南方小城后不久，他住进了医院。他再也没能走出医院。就在他弥留之际的那晚，窗外突然飘起了雪花。她附在他的耳边说："你看，窗外下雪了，又是一年啦。"

他迷迷糊糊地睁开眼睛，看见大团大团雪白的东西在飞舞。他喃喃地说："我如愿陪了你四十年，我满足啦。"

他闭上了双眼。

楼上，他们的儿子，将最后一把碎泡沫，撒向空中。

天问摘自《新民晚报》

图：豆薇

刺猬爱学习

@草木虫

5. 答案：图特摩斯三世。

狮子举报

@草木虫

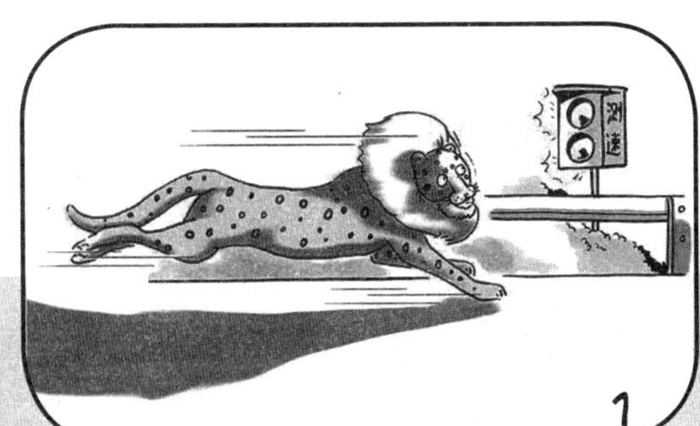

起风了

@草木虫

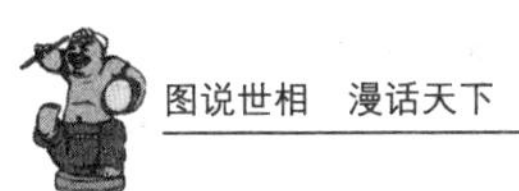

一条鱼感冒了

@草木虫

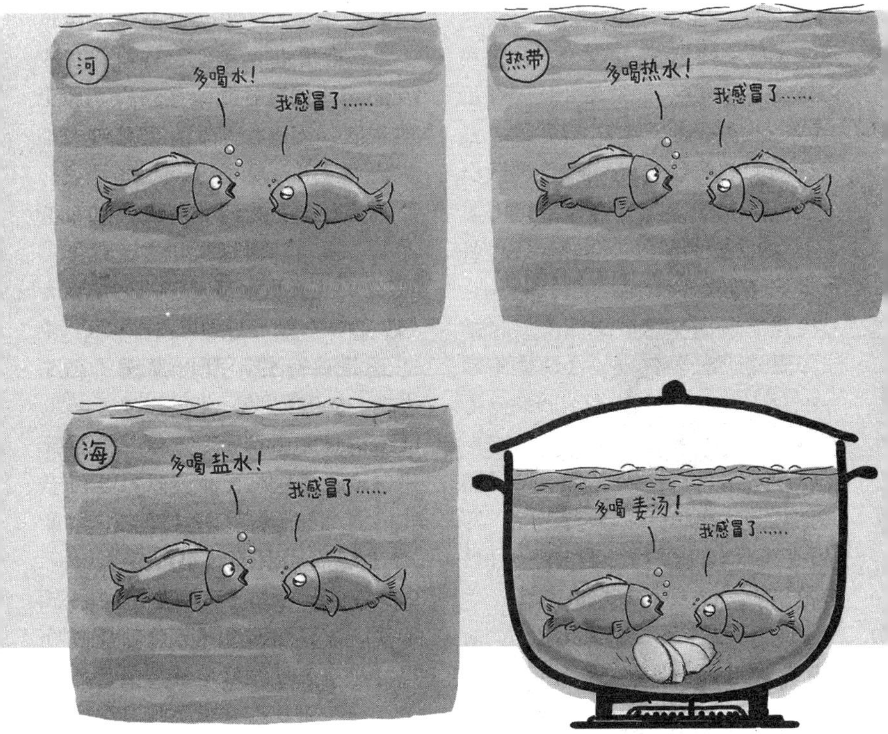

河
多喝水！
我感冒了……

热带
多喝热水！
我感冒了……

海
多喝盐水！
我感冒了……

多喝姜汤！
我感冒了……

摘自微信公众号草木虫

离开了朋友圈，我又能怎么活

@于青

早上八点，小李按掉了一边振动一边嘶吼的手机闹钟。窗帘缝里没有阳光，光线被对面的楼挡住了，只能看到对面阳台晾的衣服。

一分钟之后，他半睁着眼打开了朋友圈。在这里他的名字不是小李，而是洋气的Leo。Leo名下朋友圈的主页背景是金门大桥，头像是拿着小金人的另一位小李。

Leo的朋友比他起得早。美少女甜甜一如既往晒自拍，锥子脸上的皮肤好得在发光。元气小帅哥迪克赶早去开会，雷打不动晒车标。幸福准妈妈列宁娜发了九连拍爱心早餐，隆重感谢宠溺好老公。

梦想家Leo打开订阅号，点开“10万+”励志帖，复制一句“梦想还是要有的，万一实现了怎么办”，按下转发键。

熄掉手机屏幕的小李又躺回床上，刷刷美女帖，睡睡回笼觉。

上班：朋友圈让世界更美好

半小时后，小李才不情不愿爬起来，躲进狭窄的洗手间。洗漱完毕，小李在吃早饭时刷了几下订阅号。文艺号伤春悲秋，汽车号壕气冲天，八卦号一身戾气。

吃完早饭出门取车，朋友圈里的朋友们已纷纷到岗，晒送孩照、

6. 答案：拉。

机场照、办公照、酒店早餐照。不晒照的开始转发新闻八卦、鸡汤正能量、各种生活美学。世界的美好马上就要冲破屏幕。

在车库，小李发现邻居正在跟保安吵架，直接把车横在出口，一堆车出不去，只好不停摁喇叭。

气愤的小李打开朋友圈想吐个槽。看到大高个东鹏的晨间感慨之后他放弃了。“想要让世界更美好，请善待身边的陌生人。”配图是不知名美女斜上方45度角自拍。

小李看了看表，决定奔赴地铁站。地铁里扑面而来一股汗臭味，所有人面无表情低头看手机。

站稳后，远远看到前车厢的大高个东鹏，他背着宛如龟壳的大双肩包，麻利转了个身，充分利用龟壳挤开了身边矮小的陌生女孩。

小李没控制住一抹冷笑，掏出手机在东鹏的“世界美好”帖下点了个赞。

到公司，例会上，几位领导发表重要讲话。不讲话的一水刷手机。行政部的丽丽发了一张恶搞图，马上被创意部的王磊转发。不到十分钟，小李的与会同事全都转发了这张恶搞图，有九成人配上一句“哈哈哈哈哈哈哈”。

会议桌上的他们都面无表情。

熬到午饭，坐下一刷朋友圈，小红点转出来一大堆写字楼午间阳光照、咖啡照、绿植照、穿搭照、新发型新眼影新唇膏自拍照。

是时候刷下存在感了。

小李对着窗边阳光随手拍，焦距对准了隔壁座外卖送来的卡布奇诺与提拉米苏。Leo滤镜并配词：“阳光真舒服。”吃下第一口米饭的同时，Leo收获朋友圈的第一个赞。

加班：不为工作，为刷朋友圈

傍晚六点，下班时间到，同事三三两两刷着手机离开，很快只剩小李一个人。下班点地铁很挤，饭馆人也不少。他突发奇想点了外卖，惬意地站在23层的夕阳中等饭。

朋友圈里已经开始刷晚餐啦。美少女甜甜晒饭局，跟各界大佬合拍比V字。追求对象晒姐妹大合影，她自然是最好看的一个。孩子们也下课啦，无构图也无美感的晒娃照搭配鸡汤飞速刷屏。海外党、留学党也已经起床啦，晒花晒庭院晒沙发，晒吃晒喝晒包包。

天黑的朋友圈越发热闹，鸡汤党、段子党进入活跃期。在冰冷的白炽灯下一人食，小李备感孤独。但他不能让Leo孤独。他找好角度，拉远聚焦，拍了对面正在缓缓亮起

的地标大楼。再翻出一张上个月的CBD 高档餐厅照，敲下两个字“夜景”,显得低调而奢华,按下发送键。

点赞如流水哗哗而来。认出餐厅的人不少。朋友纷纷评论“高富帅果然高大上”。左手刷朋友圈的小李备感满足，右手使筷子熟练地夹起一颗肉丸。

朋友圈不需要意义，只需要美丽好生活。

下班：朋友圈是一个乌托邦

晚上九点，小李收拾好东西走出写字楼。等地铁时刷朋友圈，晒车党开始晒跑步路线。挤地铁时刷朋友圈，晒娃党、晒宠物党集体出动。

到家后刷朋友圈，自拍党开始晒局部器官：眼睛、嘴唇、胸和腿。不是很熟的本地名人开晒活动签名板摆拍，更不太熟的富二代开晒名车小分队。恩爱党晒束花说：“谢谢宠爱，让每天都如此甜蜜。”御宅族开晒看不懂的网络截图外加“233333”。旅行党开始情感丰沛地罗列心路历程并滥用滤镜。

有朋友叫小李出来宵夜。小李很高兴，又可以深夜发吃了。

饭局四个人，都是大学同寝室的哥们。寒暄了一轮，拍了合影和满桌烧烤，边吃边低头发朋友圈。圈里看来很热闹。饭局上除了低头按键别无他事。

宵夜吃完，作鸟兽散，小李收起手机散漫地往家走。

朋友圈里的Leo过得舒适惬意。现实中的小李迷惘而不知所措。但谁又能说朋友圈里的美丽乌托邦不是一种现实呢?

到最后的最后，现实中的小李会消失，而朋友圈里的Leo不会。

于是小李备感欣慰。他抬起头，看向了正在刷朋友圈的你。

刘振摘自《新周刊》

图：恒兰

就是爱历史（古埃及）7. 古埃及代表着风暴、沙漠、暴乱和邪恶的是什么神?

执壶

@周海亮

1942年逃荒，爷爷把什么都扔了，包括那把壶。一路上九死一生，待回来，壶仍然躺在自家院子，染满尘埃。擦擦，釉黑，斑蓝；敲敲，音色沉美。文革时被抄家，家里被砸得稀烂，父亲挨斗回来，竟从一堆碎片里找到它。擦擦，釉彩灵动；敲敲，声如骨牙。

父亲将壶看得比生命还重。可是现在父亲病了，很严重。他需要一笔钱。唐钧就想到了执壶。

朋友是小城有名的收藏家，他知道执壶的价值。几年前他曾有意买下这把壶，却被唐钧的父亲骂了一顿。

“真打算出？”朋友问，“老爷子同意了？”“同意了。”

壶就卖了，绝对是一笔对得起这把壶的价钱。可是现在父亲住进医院，突然很想看看那把执壶。

“我怀疑你把它卖了。”病床上的父亲说，“这几天，我总是心神不宁。我想看看壶。”没办法，唐钧只好捧回一把执壶的赝品。父亲捧着壶，细细地看，笑了。后来，父亲安然地死去，几乎没有痛苦。

父亲走后第九天，他将执壶还给朋友。朋友细细看过，擦过，小心地把壶收起。

唐钧问他：“哪弄来的赝品？”朋友说：“这不是赝品，这就是你卖给我的那把执壶。”唐钧有些吃惊，忙问：“为什么不弄个赝品？”

朋友笑笑说：“你父亲对这把执壶的感情这样深，假如真是赝品，我相信他一眼就能够看出来。”

“可是万一我把它弄坏了呢？磕了，碰了，或者不小心打碎……”

“我相信你肯定不会。”朋友笑笑说，“在你心里，只要父亲喜欢，哪怕它是赝品，也价值千金，需要小心呵护……”

“万一我发现它不是赝品，死不认账呢？难道你不怕我昧下它？”

“你肯定不会。认识这么多年，我对你的这点信任还是有的。”朋友笑着说，“花瓷无价，艺术无价，历史无价，但更无价的，是人心……”

丁强摘自《小说月刊》

兄弟，你来了

@吕白

一

强哥是我最铁的兄弟，现在在德州开了几家扒鸡店。

前段时间，强哥给我打电话说：“老三，我下周四结婚，你得来当伴郎。”

那段时间我正处于低谷期。我对着电话支支吾吾地说：“强哥我可能去不了。”

后来强哥说：“孙涛都从美国飞回来了，咱们兄弟三个好久不见了，你能试着请假吗？”

我想了想还是说，这边工作太忙不能去。然后我忙补充一句：“强哥，我就不去了，礼金我让他们捎过去。”

他语气一下就变了，声音忽然变得很低：“我又不是为了要你的钱。他在美国读书，你在北京工作，我们三兄弟好久没聚齐过了。”

后来我也没去。我安慰自己，都是兄弟，他可以担待的。

二

结婚后的第四个月，强哥带着媳妇来北京旅游，给我打电话说来北京玩上三天。强哥说好久不见我了，想喊着我一块吃个饭，还带了一点东西给我。我说没问题，你们两口子来北京了，我怎么都得好好招呼招呼你们。

强哥来的那天是星期四，那天我到家的时候差不多是凌晨三点了。我躺在床上想让他们两口子这两天好好玩玩，第三天周六的时候我再去找他们。

周五下午，本来之前订好去参加的一个活动的档期改到了这个周六。我给强哥打电话说，我这里忽然有个急事，不能陪他了。强哥说没事没事，以后机会多的是。当时特别愧疚。我在心里安慰自己，都是兄弟，他可以担待的。

几个月后我刷朋友圈的时候，看到了强哥晒的孩子满月照片，我

7. 答案：赛特。

才知道强哥刚办完满月酒。

我越想越难受，晚上，我给强哥打了一个电话，问他怎么没叫我。强哥说，他感觉我比较忙，正处于事业上升期，应该全身心地发展事业。让我不要多心。再说又不止要这一个，下次二胎的时候叫我。

强哥和我打电话的时候还是嘻嘻哈哈的，但不知道为什么我感觉我们之间的感情越来越远了。

三

我想起了初一那年的我们。初一刚开学我和强哥一个班，当时还不是特别熟。

有一天，我被几个社会上的混混勒索收保护费，我没给他们。结果放学的时候，七八个混混一起在学校门口堵我，几个人把我拉到学校旁边的小树林，说要打到我听话为止。

那天强哥正好路过，走到我前面，看了我一眼说："别慌，有我呢。"转过头跟混混说，"几个兄弟，我是跟西关东哥混的，我兄弟得罪你们的话我给你们赔礼道歉，今天给我个面子放我兄弟一马。"

说完不等混混回应就朝着我咧嘴笑，转身就要带着我走。

我站在那里不敢动。他说："你愣着干啥，我这都摆平了，找个地方请我吃饭去吧。"他话音刚落，几个混混就把棍子抡到强哥身上了，边砸边喊："你是个什么东西，还给你面子。"我连忙上前护住强哥。

就这样我和强哥都被人揍了，被揍得鼻青脸肿。

晚上的时候我和强哥在学校附近的一个烧烤摊，拿着身上仅剩的五十块钱，要了一盘水煮花生和几瓶啤酒。我们一人举着一瓶燕京，碰完以后，看着对方像猪头一样的脸傻笑，然后一饮而尽。

四

那天我给主管发了一个请假的短信。还没等她回复我就迫不及待地买了去德州的动车票。

两点多到了德州站，我想着给强哥一个惊喜，就没打电话让他来接。出了高铁站按照强哥经常在朋友圈定位的地名打了一个出租车，上车坐了十五分钟还没到。

我拿出手机地图输了强哥家小区的名字，屏幕上显示从高铁站到小区有 28.5 千米。

我想起了 2016 年 12 月中旬的时候，晚上九点我从济南坐动车去北京，中间经停德州，大概停五分钟，那天我发朋友圈说自己又要去北京了。

强哥在下面评论："我们好久不见了，不然你在德州停的时候我去找你吧。反正高铁站离我家不远开车五分钟。"

到了德州停车的时候，我刚出动车门就看见强哥在那里等着。那天特别冷，我穿着一件加厚版的大衣都冻得难受。

强哥左手提着两盒扒鸡，右手拿着一盒烟，看见我下车就赶紧递给我："这是你以前最喜欢抽的白将军，天冷抽颗暖暖身子吧。"那天一颗烟刚抽了三分之二，动车即将关门的广播就响了，我拿着强哥给的扒鸡上车了。

现在看了地图我才知道，原来强哥说的不远是 28.5 千米，说的开车五分钟的路程，其实要走上一小时。

晚上九点多摄氏零下十几度的天气，28.5 千米的距离，一个多小时的车程，来换了我三分之二颗烟的时间。

在车上我就哭了，我感觉特对不起强哥。

司机从后视镜里看见在后座上哭的我，递给我几张纸巾，用一种过来人的口气说："孩子，你还小，不值得为女人这么伤心。"然后把音乐换成了《爱情买卖》。司机把我逗笑了。

晚上到了强哥的家，强哥看到我先是惊讶，后来很平静地走了过来，把我的包拿过去放下，然后用力拍了拍我的肩膀说："兄弟，你来了。"

那天晚上，我和强哥各自拿了一瓶啤酒，碰瓶，一饮而尽。像极了初一那年的那个晚上，我们俩鼻青脸肿地在烧烤摊举起酒瓶的时候。

欲何依摘自微信公众号才华有限青年

图：陈明贵

就是爱历史（古埃及）8. 被称为百门之都的是古埃及哪座城市？

他才是网红界的祖师爷

@玄　素

一

“天对地，雨对风，大陆对长空。山花对海树，赤日对苍穹。雷隐隐，雾蒙蒙，日下对天中。”

写这话的人叫李仙侣，后来觉得自己的名字不够洋气，改名叫李渔，号笠翁。

腻味他的人，说他是登徒浪子，“性龌龊，善逢迎”；追捧他的人，睡觉都要搂着他的书，不小心弄丢了，就跟娃儿断了奶一般难受。

恨的恨死，爱的爱死。

老李头俨然成了清朝初年坊间的“头号网红”，上至王侯贵胄，下到平头百姓，吸粉无数。

今儿的大小“网红”们，要是得见笠翁本尊，得恭恭敬敬地跪在地上，磕三个响头，叫一声“祖师爷”。

二

三十岁之前他叫李仙侣，考试拿第一，文豪土豪朋友一大堆。县太爷逮了两只老虎，愣是要送一只给他玩玩，他二话不说，领着老虎就往家走。

简直，风生水起，神仙眷顾。

可一过三十，日日不顺，事事糟心。头一次去杭州乡试，落榜不说，路上还被山贼洗劫，差点丢了小命儿。

好容易缓过神来，已经是遍地饥荒，处处打仗。两年之后再赴杭州，李大才子连考场的门都没摸着，就卷铺盖卷回了家。

没多久，老母亲驾鹤西游。

一晃三十六七岁，搁在那时候，半辈子算是活完了。

皇帝换了，朝代变了，头发也剃了，索性把名字一改，求个“渔隐”之意，回浙江兰溪老家种地去了。

花了两年时间，李渔买下一块荒地，在伊山边给自己造了个园子。怎么看，都是一副终老乡野、了此一生的架势。

可大鱼终归是大鱼，小水沟里实在扑腾不开。

三

这一年，李渔四十岁，抛了祖屋舍了园子，带上妻妾儿女再闯杭州。

一大家子人，衣食用度不是个小数目，老本总有吃空的时候，不找个营生糊口，全家就得手拉手去喝西北风。

可怜咱老李，当官没门路，种地没天赋，做工匠没技术，干点小本生意银子又不够。

士农工商，哪个也沾不上边。

跑了几趟书铺子，又把杭州城的大小歌舞场摸了个门儿清。

老李发现，像《四书》《五经》之类板着脸教做人的圣贤书，根本不受百姓待见。倒是那些“不入流”又“不正经”的话本小说和稗官野史，卖到断货。

可巧，正是老李的最爱。

没得说，化爱好为生计，提笔上阵，编戏剧、卖小说，讲讲传奇故事、写写爆款文章。

谁成想，一发不可收。

老李的第一篇“网红”剧叫《怜香伴》，一炮而红。

红到什么程度？

刚一动笔，门口就挤满了戏班子，眼巴巴地等着更新。

一部作品才脱稿几个月，就能传到三千里之外。要知道，那时候，没汽车，没飞机，没广播，没电视，没互联网，更没有微信微博。

而且，一红就是二十年。

四

没出名的时候发愁，成了“网红”，老李还是很愁。

愁什么？盗版！

为了和盗版战斗到底，李渔用大半年，筹建了自己的书坊圣翼堂。从写书到刻书、卖书，整条产业链，统统自己来操盘。

8. 答案：底比斯。

中间商插不上手，盗版的机会就少了，经营状况好歹有了些起色。

腰包越来越鼓，老李的心又开始骚动了。

调动所有资源，集中各方力量，掏出了压箱底的银子，不惜一切代价营建“芥子园”。

是住宅，是园林，也是书坊。居家、娱乐、工作，三位一体。

前后两年，西至陕甘，北向京师，老李四处“化缘”，拉风投，搞融资。

终于在成为六旬老汉之前，在金陵造好了“芥子园”。

五

老李依旧很红，红出了亚洲，红向世界。

德川时代的日本，不认识李渔，别说你喜欢中国戏剧。

两三百年之后，笠翁的作品又被翻译成各国文字，远达欧美，让大鼻子卷头发的洋人开了眼，长了见识。

老李还在折腾。

攒了个戏班子，到处巡回演出。

给《芥子园画谱》作序，审订刊行，后来但凡学画者，人手一本。

用足了吃奶的劲，花了六年时间，写成《闲情偶寄》。

说它是吃喝玩乐的宝典也成，是传统文化的百科全书也罢。总之在当时，各家书坊全部脱销，急不可耐的粉丝们，索性直接跑到李渔家里借书，只为过个眼瘾。

这桩桩件件，换作旁人，能干成一事，足够吹上一辈子。

可老李全干成了。

六

当完了人生赢家，按照剧情，该走下坡路了。

是的，李渔最爱的两个姬妾接连去世，不单是红颜知己没了，李家戏班的两根台柱子也折了。

六十三四岁的老李头，心神俱碎，这之后一蹶不振。

成了“过气网红”，写书卖赋的收入越来越少，戏班子也散了。

老李被命运一通胖揍，撂倒在地，忽地又晃晃悠悠地爬了起来，咬着后槽牙，吐出两个字：“搬家！”

最后再折腾一次，回杭州。

老李又买了一块地，又造了个园子，觉着玩够了，七十岁那年，便往西方极乐世界去了。

来的时候什么都没带来，走的时候什么也没带走，红了二十多年，能留的都留下了。

摘自微信公众号系园

图：小黑孩

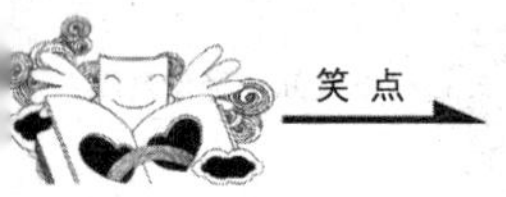

南北方买个菜居然有这么大的差别

@佚　名

话说，南北差异一直很大。有句老话说：你在南方艳阳天里露着腰，我在北方的炕头上裹着貂！满屏的画面感啊。

最近，网友们又有一个重大发现：南北方买个菜居然有这么大的差别！

@小波福娃：北方朋友头一次去南方菜市场，目睹我全部就买了一根胡萝卜、一个番茄和一小把豆芽时，脸上一瞬间浮出了震惊、难以置信和害怕的复杂表情，后来沉默地陪我走回家，才开口说："刚才我以为老板会拍桌子削你。"

@狂躁莹莹：以前合租的女孩是海南人，目睹了她买回来的菜只有两个中翅或一棵上海青或一小坨肉……我们忍不住问她："你买这么点老板也卖给你呀？"她说："我一直在那个老板那里买。"我说："所以你还逮着一个人祸害？"

@今天吃胖了吗：北方，有一次家里缺蒜炒菜用，就去菜市场买了一头蒜，摊主一脸嫌弃还没给我塑料袋，就是那种超级小的塑料袋都没给我！我硬是用手握着回的家！能想象吗？我一个花季少女握着一头蒜走了一路！

@摸摸毛吓不着：北方是挑出一根胡萝卜、一个土豆、一根葱跟老板说："剩下的都要了。"

就是爱历史（古埃及）9. 红色王冠代表着上埃及还是下埃及的权力？

@ 没思想：我在绍兴上班的时候，我妈去看我，然后一起去菜市场买菜。前面一个大哥买了一棵葱一个鸡蛋给了老板一块两毛钱。轮到我妈："给我称二十块钱鸡蛋！"轰动全场！万众瞩目！

@ 八月阿丙：在北京和同学逛早市，买了少许干辣椒。老板嫌弃地看着我们把辣椒放秤上，然后挥挥手说："拿走吧！还没有我的袋子值钱！"

@ 汪小神 dog：北方："呦，白菜不错，给我来五十斤。"南方："嗯，白菜不错，给我切半颗。"

@ 头条狗：有一次住北方亲戚家，我去菜场买一个鸡蛋，老板随手拿一个给我说："送你了不要钱，去去去，别在这耽误我做事。"那一瞬间感觉自己像个要饭的。

@ 领兄马也：在东北，买一丢丢菜，可能没法活着走出菜市场，就被人捉去炖粉条了。

@ 知名不具：北方老板："你买这么点儿回去喂家雀啊？家雀都能让你气死！不吃了，喝露水得了。"

南方老板："一根胡萝卜一根玉米，好嘞！你是要煲汤吗？要不要再来一块冬瓜？很补哦。"

@ 匿名网友：我觉得这还是气候差异。如果是在我大东北，顾客："这么冷的天，我去趟菜市场就为买一个西红柿？我可不去！"摊主："这么冷的天，就为了赚你几毛钱我还要把手掏出来？想得美！"毕竟我们是可以露天卖冰棍的地方啊。

@Z_zzz_Yyy：我一个东北大汉，来到了湿润的"南方"——北京。第一次在北京买菜，发现居然可以让摊主给切片的时候，我的三观都重塑了！（我不管，北京对我来说就算"南方"了。）

@ 哎呦嗨：镇关西当年就是这么被鲁提辖打死的，如果在南方，镇关西根本就感受不到鲁达在刁难他。

@ 梁鑫傲博：我刚来上海的时候，发现买山药，还能让老板给削皮，我就决定一定要留在这里。

司志政摘自《格言·校园版》

图：小黑孩

不存在的女友

@佚 名

有一年圣诞节，室友和女朋友约会去了。我把浴室的灯打开，把热水打开，浴室里就雾气腾腾透出光亮。我在隔着一个客厅的房间里上网、写日志、发微博，假装自己正在等一个女人洗澡。

我的室友回来了，带着一个女孩，他很吃惊地看着浴室："你带了人回来吗？"我本应该诚实，但真相太可悲了，我回复的是："嗯，我带了人回来。"他拍拍我，说："那就不打扰你了。"便神色隐秘地一笑，和他的女友钻进他的房间了。

后来我的室友就跟人说，我有女朋友了。别人就问我："你有女朋友吗？"我只能说是："嗯，我有女朋友。"

所以我度过了一段麻烦的日子。我不能和朋友们出去了。

"去陪你的小情人吧。"他们一群人哄着赶走了我。

工头福利发电影票，他们给了我两张，我装作很感谢的样子，可是我从哪儿找另一个人陪我去看电影呢？所以我一个人，旁边的位置上放着我的爆米花。

"你和你的女朋友吵架吗？"他们问我，我该怎么回答呢？我说："不经常吵，这是真的，嗯，我们没吵过架。"

9. 答案：下埃及。

有些心直口快的女孩说："你从不给你的女朋友买东西。"还说，"不吵架，就是冷战了，分手了。"所以我被她们拉着买了一些女人的小玩意儿，我想，在我送给她的时候，她会很高兴吧。

又过了很长时间，工头找我去办公室，面带关切，莫名其妙给了我一天假。隔壁桌的两个女孩同情地看着我，鼓励我，像我这么好的男人，肯定能找到更好的。我才知道有人看到我一个人去看电影了，还看到我一个人坐了两个人的位置，在电影中间哭。

哦，原来我是失恋了，虽然那部片子很感人啊！

我简直想痛骂自己一顿，这是早就可以通往解脱的一条路，我早就该这么说啊！

我揪着自己的头发，很痛苦的样子，我看见她们又捂着嘴，用手护住鼻梁两边，背过头。终于，还是有一个人忍不住哭了。我没哭，我跟我女友没什么感情。

我又单身了，吃过两顿安慰饭之后，一切又回归了生活的平静，有人要给我介绍女朋友。

我跟那个女孩出去了两次，后来她委婉地提出了分手。

"你的心里空落落的，我感觉你还爱着她，我没信心取代这个位置。"她眼红红的。临走，还给了我一拥抱。

经她这么一点拨，我开始想念起我的前女友来。然后我想起来，我没有一个前女友啊，浴室里没有人，水是我开的。

又到了一年圣诞节，还是那个室友，和另一个姑娘出去了，我一个人在屋里上网。

我那时候想，不知道那一年圣诞节，我究竟是因为什么把浴室里的热水打开呢？想了很久，突然想起来，原来我是在想象有一个女孩是属于我的。

没有抗拒这诱惑力，我打开灯，扭开热水，浴室里就雾气腾腾透出光亮。这时候，我的室友搂着女孩回来了，他看着浴室，先是好奇，接着露出了惊讶和欣喜的神色："是她回来了？"他旁边的女孩对我室友说："是你跟我说的那个吗，是他以前那个女朋友吗？"

两个人开心得不得了，在客厅里高兴地又蹦又跳，好像约瑟夫和玛利亚。

"不，没有人。"我说，"浴室里的水是我开的。"

步步清风摘自微信公众号每日一文

图：恒兰

懒得看文字，你就听嘛！扫码进入故事会百宝箱，朗读音频随你听

玉籽记

@九穗

一

傍晚，汝慧和爷爷在门前的青石台阶上下棋。“请问……”一个唐突的声音打断了汝慧的思考。一个黑黝黝的陌生男孩站在他们面前，嗓子有点哑，是陌生的外地口音，“张玉成是住在这里吗？”

爷爷亲切地对眼前这个外乡男孩说：“我就是，你是哪位？”“终于找到您了！”男孩激动地搓着两只手，眼睛里燃起了一朵亮亮的火花，“我是从坎底来的！”

“坎底！”爷爷一拍脑门，从台阶上站了起来，“那个村子现在怎么样了？你是哪家的孩子？”他热切地盯着男孩。

“我叫阿桑卡，”男孩咧开嘴笑了，“我爷爷有东西给您呢！”说着，他把一个破烂的小包裹放在台阶上，开始解上衣的纽扣。

爷爷眯起眼睛瞧着解扣子的男孩：“你爷爷是哪位呀？”“我爷爷叫阿泰因……”男孩阿桑卡回答。

“什么？！”爷爷突然大吼了一声，“他居然还有脸面来找我？”

爷爷一把拉过汝慧，转身大步朝院门走去，对呆怔着的男孩撂下一句冷冰冰的话：“你走吧，我不认识什么阿泰因，你找错人了！”

夜深了，汝慧悄悄溜下床，穿过院子，把院门拉开了一条缝，朝外面望去。阿桑卡蜷缩在台阶下的角落里，睡着了。他的两条手臂抱在胸前，把上衣紧紧地裹在身上，仿佛那里藏匿着什么宝贝似的。

第二天，阿桑卡终于被汝慧的爸爸带进堂屋来。爷爷阴沉着脸坐在椅子上，一言不发。

“孩子，”爸爸温和地说，“你有什么东西就拿出来吧！”

阿桑卡从贴身的口袋里掏出一个红色的小布包来。然后，他小心翼翼地一层层地打开了那个布包。

他的手掌上托着一块椭圆形的石头。阿桑卡颤抖着双手把石头送到爷爷的面前。

“这根本不是我的那一块！”爷爷突然在嗓子里低吼了一声。

二

十六岁那年，张玉成随身为地质勘探员的舅舅来到了遥远的南方，借住在一家琢玉作坊里。这家作坊住着一个老琢玉师傅，还有一个叫阿泰因的小徒弟。两个男孩很快便成了好朋友。

这天晚上，月光清亮，河水缓缓地流动着，阿成和阿泰躺在河岸上。突然，阿泰一骨碌爬了起来，兴奋地叫道：“阿成，快看那里！”

月光下，在靠近河岸的一处小小的漩涡里，一簇光亮得格外耀眼，像一朵小小的水莲花正在盛放。阿泰抑制不住心中的激动，抓住阿成的肩膀，催促着：“快去看看吧！”

阿成挽起裤腿下了河，循着光亮轻手轻脚地蹚过去。一块圆溜溜的小石块正静静地躺在河床上。阿成一把抓起它，雀跃着跑回岸上。

那石块有巴掌般大小，金红色的外皮上有许多细小的洞眼。“这一定是块上好的玉籽料！”阿泰托着石头的手有点颤抖。

回到作坊，阿成把石头给舅舅看。“是块好玉料！”舅舅兴奋地赞叹着。老琢玉师傅将石头放在手心里摩挲了很久，点了点头，却没有说话。

很快，村里人都听说了阿成采到上好玉籽的消息。不断有人找上门来，给出大价钱，要收购那块玉籽，但阿成却一直摇头。

“我不会卖的！”阿成悄悄地对阿泰说，“我要把这块玉送给一个非常重要的朋友！我要给他一个惊喜呢！”

秋深了。舅舅说过，他们就要离开坎底村了。“不如你来为我琢开它吧！”阿成突然冒出一个想法。他从衣兜里取出那块不离身的玉籽，塞到阿泰手里。

阿泰吃了一惊：“不，我的技术可不行，还是让师傅来吧！”

“我相信你！”阿成望着阿泰，

语气坚定。

阿泰抬起头，撞上阿成诚恳而笃定的目光，起初的慌乱渐渐平静下来，他用力地点了点头。“我一定会把它做得很漂亮！不会让你失望！”

接连几天，阿泰一个人关在屋子里研究那块玉料。任凭阿成怎么敲门，他都不开。阿成只好隔着窗户问他：“怎么样了？阿泰？”

“唔。”屋子里只传来阿泰含混不清的应答声。

但，几天后，阿泰不见了！他带着那块玉料消失了！

三

五十年前，老人张玉成随舅舅离开了那个村庄，就再也没有回去过那里。“阿泰因卖掉了我的那块玉吧？”他愤怒地叫道，语气里满是嘲讽，“他现在过得好吗？”

阿桑卡轻轻地把那块石头塞到汝慧手里，然后从容地从贴身口袋里取出另一个小布包：“您的那块，在这里！”

他打开了那个布包。里面有一块被剖成两半的石头，金红的颜色，上面有打磨过的痕迹。

老人刚看了一眼，心便猛地跳了起来。是的，的确是他记忆深处的那一块石头！但那剖开的石头芯里，根本没有玉！

过了好一会儿，他才回过神来，两眼茫然地望着阿桑卡：“这、这究竟是怎么回事？”

原来，五十年前的那个夜晚，阿泰用解玉砂琢开了那块籽料，可那里面根本没有玉石！

阿泰犹豫了一夜，终于在黎明前做出了一个大胆的决定——他要上山去采玉！他要采到一块真正的玉，换下阿成的这块石头。

在黎明前最黑暗的时分，他打好行装，没有惊扰任何人，悄悄地离开村子，进了山。谁知，这一去竟是半年。

当他终于采到了一块看上去不错的籽料，兴冲冲地回到村里时，却发现一切都变了……阿成和舅舅已经离开，师傅因病去世了。村里人都用白眼看他。他含着泪，剖开了那块从山里带回来的玉料，没想到玉料的芯仍然是石头。倔强的阿泰擦干泪水，又重新进山。就这样，一直过了几十年……

前几年，他终于采到了一块玉籽。这次，他奔波了很多地方，请了很多相玉师傅来看它，人人都说，这绝对是块罕有的玉籽料！

他感觉自己悬了一辈子的心，

10．眼镜蛇。

一下子放回到了胸膛里，他轻松了。但一场重病袭击了他。在病床上，阿泰终于将过去的故事讲给了儿孙们，并叮嘱家人一定要将那块玉籽送到阿成的手上。

此时，老人张玉成的泪水早已打湿了脸庞。“阿泰，你真是太傻了、太傻了……”他失神地喃喃自语着，“我要去坎底，去看看阿泰！你们不知道呀，当年，我对阿泰说的那个重要的朋友就是他呀！”爷爷抽噎着，什么也说不出来了。

四

一周后，汝慧陪着爷爷跟随阿桑卡来到了那个叫坎底的小村。

村子变化很大，爷爷都快认不出来了：“带我去看看阿泰吧！”

他们来到了山谷里的小河边。河岸边的灌木丛中，有一座小小的土坟。

阿桑卡眼睛红红的，用手指了指那座坟茔：“就在那儿！”

爷爷扔掉手中的拐杖，踉跄着冲上前去，一下子扑倒在坟前：“阿泰，我来晚了……你这一生真的很苦啊！”爷爷长长地叹息着。

“不！”阿桑卡跪在坟前，喃喃地说，“爷爷是微笑着走的，他是幸福的！”

岸边的水草丛中，一只银白色的水鸟被惊起，“嘎——嘎——”地叫着飞上了半空。天空一片光洁的澄蓝，时光的穿梭没有留下任何痕迹。

火箭熊摘自《东方少年·快乐文学》

图：小柯

【名师有话说】阿成和阿泰的故事彰显了一个生活道理：友谊需要真诚去播种（马克思语）。阿成对阿泰说的“重要的朋友”，其实就是阿泰。而阿泰则用几十年的时间来续写朋友情，更见真情。在写法上，故事采用误会法，先写阿成对阿泰的误解，然后再叙缘由，让读者在阅读中逐渐释然，从而取得了令人拍案的表达效果。

点评者：湖南省沅陵县第一中学语文特级教师　向明康

祖冲之是数学界的蒲松龄

@刘黎平

有趣：一只神奇的快递猎狗

众所周知，我国南北朝时期的祖冲之是一位了不起的数学家和天文学家，是一位货真价实的理工男。然而，叫人大跌眼镜的是，祖冲之老师除了有科学专著之外，还有一本文学专著，它的名字就叫《述异记》。

不知道祖老师养不养宠物，但他似乎对小动物很有爱心。在他的《述异记》里写到了一只可爱的猎狗，狗的主人是谁呢？是晋朝大名鼎鼎的文学家陆机。陆机老师喜欢打猎，在江苏的时候，有人送给他一只狗，叫做“黄耳”。

陆机是东吴人，住在京师洛阳。有一回陆老师想家了，想给东吴的家里人捎个信，然后又叫家里人也回信，这个艰巨的任务就交给了黄耳。陆机把信写好，放在一只竹筒里，竹筒就系在黄耳的脖子上。黄耳就这么出发了，它能顺利完成主人交给的任务吗？

它白天沿着驿站走，这样就等于是拿驿站给自己定位，饿了当然不好上饭店，于是跑到草丛里抓小动物吃。在陆地上还好说，如果碰上大江大河咋办？黄耳这时候就扮可爱，一边耷拉着耳朵，一边对着船主人摇尾巴。船主人觉得它很可爱，于是就招呼它上船。可见，早在晋朝，社会上就广有对动物怀有爱心的人士。而黄耳也很会搞公关，能够充分利用这些人士的爱心。

黄耳跋山涉水，到了主人的老家。它脖子上系着竹筒，对着陆机的家里发出“汪汪”声。陆机家里人打开竹筒，拿到了陆机的信。看完，陆机家里人又写了回信，托黄耳带回去。黄耳把回信带回到洛阳时，已经过了半个月。而人类在那个时代往返洛阳和东吴之间，要五十天时间。

环保：借猴子的遭遇提倡保护动物

《述异记》里的另一则关于猴子的故事，似乎谴责了人们滥杀野生动物的行为。话说在江西有一个名叫任考之的小官吏，忽然看见一棵大树上有一只猴子，肚子大大的，明显是怀孕了。任考之就爬上树去抓猴子。

在这个绝望的时刻，猴子妈妈只好向人类求情，它可怜巴巴地“以左手抱树枝，右手抚腹”，等于告诉对方它怀孕了，放过它吧。然而，猴子妈妈的求饶并没有唤起任考之的同情心，他把母猴揪下来，丢在地上弄死了。

任考之当天晚上就梦见一位神灵，不知道是不是齐天大圣。那位神灵责备他滥杀猴子，手段残酷，极其不人道。接着，任考之受到了一个奇异的惩罚，他居然脱离了人类，变成了老虎，然后进入了深山。

我相信，祖冲之这是用神异的方式来劝诫那些滥杀野生动物的人。他的用心是正常的，形式是异常的，笔法是杠杠的。

机智：整天被钱砸的感觉

俗话说“有钱能使鬼推磨”，而在祖冲之的《述异记》里，如果人够机智的话，还能骗鬼的钱财。话说南朝时候，有个叫王瑶的人死后，家里招来一只鬼。这鬼很喜欢恶作剧，将一些粪土等污秽的东西投到人的饮食里。除了骚扰王瑶家，它还骚扰隔壁的庾家。

这位庾姓主人很机智，他有一次对鬼说：“你用土石投我，我一点都不害怕；如果你拿钱投我，那我真是害怕了。”这鬼有个最大的缺点，就是不长脑子，不明白人类的刚需是啥。于是它就真的往庾家投钱，庾家使劲地喊：“别投钱了，我好害怕。”鬼就使劲地投钱。结果弄得庾家还发了笔小财。

祖冲之的《述异记》对后世颇有影响，后来又出现了一些以“述异记”命名的书，也算是创了一种文体吧。

火箭熊摘自《广州日报》

图：小栗子

叫声“姐”，一辈子是你姐

@杨召坤

那一年，我十五岁，跟着改嫁的母亲来到她家。卫叔叔让我管她叫姐，我朝着她的方向喊了一声“姐”。听到我叫“姐”，她把头抬了起来，露出涂了眼影的眼睛，眨了两下。

她比我大三岁，在附近的一所中专读书，住在学校，偶尔回家。母亲和继父在菜市场卖菜，我放学后总是及时回家，煮上米饭，再炒几个菜，好让母亲和继父能够一回家就吃饭。

有一次，她突然回家，我已经把饭菜摆在了桌上。她坐在桌前扒拉了两口就跑了。我站在门口喊她：“姐,你晚上还回来吗？”她没回我，跑出了巷子。我看着她的背影，突然感觉到——她在哭。

日子就这样不着痕迹地过下去，我也准备把“卫叔叔”这个称呼改成“爸”，可还没等我叫出口，卫叔叔和我妈就在贩菜途中不幸出了车祸而遇难。那晚，我哭着对她说：“姐，咱们以后怎么活？”她厉声训斥我：“李晓军，你可是个男的，别这样哭哭啼啼的……”

处理完丧事后，她辍学，去理发店做学徒，我则住进了学校的宿舍。继父留的存折被她小心翼翼地藏了起来，她每月给我几百元生活费。一次，学校要收补课费，我回家朝她要钱。一踏进家门，我就看见一个男人坐在屋里。她从厨房探出头看见了我，冷冷地问我回家干吗，是不是又要钱。

我说了补课费的事，她甩给我几张钞票：“我爸留给我的钱都快

11. 答案：梯形。

让你花光了，以后你可要连本带息地还我，我可都给你记着账呢。”

后来，我上了大学，她也和那个男人开了家理发店。上大学，我没有花她的钱，学费是申请的贷款，生活费是我寒暑假打工挣的。她偶尔也会往我银行卡里打点零花钱，但我总会很快地还回去。

大学毕业那年，我回家办理户口事宜，在家里住了三天。三天里，他们两人几乎是天天吵架，我只想尽快离开。临走前一天，他们又吵了起来，他们的卧室里“稀里哗啦”地响成一片。我推开门进去，看见她一脸泪痕地坐在地上，那个男人站着抽烟。

见我进来，男人对她说：“正好你弟弟也在家，你爸留给你的存折拿出来吧，有多少钱咱们当众数明白，分清楚，只用属于咱的这一份。”她从腰里摸出一把钥匙，打开床上的小柜子，拿出存折，甩在他的脸上，叫着说：“给你，这就是我爸留给我的存折，全都给你！”那个男人打开存折却突然呆住了：“才五千元？”

我也呆住了。原来继父留给我们的，就只有五千元。就是这五千元，她也一分没有动过，这么多年来，我一直用的都是她挣的钱。

后来，我才知道，我拿到大学录取通知书的那天，她高兴坏了，把自己反锁在屋子里对着父亲和我妈的照片哭了很长时间。

那天晚上，我又叫了她一声“姐”，说：“姐，谢谢你这么多年的照顾。”她抬头看着我，眼里噙着泪水。我又叫了那个男人一声“姐夫”，说，“姐夫，我姐是个好女人，你们好好过日子吧，以后我会报答你们的。”说完，我离开了他们的卧室，关门的刹那，我的眼泪像决堤的洪水一样涌了出来。

第二天，我离开了家去北京工作，他们不久也领了结婚证。春节回家，我把自己攒的工资塞到我姐的手里，让她好好经营理发店。

我结婚的时候，她把那个存折交给了我，说：“当年你叫了我声‘姐’，也不让你白叫，这就算是咱爸和我的一点心意，九泉之下他也会因为有你这样的儿子感到骄傲的。”我打开存折，上面除了继父留下的五千元，又新存了十万元。

张朝元摘自《家庭百事通》

图：豆薇

看完还想听？
扫码进入故事会百宝箱，朗读音频随你听

丸子的朋友圈

大老板张富贵

我从小就爱唱歌。

上学的时候，地理老师问同学们："河水向哪里流啊？"

我就猛地站起来唱道："大河向东流哎！"

老师没理我，接着问："天上有几颗星星啊？"

我："天上的星星参北斗哎！"

老师气急："你给我滚出去！"

我："说走咱就走哎！"

老师无奈："你有病吧！"

我："你有我有全都有啊！"

金融小王子刘思聪：强烈推荐张总参加2018年快乐男声选秀赛，支持的点个赞！

郭美眉、丸子、王大脸真的不是女汉子、哲学系二师兄、快递员小马纷纷点赞。

丸子

最近在读一本小说，女主角对男主角说："叶子的离去，是对风的追求，还是树的不挽留？"

好浪漫啊！

哲学系二师兄：是脱落酸。

金融小王子刘思聪：其实主要是乙烯吧。

哲学系二师兄回复金融小王子刘思聪：握手。

王大脸真的不是女汉子

看电影和电视剧里，每当有聚会的时候，安静待在角落里的女孩总是可以引起帅帅的男主角的注意。

感慨于此，所以公司聚会的时候，我也找了个角落坐下来。果不其然，不声不响的我成功引起了全体帅哥的注意。

丸子：真的这么神奇？
郭美眉：是因为大家都想知道，刚端上来的果盘和小吃，是怎么没有的吧。
王大脸真的不是女汉子回复郭美眉：友尽！

金融小王子刘思聪

冬去春来，又是一年，看多了岁月更迭，循环往复，不由得一声叹息，如果有一天我的生命要靠设备维持，请果断给我关了。

哲学系二师兄：你确定吗？
金融小王子刘思聪回复哲学系二师兄：嗯嗯。
哲学系二师兄关了路由器。

哲学系二师兄

业余兼职给人当老师，我在讲台上讲得很是辛苦，可下面的一个学生却睡着了。我很生气，就把他叫醒了，问他："你闭着眼睛在干什么？"你们猜他怎么回答我？

金融小王子刘思聪：他说他在默记？
哲学系二师兄：那他为什么头一点一点的？
快递员小马：他是在赞同你的观点啊。
哲学系二师兄：那他为什么还流口水？
王大脸真的不是女汉子：因为他听得津津有味。

快递员小马

今天，上门取了个快递！备注写："我不在家，给女朋友叫的上门快递，请派最丑的快递小哥来，我怕送快递的太帅把我女朋友勾搭走了！记住一定要最丑的！不然差评！"

领导经过深思熟虑，把单给了我……

太伤人了！

哲学系二师兄：同是天涯沦落人……刚在公交车上给两个大妈让了座，结果一个大妈坐下就说："现在的年轻人，长得不咋样，心肠还挺好的。"
快递员小马回复哲学系二师兄：……

郭美眉

亲爱的，我跟范冰冰谁更漂亮？@大老板张富贵

大老板张富贵：那还用说吗？你是我什么人啊，范冰冰是外人。
郭美眉回复大老板张富贵：所以呢？
大老板张富贵：她漂亮，咱不能背后说外人不好。

你如明月，我向潮生

@童馨儿

我偏要欺负他

第一次见他，他八岁。穿着土里土气的花棉袄，袖子磨得剥了边，裤子很短，轻飘飘地吊在脚踝上。妈说："这是你哥，来，叫哥。"他怯怯地看着我，讨好地向我露一个笑脸。我一扭头就窜出门去。

等稍微懂了事，才知道，妈在他两岁时怀了我，去医院做孕检的途中，想上厕所，让他在外边等着，等妈出来，他不见了人影。妈站在马路中间歇斯底里地叫了半个小时，然后晕了过去。

几年间，爸妈从来没有放弃过寻找他。直到抓着了一个人贩子，根据供词，辗转地才找到了他。妈说，去接他的时候，他正提了一桶潲水去喂猪，妈冲上去抱住他，号啕大哭。

妈恨不得把他从来没得到过的全在刹那间给他补上，她一回到家就先找他。她从前对我说得最多的就是："宝宝来，妈妈亲下。"现在总是板着脸喝斥我，"别总是欺负你哥。"

他功课不好，我是语文课代表，早读课上，我故意叫他站起来背课文，他一紧张就结巴，我绷着脸让他重来，再重来。他憋红了脸，可怜巴巴地看着我，我用尺子把桌子敲得"邦邦"响，提高声音说："你这笨猪！"全班就哄堂大笑起来。

放学回到家，我踩住他的鞋对他说："敢告诉妈我就对你不客气。"他眨着眼睛不说话，果然就没告诉妈。

一转眼，好多年过去了。

12. 答案：红土地。

我考上了大学，他理所当然地落了榜。我离家那一天，他去车站送我。车子启动前，他递给我一张卡片，然后跟着车子小跑，使劲地朝我挥手，咧着嘴，无声地对我说："再见，再见。"冷不防摔了一跤，趴在地上，抬起头还是笑。样子特傻。

我打开卡片看了，上面画了一些房子、一些树和花，还有一个长辫子女孩。女孩仰着脸，对着阳光笑。旁边有行字：妹妹永远幸福快乐！

他的画画得真不怎么样，字还写得那么丑，跟念小学时相比，真是一点没进步。可是我的心突然温柔地牵动了一下。

> 有些爱，总要到很久很久之后，我们才明白，那爱，有多长，有多深。

你怎么知道我要去哪

我上大二的时候，哥来到省城找活干。他偶尔来学校看我，从来不直接到宿舍找我，总是挑我走在路上的时候，猛地蹿出来，匆匆塞我一袋水果，冲我傻傻地笑两下，摆摆手就走。

我找了两份家教，有一天，刚从一学生家出来，骤然听到熟悉的傻笑声，转头一看，他骑着辆三轮车，招手让我上车，然后自顾自蹬向我要去的方向。我吃了一惊，问他："你怎么知道我要去哪？"他不回答，转过头眯起眼睛笑，好像很为自己的聪明自豪。

自此每个周末，我一出校门就看到他坐在车上。

送我到学校，他总会从口袋里掏出几颗大白兔糖，塞到我手里，有点汗津津。我从小就爱吃大白兔，他记得比我自己还清楚。可是他不知道，为了减肥，我已经好久不吃糖了。

突然有一天有同学好奇地问："好像每一次都是那个蹬三轮的送你回来哦。他不是在追求你吧？"我顺手把糖丢了，说："你神经病啊。"同学骇笑道："还每次都送你这个糖，哎呀，真够搞笑的。"

我气得脸色通红，回过头来冲他撒气：以后不许再来我们学校！

他果真就不再来我们学校，隔了一条街，第一盏路灯下，他和他的三轮车仍然在等我。

突然有一天他给我打来电话，我急忙赶了去，才知道，原来他在路上看到一女孩躺在地上，围观的路人来来往往，偏偏他就学起了雷锋，把女孩送到了医院。

女孩的家人来了，非说是他撞倒了女孩。他只好打电话给我。

我挡在他面前，不卑不亢地对女孩的家人说："一切等她醒了再说。你们别乱怪我哥。我哥是个老实人。"

他惊喜地看着我，打着手势说："嗯嗯，我、我是她哥。"脸笑得像朵花。

女孩醒了后，澄清了他的冤枉，女孩的母亲拉着他的手，一个劲地感谢他。

我们俩一块走出医院，我硬邦邦地对他说："以后这种闲事少管，你懂不懂？"

他搓着双手，嗫嚅着说："我、我是想着，我、我妹遇了难、难事，也有人帮……"

原谅我的不懂事

临近毕业时，男友让我和他家人吃个饭，并告诉我，他父母可以帮我留在省城。

我哥知道后非要给我买一套新衣服，我只好跟着他去商场。转了老半天，终于试了一身，大家都说好，我自己也挺喜欢，一看标牌，一千多。我拉着他走，他不肯，眼睛也不眨地就嚷："包起来！"这句话他倒没结巴。

他蹬着三轮车送我到预订的酒店，告诫我要礼貌点，不要乱说话，别任性。

其实男友的父母态度很和蔼，这完全是一餐愉快的晚饭。男友高兴得一个劲地冲我眨眼睛。

走出酒店时，酒店门口有人在争执拉扯。我看过去，原来保安们拉扯的是他。他结结巴巴地在申辩着什么。男友的母亲瞟了一眼，转过头来说："真是个傻大个儿！"

我倏地别过脸来，顶撞道："他不傻！他一点也不傻！不许叫他傻大个儿！"

我甩开男友的手，径直朝他走去，拉过他的手，毫不客气地对那些保安说："放开他，我们走，什么破酒店，什么素质！"

我坐上他的三轮车，在所有人的目瞪口呆中，他载着我扬长而去。

他带我去他的出租屋。第一次，我知道他住在一幢旧楼临时搭建的阁楼上，除了一个水龙头，房东什么也没提供。他说："妹妹，以、以后我、我要在省城买房子，把、把爸妈都、都接来，你放、放心。"他又从口袋里掏出几颗大白兔来。糖很甜，甜到了心里，虽然我刚刚失了恋。

没想到几天后，男友来找我，

就是爱历史（古埃及）13. 继任图坦卡蒙王位的是哪位法老？

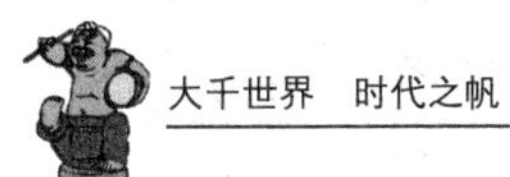

说，他母亲愿意帮我留下来。他还说，是我哥找到了他母亲，一个劲地向她赔罪，请她务必原谅我的不懂事。

妹子非要我搬家

毕业后我留在了省城，和男友的婚事也提上了日程。他花光了积蓄买了辆二手三轮摩的，开始帮人拉货。他说，要为理想努力。他还说，他现在天天对着镜子朗读半小时，因为我不喜欢他的结巴，所以，他一定要变得不结巴！

在电话里说这些的时候，他说话真的比从前流畅了许多。我坚持要他从那间阁楼搬出来，替他找了间干净的房，付了半年租金。搬家那天，他一路下楼跟人说："哎呀，妹子非要我搬家。"脸上的表情非常得意。

等我回到公司，发现他不知什么时候在我包里塞了一沓钞票。

我打电话找他吃饭，他总是在忙。他很快地买了辆新三轮摩的。旧的让个老乡开着，收入归他，老乡的工资由他发。

我有点惊喜，觉得他聪明起来。他有点不好意思，对我说："你哥没别的本事，就是有力气，干活不怕。"

婚期临近，男友打算租几辆豪华轿车，想给我一个风光的婚礼。我不同意，我说我要坐他蹬的三轮车。

他高兴极了，把那辆旧三轮车搬到客厅，买了油漆，反反复复地调试，说是要弄个最漂亮的颜色，又买了好些蕾丝，精心装饰车篷。他说他要载着我绕城一圈，幸福要让所有人看见。

婚礼的前夜，他和男友都喝多了，两个人不知道为了什么争执起来，还动了手。爸妈制止不住，我又急又气，拼命叫，他们俩只顾打，谁也不理我。

结果，还是他占了上风。我跑过去扶起男友，瞪他："你搞什么嘛。"

他得意扬扬地看着我，说："看他以后敢不敢欺负我妹子！"

淡淡星光下，他笑得像个孩子一样。

第二天，他早早醒来，在门外叫我："妹妹妹妹！"

我坐在三轮车上，透过轻轻飘扬的蕾丝，看到他坚实的背影，他嘴里哼着歌，两条腿快乐而有劲地蹬着，突然间就泪流满面了……

水云间摘自《女人坊》

图：陈明贵

我有两名鹅学生

@吕学敏

我曾教过两年小学。那天我正在二楼上课，楼下两只鹅叫起，高歌比赛一样，声就像碎花瓣在簌簌掉落。从孩子们的哄笑中我得知他们其实早知道鹅的事。我诘问起来，一个男生就站起来，犯错似的，说是他家的，跟来了。后来我才知道，那个男生家离学校较远，家里大人不放心，想用两只鹅大人似的护送孩子上学。

两只鹅仅跟了一次，就明白自己职责一样懂事，且勤恳不怠。每天要一起来，一起回。过了大路，从旁边村里过去，涉了溪，越过桥，再回去。大家都觉得像仨兄弟。上课时，两只雪团似的鹅就在树下阴凉处或墙角玩儿，很听话，不吵闹，若两个循规可爱的学生。

那两只鹅差不多护送了那个孩子一个学期。中途曾因那个学生家里穷，要卖了鹅，为筹学费。那个学生跺脚号哭，还是没有阻遏住父亲，已经缚了鹅拎到集上，交付人家了，是我掏钱让那个学生赎回来的，还替他付了学费。他留住了鹅，很高兴，见我也格外亲了。我见了那两只鹅，也格外亲一些。

那个养鹅的学生后来成了那个学校的校长。我去学校看那个学生，他引我去他家里吃饭。到院门口我就睄见了院里的鹅。我问："这还是你小时的那两只鹅吗？"他说："不是了，是它们的孩子。"

大浪淘沙摘自《西安晚报》

红黄蓝、携程幼儿园虐童事件曝光，豫章书院颠覆人们对书香古典的向往。岁末年初，本该是一派喜乐融融，我们的心情却依旧沉重。孩子是祖国的未来，我们能为他们做些什么？我们也曾是孩子，在求学生涯中遇到过哪些"好"老师抑或"坏"老师？不妨都来说一说。扫码进入故事会百宝箱，百万书友陪你聊！

13. 答案：阿伊。

拆烩鲢鱼头

@周浩晖

几百年来，厨子们都在「烩」这个字上做足了功课，又有几个人能知道，这道菜真正的精义，却在于一个「拆」字。

一

天已入冬，寒意渐浓。在这样的夜晚，如果能和家人聚在一起，每人手捧一碗又鲜又浓的热汤，一边闲扯着家常，一边暖暖地喝着，那份安逸和自在，又有谁能不羡慕呢？在这个周末的晚上，我带着妻女，一同来到了“王记鱼头馆”。

在扬州城所有的鱼头馆中，王记绝对是最有名的。它的名气很大程度上来源于小店门厅中悬挂的那张牌匾。

匾上是清康熙帝御笔亲题的五个大字：拆烩鲢鱼头。字迹雄劲挺拔，极具帝王之相。“拆”字中的那个点又圆又大，而且特意用赤红色的朱砂写成，尤为夺目。

没过多久，便有服务员将一只硕大的瓷钵端了上来。只见瓷钵中一片乳白浓稠的汤汁，尚在“咕咕”地泛着气泡。“我来给大家服务。”女儿拿起汤勺，盛起一碗汤来，放在了妻子面前，“妈妈，您先来。”

女儿又给我盛了汤，最后才轮到她自己。我看见王老板站在柜台后，饶有兴趣地看着我们一家，目

光中颇多赞许之意。

“这道菜不仅滋味鲜美，而且营养丰富。”王老板笑着说，“尤其是这鱼头中的眼膏，具有养颜美容的奇效，小姑娘，你不妨尝尝看。”

女儿拿起一个小勺，轻轻从鱼头的眼窝部位探了进去。再抬起时，勺中已盛满了胶状的物质，那胶质又白又嫩，呈半透明状，宛若凝脂，尚在微微颤动着。

王老板点点头：“这鱼头虽大，眼膏却只有小小的一勺，不是人人都有口福尝到的呢。”

“是吗？”女儿歪头略想了会儿，“那就给妈妈吃吧。”女儿撒娇般地一手搂住妻子的脖子，一手将那小勺伸到了妻子嘴边，妻子推脱不过，只好笑着用口接了。

在王老板的指点下，女儿又把有着补肾强体作用的鱼唇夹给了我。伴着这温馨的气氛，一份鲢鱼头很快便被我们吃完了，正在意犹未尽之时，却见王老板踱到了我们桌边，客气地说道：“滋味如何？不如再加一份，算是小店送的吧。”

不一会儿，伙计端来一只水盆，放在王老板面前。那水盆中盛满了清水，水中浸泡着一只大鱼头。王老板卷起衣袖，从伙计手中接过一柄锃亮的精钢菜刀，平平地没入水中，在鱼头下方找准位置，手腕发力，横劈了进去。当刀身全部没入鱼头之后，他取走菜刀，两手轻轻一掰，鱼头像是蝴蝶展开翅膀一样，在水中分成了两片，但中间却又没有完全断开。

他抬头看向门厅上悬挂着的那块牌匾，他的目光迷离，思绪远飘，似已进入了另外一个时空中。

“

这道菜更深一层的涵义，却是一个“心”字，孝心。

二

“我的先祖擅做鱼头，在扬州城里开了个馆子。大家都以‘王鱼头’三个字来称呼他。王鱼头早年丧父，是母亲辛苦将其拉扯大的。他与母亲的感情非常好，是个大大的孝子。”

王老板嘴上说着，右手的动作丝毫不停，只是他的手伸在水下，被鱼头所覆盖，我们都看不见他在做什么，只能专心地听他的故事。

“有一年冬天，王鱼头的母亲得了寒疾，卧床不起。就在王鱼头心急如焚的时候，扬州的地方官突然找到了他。原来这些天康熙爷恰巧来到扬州视察河务，地方官便推荐了王鱼头去负责打理康熙的夜宵。

“广东巡抚得知康熙爷冒着风寒在各地巡视河务，特地从南洋之地觅得一批血鲢，送到了扬州的行宫中。血鲢的通体赤红，如同遍染着鲜血一样。这种鱼有着驱寒强体的奇效，因此极为名贵。”

“啊，那不是正好吗？”女儿拍起了手，“赶紧请求康熙爷，赐几条血鲢给母亲治病呀！”

“那血鲢是奉给皇上的供品，普通草民怎么能有资格分享？”我耐心地解释道，“而且，王鱼头根本连见康熙的机会也没有，他这么越礼的想法，即使有胆量提出来，也没人敢帮他往上传报啊！”

女儿托腮想了一小会儿，又说：“干脆也不用禀报了，就趁着做菜的机会，每天偷偷地带上一条回家！”

王老板长叹一声：“给皇上做饭可不是儿戏，全程都有大内侍卫严密盯防。偷偷地带上一条回家……谁能有这个本事？”

话锋一转，又回到了故事本身，“王鱼头每天到行宫中，为康熙爷烹制血鲢的鱼头。鱼头经过长时间的烩制，胶肉松散脱落，精华全都溶在了汤中，锅里往往只剩下一副空空的鱼头骨架。这种鲜汤的浓美，滋味可想而知。

“这样过了有七八天，某天晚上，康熙爷心情好，突然想要召见一下这个做鱼头的厨子，于是王鱼头终于有了面见康熙的机会。”

三

“那个深夜，王鱼头跪在康熙的龙案前，听着康熙爷对其烹饪技艺的赞赏，可他的身体却始终在瑟瑟发抖。康熙爷看着有些奇怪，便询问他为何如此，他颤着声音敷衍：‘是因为天气太冷了。’康熙爷听了，哈哈大笑了两声，说：‘是朕疏忽了，自己喝着驱寒的血鲢汤，却把做汤人的疾苦忘在了脑后，来人哪，给他也盛一碗汤，让他暖暖身体。’”

说到这里，王老板似乎完成了清理鱼头的工作，他把两片鱼头在水中重新合好，将那鱼头慢慢放进了一旁的瓷钵中。

“王鱼头喝着鱼头汤，一时间百感交集，他终于控制不住心中的愧疚，放下汤碗，伏在地上哭着说道：‘康熙爷，您仁慈宽宏，勤政爱民，小人却在每晚偷偷克扣您食用的鱼头，实在是罪该万死！’”

“什么？他已经偷了鱼头？”我惊讶地张大了嘴。

王老板让伙计把瓷钵端到我们面前：“你们看看，这瓷钵里面的鱼头有没有问题？”

我摇了摇头。

伙计将钵中的鱼头翻了个身，只见那鱼头的背面，竟只剩下整整齐齐、干干净净的半副头骨，所有的皮肉已然不知去向！

王老板右手一抖，如变戏法一般，一块软耷耷的物事从他的衣袖中滑落了出来，正是那失踪的半拉鱼头肉，其形状仍然保持完整，只是已全无骨骼的支撑。

“现在你们明白了吧？刚才我右手藏在鱼头下，就是在做这件事情。一共是三十六块小骨头，一块块地拆除，再一块块地拼接复制好，在我手法最娴熟的时候，完成这项工作，只需要三分钟。

“这正是王鱼头当年所用的手法。所以他给康熙做的血鲢鱼头汤，虽然头骨俱全，但是散在汤中的皮肉，其实却只有半份，另半份皮肉，被他带回家中，治好了母亲的寒疾。

“康熙爷知道了其中的原委，对这种盖世的技艺也是惊叹不已，再加上王鱼头又是出于一片孝心，康熙爷非但没有追究他的欺君之罪，反而御笔亲题，赐了这块牌匾。”

随着他的这番话，我们又把目光投向“拆烩鲢鱼头”那五个苍劲的大字上。

“你们看看那个‘拆’，中间的一点像不像是一颗红心？所以说，这道菜更深一层的涵义，却是一个‘心’字，孝心。”

摘自《味绝天下》江苏文艺出版社

图：陈明贵

老刊新貌！
祝《故事会》越办越好！
周浩晖

【作者简介】周浩晖，1977年出生于江苏扬州，清华大学工科硕士，曾任华北科技学院讲师；现居扬州专职写作，作品以悬疑推理类和美食传奇类为主。代表作品有《死亡通知单》《斗宴》《生死翡翠湖》等。

看完还想听？
扫码进入故事会百宝箱，朗读音频随你听

14．答案：埃赫那吞宗教改革。

校园三馋

@王神爱

一

小学时候我们班有公认的三大馋王，个个都是绝世高手。

其一夏叉，夏叉长得黑瘦，像猴儿，更像《家有儿女》里的刘星。那天，自然课老师讲光合作用，在黑板上画了个太阳。

这时候夏叉“噌”地站起来了！

他说：“老师老师，你画个长毛的蛋干什么啊？”老师很尴尬，愤怒地说：“夏叉！你给我坐下！我让你说话了吗，你是吃什么了一天天的屁怎么这么多？”

我们都已经笑得腰子疼了，夏叉还摸着头茫然地回答：“不知道啊，反正早晨吃的豆腐脑。”

有天周一早晨，我亲眼目睹，夏叉换了个座位，把书包往桌肚里塞，塞了几下塞不到底，就往里看看，然后竟然开心地跳起舞。我赶紧问他里面有什么好东西，他神秘地掏出一个不规则物体，是一个吃了一半的苹果，其状甚恐怖，我刚想说：“这会不会……恐怕是不太……”还没说完，他已经拿着个核儿说“嗝儿”了，这时候我就知道他并不是凡人。

二

接下来说说我们二馋，马叉超。马叉超长得极胖，像《家有儿女》里的那个小雨。那时候春秋游，每个班早晨出发前都会集体发吃的，还会每人发个煮鸡蛋，但是一次性要煮太多鸡蛋了，导致学校根本没精力去洗这些鸡蛋，有的表面的鸡屎还在，有的被煮得炸开呈现出一种马卡龙的裙边的状态。

这时候就会看到我们的马叉超同学，从裤子口袋里抖出一个昨天晚上就准备好的大红塑料袋，从第一组开始收鸡蛋，谁要是不想吃就放他塑料袋里，一直收到第四组，收了一大袋！他脸上露出老农丰收一般的喜悦，回到座位上开始剥蛋吞蛋。那画面，多年后我玩祖玛的时候，总觉得有种说不出来的熟悉感，原来是想起了马叉超吞蛋。

春游结束的时候，马叉超每每脸色蜡黄地坐在巴士车尾，眼睛发直，口不能言。我们班主任在给他抚背顺气，我关切地问：“马叉超，你怎么了？”

班主任说：“嘘，别说话，他吃了二十一个鸡蛋，现在堵到嗓子眼儿了，不能说话了。”

我说：“要么给他灌点水吧。”

班主任愤怒了：“你是想要他的命吧，本来都塞满了，你再加点水涨一涨，然后呢？砰！炸了？”

三

最后说下第三馋，可能大家已经猜到了，就是在下。班上任何人有任何东西吃不完，只要喊一声，我、夏叉、马叉超，都会迅速摇着尾巴将其簇拥瓜分。

后来有一天我发烧了没去上学，第二天去了之后，大家看到我纷纷说：“哎呀，赵二狗！你可来了！你知不知道自己逃过一劫，捡了一条命啊！”我一脸黑人问号，咋回事？再一看，怎么夏叉和马叉超都不在啊？经过了解，才知道，他们两个都在医院洗胃。在我不在的那天，两个人一起转悠觅食，在学校垃圾堆旁边，发现了一袋开口的小浣熊干脆面，虽然面是粉红色的，但是他们以为是新口味草莓味，喜而分食，下午就开始口吐白沫昏迷不醒，把老师吓死了，直接打120拉去急救，说是中毒了。

门卫老大爷交代说，那袋干脆面是他拌了耗子药放在垃圾堆毒耗子的，真没想到竟然会有人能馋到这地步，连这个都要吃。我听完前因后果，吓出一身白毛汗，幸好我昨天病得爬不起来，不然今天躺在那边洗胃抢救的肯定有我一个啊！

一个星期后更瘦了的夏叉和瘦了的马叉超来上学了，好心的女同学递给他们一个小面包。他们面露菜色，惊恐而礼貌地说：“谢谢，不想吃。”然后被少年不知愁滋味的我迅速地抢过吃掉了。

火箭熊摘自豆瓣网

图：小黑孩

就是爱历史（古埃及）15. 古埃及的开嘴仪式用在什么场合？

我在法国办居住证的日子

@蝈　儿

说不出的纪律

还记得我第一次去警察局办居住证那天，阳光和煦，我雄赳赳气昂昂地踏入了警察局的大门。到了楼梯口，好家伙，黑压压全是人。

每个人的脸都是沉着的。只听见文件"窸窸窣窣"的响声，夹杂着婴儿的哭闹和父母的训斥，楼里混合着一股体臭和廉价香水味。

转了一圈，没有位置，我回到楼梯口，用英语问身边的大妈："请问，这里排队吗？"

有一个男孩子伸手指了指我身后："这里是叫号的，你看窗口上那个牌子，写着号码呢。今天的号发完了，明天你再来拿。"

第二天一大早，又来到同一个地方。果然，进了正门就看到一位老妪在发号。若不是在她身前站了一排的人，她看起来真像是个做保洁的。没有指示牌，没有桌位，她就那么随意地站在楼梯口，攥着一把碎纸，漠然地放到伸向她的手里。

我拿到的号码是28。等到第三个钟头的时候，窗口只剩下了两个。午饭过后，终于轮到了我。我急不可耐地把所有材料都掏了出来，奉到窗口前。窗后的人看都没看就推出来："你办什么呢？""学生居住证。""材料单取了吗？"我急忙把

在网上下载的材料单子递进去："我已经按照这张单子准备齐全了。"

窗后的人皱了皱眉，扫了一眼我的单子，一把扔了出来："这是什么东西？我只认我们的单子，你准备好了再来！"

我还想着对照下两张单子的区别，旁边伸出一只属于29号人的手，默默地把我挤了出去。

我决然地一屁股席地而坐，盘起腿来开始对比。这根本就是两张一模一样的单子！除了信纸的抬头不一样，连字体都是一样的！

待29号人办完了，我飞快地凑到窗口，在30号人咄咄逼人的眼光下，口舌打结道："不好意思，麻烦您……单子，一样！我，都有！"窗后的人轻蔑地又扫了一眼我的材料："你的学生证明超过三个月了，我们要三个月内的。"

我愤怒地盯着他给我的清单，上面的学生证明根本没有注明要三个月内的。如果我不多此一问，就这么回去了，下一次难道还要再徒劳无功排五个小时的队吗？！

第三次去，材料终于齐全了。还没等我松的那口气吐完，窗后轻飘飘吐出一句："可以预约了。"

预约？！没有人告诉我要预约！前面排队的人不是都在现场办了证才走的吗？

在我惊愕万分还在消化这个"噩耗"的时候，窗后的人又道，"你的预约在10月28号。"

我以为我听错了，那天才8月初。

回到宿舍，我小心翼翼地又确认了一遍预约的日子。突然扫到我的文件夹里，那张簇新的学生证明还在！原来交材料的时候手忙脚乱，居然忘记了替换旧的学生证明。

今天没有你的预约

终于等到了预约的那一天，当我把预约单交进窗口，伸手整理文件的时候，窗后的权威突然叫道："咦！今天没有你的预约。"

我惶恐道："这预约单上……写的是今天。"权威极其不耐烦道："我又没说单子上写的不是今天。我是在我们的登记本上没有找到你的名字！"

我眼巴巴地看着他一页页翻着那本登记本，好像终于有喜的嫔妃，到了皇帝老儿跟前等着被赏赐，太监却翻着敬事房的记录本说："那个月皇帝都没有翻你的牌子！你等着被判死刑吧！"

我抖抖地提议道："可能是您的同事忘记登记了，您看我既然按

15. 答案：给木乃伊履行的仪式。

照预约的时间来了，可以安排一下吗？”

他再也不看我的预约单，也不看我，直勾勾地看着远方，重复着同一句话：“今天没有你的预约。”

一下子血都到了头顶，我狠狠地盯着他：“这是你们给我预约的日子，你们没有登记，是我的错吗？！”

我无路可退，我是要实习要回国要生活的正当居民，我不能黑着啊！

权威怒了，他“唬”地站起来，指着我的鼻子，用响彻全楼的声音吼道：“今天没有你的预约！”

这一句本该是因为失职的道歉，被气势磅礴地用责骂的方式吼在了我的头上。

“哇”的一声，我开始号啕大哭。

身后的人们纷纷议论着我的情况，其中一人说：“这姑娘有预约，人也来了，就算预约错了，可后面预约的人也没有来，你们就接待她吧。”我这才意识过来，这么拉锯了十几分钟，如果被登记在册的不是我，那个被登记的人怎么还没冲上来赶我走？

我就这么被拉到了权威面前，捧着大家的同情，让权威勉强在“特殊情况”下“特殊眷顾”了我的居住证。

又见警察局

又是一年一度换证时。

这一次，我把登山包翻了出来，把在法国这些年所有大小材料原件复印件全数背在身上。

我一大早踩着警察局开门的点去了，结果居然已经排了一长队。

看着移动的速度，上午是没戏了。我掏出准备好的面包零食，就着手机微博吃了半小时，然后掏出护甲油指甲油亮片儿又做了半小时，终于身后的姐姐忍不住和我搭话：“哟，你还真准备齐全。”

聊到正中午，突然排在我前面

的哥们开始收拾离队了。一个看似做保洁的老妪挡住了我："今天的队排到这里，你，明天再来！"

第二天凌晨三点，闹钟响了一声我就跳起来，趁着夜色一路骑车到了警察局的铁栅栏外。好家伙，居然已经有了两个人！比我还拼！

我迅速停好车，占据了第三席。洋洋洒洒地在地上先铺了块防潮垫，又变出一块坐垫、一条披风、两瓶红牛、一包巧克力，最后掏出硕大的笔记本电脑和耳机。打开下载好的电影，《辛德勒的名单》，三个半小时，够长够应景。

待我从电影的喜怒哀乐中回归时，一回头，身后已然黑压压换了人间。我迅速把"客厅"卷回包里，开始找第一第二席的哥哥们聊天。

待到八点，铁栅栏一开，我们便撒丫子狂奔，直冲正门口。那里用铁架子严密地围起了排队的区域。我脑子里不由得冒出了《辛德勒名单》里的画面，人们老老实实排着队，突然门开了，他们毫无目的，四散狂奔，身后"突突突"冲锋枪响，奔跑的人纷纷中弹倒地。

就在我胡思乱想的当儿，脚下一慢，身前莫名多出了好多甲乙丙丁。突然前面伸出一只手，一把将我拽回了第三席，是哥哥们！他们恶狠狠地看着后面的人："她是第三个，你们知道的！"

这种革命般的温暖，在那一刻完全打败了所有阴霾。

到了九点，正门才拉开一条缝，我们仨便如洪水猛兽，向前冲！向前冲！向前冲！隐约听到身后有人在吼："不许跑！不许跑！"还有拉扯的声音。

可是我们够快，够高，够强。我们已经跑在了最需要的正前方！

拿号，办证，一条龙。我办完走出大门的时候，才九点零五分。

人说台上一分钟，台下一年功。我们是门后五分钟，门前五个钟。那也值！因为那五个钟，决定了之后的五分钟。若没了那五个钟，接下来的等待就再也算不尽了。

水云间摘自微信公众号三明治

图：陈明贵

就是爱历史（古埃及）16. 诺姆指的是古埃及的什么呢？

一碗豆腐汤

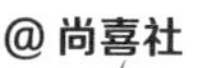

这天早上，我正在一家豆腐汤馆内享受美味的时候，突然，一位老人重重地倒在我的身上，我出于本能地扛住了他。只见他红色的竹拐棍倒在地上，含着歉意和感激的目光望着我，我顺势把他扶在凳子上。他望着我解释说：“对不起，地上打滑。”我捡起地上的拐棍递给他，和另一个年轻小伙子扶他走出汤馆，目送他在雨中走远。

忽然，老板娘轻轻地说了句：“刚才那位老师傅的汤钱还没有付呢。”声音不大，但汤馆内所有的人都听到了。老板斜了她一眼。

这时，刚好在结账的一位年轻女士说，那位老师傅的汤钱她来付。老板娘拿着钱看了一下老板。“这钱怎么能让人家付呢！”老板摇摇头。后来，还有好几个顾客要求付那位老师傅的汤钱，都被老板谢绝了。

雨“淅淅沥沥”地下着，那个熟悉的身影又折了回来。他艰难地跨上汤馆的两个台阶，颤颤悠悠地站在收银台前，雨水打湿了他的上衣。他把拐棍支撑在胳膊下面，掏出钱包，气喘吁吁地说：“对不起，刚才忘付钱了。”

老板娘觉得有点窘迫，侧身从老板身后溜出去收拾碗筷去了。

老板告诉这位老师傅，刚才那一碗豆腐汤钱免了。“你走后，有好多人替你付钱，我都没有要。”

老先生转过身来，向大家一一施礼表示谢意。在他的执意下，老板最后收下了他这一碗豆腐汤钱。

当他再一次下汤馆前的台阶时，几个年轻人不约而同地离座向他伸出援手。看到老师傅慢慢地消失在茫茫的人流中，我不断地回味着，刚才那一碗豆腐汤的味道。

张秋伟摘自《羊城晚报》

中国历史上的“毒舌男”

@张 嵚

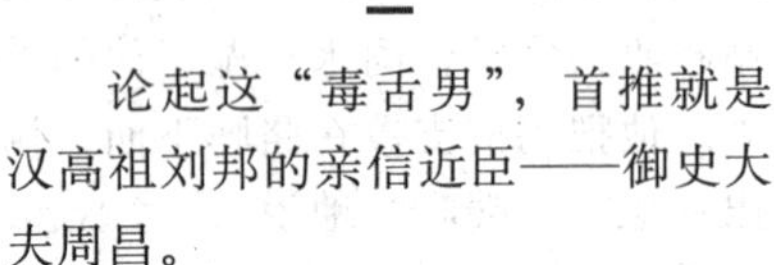

一

论起这“毒舌男”，首推就是汉高祖刘邦的亲信近臣——御史大夫周昌。

这位沛县狱卒出身的大臣，并非舌辩之士，相反还有口吃的毛病，却天生一副轴脾气。一次去刘邦屋里汇报工作，正撞见刘邦搂着妃子吭哧，吓得赶紧后退，却见光着屁股的刘邦蹭蹭扑上来，一把就把周昌骑到地上。连羞带气的周昌也不结巴了，脱口而出：“你跟夏桀纣王这类暴君简直一路货！”如此翻脸怒骂，惹得刘邦哈哈大笑。但从此在周昌面前，都是换一副板正样子，算是怕了他了。

二

唐初最毒舌的大臣，朝野公认只一位：唐太宗的发小唐俭。

这位唐俭大人与唐太宗，属于打小玩到大的朋友，所以也常放轻松。曾因在棋盘上把唐太宗杀得片甲不留，被唐太宗一怒贬到潭州。但比这更惹唐太宗的，却是一次陪唐太宗打猎。当时二人正碰上一只野猪扑来，唐太宗拔剑就和野猪血拼，一剑将大野猪削成两半，然后兴冲冲向唐俭炫耀。却听唐俭硬生生一句：“皇上您号称威震天下，难道就靠这成天打野猪的本事？”

被噎得不轻的唐太宗呢？半天才缓过来，不但后半辈子都没去打猎，更把女儿豫章公主嫁到唐俭家。

三

宋真宗时代的战将曹玮，就任秦州知州时就撞了开门黑，十几名

16. 答案：行政区。

军将叛逃党项，但曹玮不慌不忙：“小声点，这是我派去当奸细的。”话传到党项人耳朵里，这十来个叛徒气还没喘匀，就被党项人砍了脑袋。

连当时叫北宋恨得咬牙的党项悍将鞦韆，也着了曹玮的道：当时鞦韆偶感风寒，曹玮知道后一句话不说，就是满脸沉痛地举办祷告典礼，虔诚为这位死敌祈求健康。事情传到党项人耳朵里，党项国主李德明一拍脑袋明白了，立刻派行刑队奔赴前线，把正与病魔作斗争的鞦韆将军从被窝里揪出来砍头。

四

要论中国古代史上，最叫皇帝忍不了的“毒舌男”，当数明朝正德年间扬州知府蒋瑶。

当时这位蒋瑶知府，赶上正德皇帝巡游扬州。“皇帝驾到”这种清朝官员眼里可以拍马求升官的大好事，放明朝官员眼里，却是劳民伤财的大坏事。蒋瑶更是气得不行，自从正德皇帝一干人等到来后，就是不停怒怼。正德皇帝张口要钱要贡品，蒋瑶把自己老婆的衣服首饰送来：“家里穷，就这么点值钱玩意，皇上您看着办。”闹得正德皇帝哭笑不得，直到快要北返了，都没在扬州刮到啥油水。

于是，不甘心的正德皇帝，干脆面对面冲着蒋瑶狮子大开口：“钱和贡品朕都不要了，听说扬州琼花开得美，你给朕弄几朵琼花总可以吧。”

不想蒋瑶怒从心头起，脱口而出：“自宋徽、钦北狩，此花已绝，今无以献。”

这话有多毒舌？分明是警告正德皇帝：您要再这么胡闹，小心像北宋徽宗钦宗爷俩那样，被抓到草原吃牢饭！要是换到几百年后清朝皇帝南巡，蒋瑶有十颗脑袋也不够砍。

正德皇帝听了只是淡淡一笑。几天后启程北返时，恶作剧地命人把蒋瑶捆了一块走，一直捆到临清才放回去。回去后继续当他的扬州知府，从此官运亨通，嘉靖年间曾官居工部尚书。脾气更是一辈子没改，从来以耿直著称，七十岁退休回家后，又和朋友开创了“文酒社”，埋头写了十九年诗。慷慨峻烈的诗风，影响明朝文坛上百年。

这“毒舌”一幕背后，就是撑起明朝百年辉煌的，明朝政治家们慷慨担当的风骨。

田宇轩摘自微信公众号我们爱历史

图：小栗子

我们街坊有个老头，六十多岁，开杂货铺，年年赔钱，这钱都赔在老鼠身上了。老鼠到处乱咬，咬得乱七八糟。老头堵气又增加一种嗜好：养猫。他先养了一只大花猫，这猫喂得很好，养了一年多了，一只老鼠也没捉到。老头心里想：老鼠吃我，猫也吃我。越想越生气。

最可气的是有一次老头亲眼看到：大花猫正睡觉，一只大老鼠从猫跟前跑过，把猫吵醒了，这猫瞪眼瞧一瞧，伸伸懒腰，接着又睡了。

老头正生气哪，来了打酒的啦，这小伙子姓万，叫万事通。“哎呀，老大爷，您怎么养只花猫，花猫不好，吃饱了就睡觉，不捉老鼠。”这一句话就说到老头心里去了。

“大爷，我告诉您，养猫咱可内行。养黄猫可比花猫强，黄猫有个外号叫‘黄飞虎’，会饿虎扑食。老鼠一个也跑不掉。”“黄猫好，上哪儿去找哇？”

“黑猫比黄猫还好，黑猫有个外号叫‘黑旋风’，像旋风一样，一转就把老鼠逮着。大爷，您喜欢好猫，明儿我送给您一只。”“您家里有好猫？”

“不，不，我屋里有只母猫，怀小猫了，大概用不了一个月就要下崽了。我家那只猫是用良种猫配的。公猫是只波斯猫，阴阳眼，一只红眼珠，一只蓝眼珠，两只眼睛闪闪发光，夜里一看，活像两颗宝石。用这种猫交配，生下的小猫您养吧，养大了，您家有多少老鼠，用不了三天就一扫光，全给您逮干净。”“那可太好了。总想养只好猫，这是我的嗜好。”

波斯猫

@康立本口述

“我也有个嗜好。”“您喜欢什么？”“每顿总喝二两‘猫尿’。”

“您喜欢喝酒？”

“也喝不多，一顿二两，一斤能喝三天。”

“三天喝一斤，一个月才十斤。好，你这个月的酒我包了，这小坛整十斤，你拿去吧。”

“这多不合适,那什么……”“没什么，拿去吧。告诉你，这坛里没兑水。我还等着你的好消息哪。”“谢谢您……我走了，您等着吧。”

这小伙子把酒拿回去，足足喝了一个月。酒还没喝完，猫下崽了，小伙子跑到老头家：“老大爷，告诉您个好消息：我家那只母猫下崽了。”

“下了几只？”

“一只,白的。浑身上下一色白，一根杂毛都没有。全身白毛难得，这猫有个名字叫‘阳春白雪’。”

“‘阳春白雪’，好，我要了。”

“这只送给您了,我回去看看。”说完他走了，不一会儿他又跑回来了,“老大爷，再告诉您个好消息。”

“怎么，又下猫崽了？”

“没有，还是那只小猫，回去仔细一看，全身是白毛，就脑门上有一撮黑毛。”

“脑门有黑毛，那叫杂毛，不值钱了。”

“告诉您，值钱就值这撮黑毛上了。全身白，一块黑，这叫‘雪中送炭’。”

“‘雪中送炭’好。”

“您休息，我再看看去。”又走了，不一会儿又回来了，“老大爷，我再告诉您个好消息。”

“又下小猫了？”

“没下，还是那只，刚才我这只小猫儿，毛还没干，现在毛干了。我一看，尾巴上毛也是黑的，一条黑尾巴。”

“黑尾巴可不值钱了。”

“这猫，值钱就值在这条黑尾巴上了。脑门儿一块黑，一条黑尾巴，这叫‘棒打绣球’。”

“‘棒打绣球’？”

“绝了，世间少有。”他走了，一会儿又回来了，“大爷我再告诉您个好消息。”

“又下只什么猫？”

“没有下，还是那只猫。它头上有黑毛，尾巴有黑毛，小猫吃奶的时候，一翻身，看肚子底下还有一块黑毛……”

“别说了，我知道，下了一只花猫。我不要啦！”

摘自中华相声网

图：小黑孩

这个土地公公有点拽

@俞杨

孙悟空也曾当过基层公务员，弼马温嘛，他生平一听到这三个字就要炸。后来孙悟空下了海，就越发瞧不上他的那些公务员同学了。

有一个同学却跟其他同学不太一样。其他老同学因为混得不好，平时都借口基层公务太忙，不好意思见孙悟空。火焰山土地管了片西游里最穷的地儿，明明混得最差，却主动来找老同学见见面，见面的方式还很摆架子。

他先派了一个少年男子，推着一辆红车，给唐僧师徒卖糕，惹得孙悟空很好奇："这等热得很，你这糕粉，自何而来？"

好奇心把孙悟空引向了铁扇公主和她的芭蕉扇，不过女人的东西不是那么好借的，一把假的芭蕉扇，就把孙悟空骗上火焰山熄火了。

火越扇越大，"行者急回，已将两股毫毛烧净"，正是孙悟空最狼狈不堪、最见不得老同学的时候，这时火焰山土地出现了。

为了这次见面，火焰山土地还很精心地打扮了自己一番，"身披飘风氅，头顶偃月冠，手持龙头杖，足踏铁靿靴"，一身出入政府大楼的高级公务员的行头。

老同学几百年没见，一个被烟火呛得如同挖煤工人，一个一身光

17. 答案：荷鲁斯之锁。

鲜完全不像村里来的，想必孙悟空的内心是极其失落的："哎呦我的老同学，几百年没见，混得人模狗样的嘛！"

火焰山的GDP一直搞不上去，原因是这里的大火熄了又燃。火焰山土地想要发展搞经济，每隔十年就得花上一大笔钱，孝敬牛魔王的老婆铁扇公主。

趁着孙悟空跟结拜大哥牛魔王相斗，火焰山土地首先洗劫了铁扇公主的芭蕉洞。他带着鬼兵部队和猪八戒来到洞口，"忽辣的一声，将那石崖连门筑倒了一边"，公然入室抢劫。

牛氏集团之所以这么有钱，更在于牛魔王的小妾玉面公主。玉面公主有百万家私，两年前访着牛魔王神通广大，情愿倒贴家产，招了牛魔王做上门女婿，求个安稳度日。

火焰山土地照样带着鬼兵部队和猪八戒，来到玉面公主的摩云洞，"尽皆剿戮，又将他洞府房廊放火烧了"。

牛魔王终于被拿下了，参与这票的大神各归各路。四大金刚，返回灵山；六丁六甲，升天暗中保护；过往神祇，拍拍屁股四散；托塔李天王和哪吒三太子，押着牛魔王上路。

你看，明明是大佬们在掐架，他一个打酱油的基层公务员，却带着地方维和小分队，干得煞有介事。这个火焰山土地，简直要上天。

其实吧，这个火焰山土地，不是一般的土地公公，他原本是天上的，用他自己的话说："我本是兜率宫守炉的道人。"

孙悟空大闹天宫时，蹬倒了太上老君的八卦炉，从天上掉下来几块砖成了火焰山。太上老君怪他失守，把他降职到火焰山这个穷山沟沟里。说起来，孙悟空这黑锅还是老同学替他背的。

出来混总是要还的，孙悟空忽然发觉，自己三调芭蕉扇，其实不过是老同学的一步棋。火焰山土地这么卖力干活，刨去为国忘家的崇高理想，一定有所企图。用他自己的话说："一则扇息火焰，可保师父前进；二来永除火患，可保此地生灵；三者赦我归天，回缴老君法旨。"

火焰山土地的目标很明确，就是想办法调离这个贫困的山沟沟。出来混，大家都想混得好一点。

孙悟空倒吸一口凉气，自此不敢小瞧了土地公公。

摘自微信公众号中国新闻周刊

图：小黑孩

他们真的是亿万富翁吗

@云夕

喜当富豪

1980年，大卫·卡茨米德与莫琳·史密斯结了婚。转眼间，一双儿女大学毕业了，有了时间，大卫买了一艘二手小游艇在小河边钓鱼。钓鱼之外，夫妻俩还到世界各地穷游。此外，夫妻俩还有买彩票的爱好。2016年1月13日，莫琳像往常一样在家附近的超市花十美元买了一张彩票。

开奖时，莫琳简直不敢相信自己的眼睛。开出的数字和自己彩票上的一模一样！莫琳按计算器都按错了好几遍。最终她算出了中奖金额——5.28亿美元！

去领奖时，莫琳翻遍了衣柜也没能找到一件得体的衣服，她现在是有钱人了，可不能被别人笑话。可是大卫却说："我还是希望看到原来的你，并不会因为外界的变化而改变自己。"于是，莫琳穿上了一件绿色的衣服，也没有刻意化妆打扮，而大卫则是穿着T恤走进了颁奖现场。

生活依旧

按照规定，5.28亿巨奖需在三十年内分期领取，夫妻俩考虑到年龄问题，选择了一次性领走3.28亿美元（约人民币22.3亿元）。

几天后，大卫和莫琳到东南亚旅游。东南亚的美食，以及大街上飘散着芒果香的和煦海风，让夫妻俩陶醉不已。可是几天之后，当美食再次摆满桌子时，莫琳却提不起叉子。"亲爱的，你还记得我们在上海吃的那顿面条吗？虽然是再普通不过的面条，却是我这一生吃过的最美味的面条。"

妻子的话，让大卫的思绪飘到了几年前，那次中国之行，他们一路穷游，靠大卫拉提琴卖艺前行，到上海时，两人手头拮据得只有不到二十元，只好点了一碗面，最后在夫妻的相让中吃完了面条。"其实生活中并不需要太多的钱，钱可以让我们富足，可是我宁愿和你一起享受简单的惬意。"

一番商量后，夫妻俩决定继续穷游，大卫买来了提琴，在游客多的地方卖起了艺，而莫琳在餐厅里打工，换取每天的饮食。在随后的半个月里，原本计划花掉三万美元，

就是爱历史（古埃及）18. 古埃及哪位法老签订了世界上最早的和平条约？

却只花掉了不到两千美元。更让大卫明白了，再多的物质也比不上夫妻的相濡以沫。

回国后，大卫更改了换大房子的计划，他花五百美元买来油漆，将房子重新粉刷了一遍。大卫在梯子上上下攀爬，莫琳给他扶梯子和递油漆，不知不觉中，脸上、身上落满了油漆，两人相视而笑。

孩子们抱怨老爸老妈有了钱都不知道换豪宅，大卫意味深长地说：“在这个房子里，有你们成长的印记，更有我们一家人在一起的欢声笑语，这是任何豪宅都换不来的！”

第二天一早，大卫和莫琳又驾着他那艘用了二十年的游艇出海了，傍晚回来时，大卫向孩子们郑重宣布：他也不打算买新的游艇了。“尽管这艘游艇早就过了退休的年龄，可是修一修还是可以用的，再说它已经陪了我们这么多年，扔掉它我实在舍不得。”

震惊世界

对自己苛刻的同时，大卫和妻子也有大方的时候，他们捐出上千万美元给几家慈善机构，用作对癌症的研究，以及解决儿童饥饿等问题。在得知镇上的学校需要修缮时，他们又出钱又出力。

2017 年 2 月，美国《每日邮报》的记者汉森·维金要报道夫妻俩的生活。在他的镜头里，莫琳穿着松松垮垮的居家服，而大卫更是穿着工装裤，在屋前草坪上挥汗如雨地开着割草机。心有不甘的汉森多日尾随莫琳，只见她从来没有逛过大商场，每次都会选择家附近的廉价超市，装物品的袋子也是绿色环保的那种。

汉森失望了，夫妻俩没

有豪宅、豪车、私人飞机，甚至每次出门，莫琳都还会顺手买一张彩票。一切的一切，和他们中奖之前完全一样！汉森硬着头皮把这些收获写成了新闻，发布在网站上。没想到，这个新闻瞬间就火爆了！转发 11000 次，评论近千条！

“傻子一对，这么有钱却不会用！”“快点招我去当管家，我会让这家人过上天上人间的生活。”很多人好奇，为什么他们的钱，不用来改善自己的生活呢？对此，大卫解释道：“我对我们现在的生活很满意，我觉得什么也不缺。”

如今，夫妻俩继续享受着简单的生活，他们每个月都会在房前的草坪举行一次聚会，孩子们、朋友们分享种植的蔬菜和水果，欢笑声一片。众人离去之后，摇椅上的大卫忽然问身边的妻子：“我们真的是亿万富翁吗？”莫琳回答道：“是！又不是！”

摘自《知音·海外版》

图：豆薇

18. 答案：拉美西斯二世。

有热度的人心

（文中有十处差错，你能找出来吗？答案在本期找）

@ 刘诚龙

有个少年，家里近了一个贼。半夜三更，这贼摸进屋来，挑了竹蓝子，装了满蓝子红暑，正拟翻墙过去，不料碰倒了一块砖，砸在月光如水的深夜里，响声格外凄历。有人被响声弄醒，吆喝一生，村子里的人便都醒来，汗子们都纵身从床上跃起，追贼追了里把路远。这贼据说很瘦小，谁叫他是贼呢？也被吃了好几顿拳脚。

天色尚黑，觉还没睡足，众人捉了贼，又练了手，将贼一根绳子捆了，捆到少年屋背后那棵苦楝树上，绑起来，便都回屋再睡回笼觉去，撂下话来："明天再理会。"

待众人散去，少年一人悄悄爬了起来。星光下，但见这贼被五花大绑，身上黑几条，红几条；黑的是真绳子，真绑身子；红的是血印子，如绑身子。

这贼到少年家来偷红暑之类事物，也是生活所逼。即然已被人们练了几顿拳脚，受到应有的惩罚，就此算了吧。想到这，少年走到其面前，摆摆手，叫贼别做声，将绳子给松了，对他说："你走吧，别回头，赶紧走。"

这贼拨腿走了。走着，走着，不对颈。这贼，总感觉脚步后面有脚步，一回头，看到后面丈多远处，那个少年跟在后边。

"我怕你害怕。"那个少年说。一个贼夜半走在村头，若是有人起早，见了贼，那不再一生吆喝一生喊，将贼再捉了？少年跟在贼后面，送贼一程，护贼一路，便是想让贼一路走远，一路走好。

少年送贼，送到村头，送到村外，送到了赶不上见不到之远处，他往回走了。

他走，走，走，却听到脚步有重声，回过头来看，那贼在他后面丈把远，一直跟着他走。少年朝他喊："你怎么还不回去？"贼回他话说："我也怕你害怕。"

风吹麦浪摘自《甘肃日报》

公主知道自己美得不可方物，心底总是暗自得意，以为这一生再不会有任何痛苦和烦恼。她哪里料到世上最令人绝望的惩罚便是上帝给你美貌的同时，也给你易于老去的年华。

公主刚过二十七岁便已显出老态，她望着镜中自己眼角的鱼尾纹，摸着身上渐渐松弛的皮肤，悲伤？恐惧？怨恨？绝望？她也说不好是哪一种情绪主宰了她的心智。她年轻时沉迷于挥霍和炫耀自己的美貌，并无一次真心的爱恋，对于所谓的裙下之臣，心情好的时候便装傻以退，心情不好的时候就蛮横以进，至于是否伤害到谁谁谁，她倒真没在乎过。只是到了现在，公主方才心慌起来，谁曾想到这盛大的舞会竟然早早散场，那些邀请她步入舞池的追求者转瞬间嘴里高喊的都是："老公主！老公主！"嘴下不留一点情面。

老公主

@张寒寺

老公主在城堡里惶惶不可终日，躲避旁人，躲避阳光，或许她以为这样便可以阻止时间的刻刀在她身体上留下疤痕。

又是五年，老公主已经雪白了头发，她对着镜子叫喊，同时也惊醒了自己。她连夜召来父亲的首相，让他为自己出出主意，看看这位平日跟财税枪炮打交道的老头子，能不能凭借在衰老领域的经验指一条明路。

首相欠了欠身，缓缓说道："我听说在某个遥远的国家，有一位公主，历经数百年而未老去一分，最终还嫁给了一位英俊的王子。"

老公主听闻有这样的传说，心中暗喜，难掩激动，忙问那位同行是怎么办到的。

首相回答说："她的办法倒也

就是爱历史（古埃及）19. 纳尔迈调色板记录的是古埃及的什么事件？

简单，就是没日没夜地睡觉，一睡就是几百年，听说她还有个雅号叫作‘睡美人’。那位王子用一个吻把她唤醒，两人自此相爱，难舍彼此。”

老公主听到故事浪漫如斯，不禁春心萌动，阻止衰老还能寻得真爱，这种好事哪还敢奢求更多？她当即决定照办，分毫也不容偏差。

好在王国里不缺奇才，第二天就有人献上珍贵的沉睡药丸，只需要一颗就能让人睡上三年。公主拿出全部的首饰，换了整整一罐。她回到房间，关好门，安排好后事，包括那位王子应该长什么样子，多高多帅，是讲荷兰语还是意大利语，全都一一叮嘱下人。最后，她服下十颗药丸，沉沉睡去，等着即将入梦来的王子。

……

也不知过了多少日子，公主很难用梦境来计算时间，她只感到左腮边被轻轻一触，似乎是被人吻了下，立即醒过来，睁眼一看——

一个满脸皱纹、发白如雪的老头子正伏在她的床前。

“天啊！”老公主整个身子往后一缩，大声呼唤守卫，命令他们把这死老头拖走扔到泥地里去，同时还不忘大骂那些不中用的下人，竟然放进来这种货色，真是蠢得无药可救。

当年，从山脉另一边赶来的王子摘下头盔——那上面沾满了恶龙的鲜血，放下宝剑——已经因为砍杀食人魔而卷了刃，他下马站在一旁，静静地等待门房通报自己的名号。

很快，下人们核对了单子上的条件，欢天喜地地迎他进了城堡。

王子走进公主的房间，走到床前——

皱纹已经爬上了她的脸颊，丛生的白发散落两边，嘴唇也不如年轻时光滑丰满。

王子知道，自己现在只要吻下去便可以让她醒过来。但是，那样真的好吗？这位以高傲闻名的公主，怎么肯接受我如此年轻她却垂垂老矣的现实。

王子叫来下人，让他们为自己安排房间，说要在此住下。

下人不解，说公主吩咐，只要您一来，就立刻吻醒她。

王子说：“不，待三十年后，我跟她一样老时，再与她相见吧，不能跟相爱的人一起老去，那实在是一种折磨。”

步步清风摘自《猫饭奇妙物语》测绘出版社

图：恒兰

牛大姐家乐事多

主要人物：牛大姐（妈妈） 牛大哥（爸爸） 牛小美（女儿） 牛小宝（儿子） 钱多多（牛小美的男朋友） 刘姥姥（牛小美的外婆）

※参加朋友婚礼，牛小美问新郎："站在你左边的那位姑娘美不美？"

新郎大声回答："美！！！"

牛小美："谢谢新郎，站在你左边的姑娘是我……"

※这天中午，钱多多走到单位食堂门口，正好遇到从里面出来的同事，就问："食堂买饭的队伍长吗？"

"不长，但是很粗。"

※下午放学回家，下着大雨，牛小宝和刘姥姥走在路上。这时有三四辆消防车经过，牛小宝就问刘姥姥："雨下这么大，怎么可能有火灾，消防车出来干吗呀？"

刘姥姥想了想说："大概它是出来装水的！"

※晚饭时，牛大哥把最后一个虾夹给了牛大姐，牛大姐几次拿着虾往牛大哥碗的方向递。

牛大哥感动地推着她的筷子说："老婆你吃你吃。"

第三次牛大姐终于绷不住了说："你给我松手，我要蘸醋。"

※出租车师傅正要启车离开，刚刚下车的牛大姐就跑了回来，喊道："师傅，等一下！我包忘记拿了。"

师傅把包递给了牛大姐，再次启车离开时，牛大姐在后面追了上来，喊道："等一下！等一下！"

师傅不耐烦道："又怎么了？"

牛大姐说道："我的行李还在后备厢！"

等牛大姐离开，师傅松了口气，启动了车。

这时，坐在后面的牛小宝说道："叔叔，能再等一下吗？妈妈马上就会发现我不见了。"

※牛小宝问牛小美语文填空

19. 答案：上下埃及的统一。

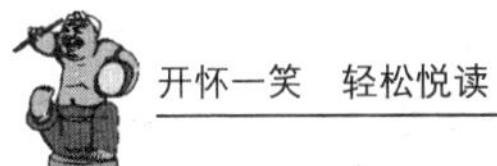

题："先帝创业未半而——"

这是《出师表》的开头，答案是"先帝创业未半而中道崩殂"。

牛小美一下子不记得是啥了，填了个："先帝创业未半而花光预算……"

※ 钱多多和牛小美交往了一段时间，想求婚，对她说："你已经考验我很久了，我们是不是可以结婚了？"

牛小美淡定地说："还有终极考验，我这就去把脸洗干净……"

※ 牛大哥养了两只乌龟，吃饭睡觉都带着这两只乌龟，他称呼它们为兄弟，牛大姐就笑话他："你这人怎么还跟乌龟是兄弟呢。"

牛大哥笑笑说："我和它们拜过把子就是兄弟，我们虽然不是同年同月同日生，但我们可是要同年同月同日死的！"

※ 星期天，牛大哥带牛小宝参加活动，绘画时，牛小宝手上沾了一点点黑颜料，但他没发现。

回家的途中，碰到他的英语外教路易斯，是个黑人。两个人对了几句话，拥抱贴脸告别。

到家后，牛小宝发现手上的黑色，惊讶地端详半天，满脸不可思议："路易斯掉色了？"

※ 刘姥姥对牛小宝说："来，姥姥给你讲个故事，叫卫精填海。"

牛大姐在一边翻白眼："那太费钱了吧！"

※ 牛小宝一回家就告诉牛大姐，今天考试时，同桌偷翻课本被老师抓到了。

牛大姐："太不像话了，那你翻课本了吗？"

牛小宝："我也翻了，但老师没抓我，他说我找不到答案！"

※ 牛小美和钱多多去看电影，候场时牛小美喋喋抱怨着：刘海剪丑了，剪丑了，好气啊……

钱多多终于忍不住发火道："有完没完了？"顿了一秒继续说，"稍微降低一点点颜值给其他人一条活路都不行吗？！"

※ 牛小美和钱多多看的是《建军大业》，看到朱德率领部队打到广州以后处处受挫，牛小美太入戏，自言自语道："现在怎么办呀？"

钱多多说："上井冈山！"

牛小美火了："不要剧透！"

瓷炉

@要鱼.com

一

潘家园市场很大，地摊遍布两侧，秦始皇使过的酒盏放着杨贵妃嘴里含过的玉块，和名妓李师师的肚兜、释迦牟尼的舍利一起堆放在尼龙布上。

陈显把摩托车后保温箱里的外卖拿出来递给摊主："您的外卖。劳驾问一下，最近的厕所在哪儿？"

摊主手指往西边一伸："走到头，然后往右边拐。"

陈显匆匆道声谢，快步离开。

他实在是憋得厉害，从早上七点忙到现在下午一点，根本就没有歇着的时候，工作服里面的那件半袖几乎湿透了。

从厕所出来，陈显转了向，一时不知道该怎么走。

这是潘家园最边缘的地带，两边的店面都冷冷清清地关着门，只有一家还开着门迎客。

陈显走进去想问问怎么回去。跨进门槛只见屋里古色古香，两侧的架子上东西放置得满满当当，四周静悄悄的，并没有人在。

陈显目光在架子上一一扫过，突然他瞥见一个小小的瓷炉，缥缥缈缈的轻烟正从中散出。

"喜欢这个？"陈显抬头望去，看见一个穿着深蓝唐装的男人从店内的小房间走出来。

男人闻了闻手里的鼻烟壶，转身拿起那个瓷炉递到陈显手上，"你还真有眼光，这个可是我店里的镇店之宝，看在你是今天第一个客人，我给你算便宜点。"

手里的瓷炉顶盖是个盘坐的文人模样，半垂杏眼里像是有光华流转。陈显心里那种奇异的渴望越发强烈，下意识地问："那它为什么是镇店之宝？"

"知道王炽吗？那可是个巨商钱王，在英国《泰晤士报》评选的19世纪世界富豪中排第四。这就是在王炽的棺材里找到的。宝物有灵。"男人喟叹，"亲手把这东西拿出来的盗墓贼倒了霉运，不说穷困潦倒也差不多。我当初要他下墓去拿它，如今也受了影响，生意冷清。这东西非要到和它没有因果牵绊的

人手里，才能发挥它本身的功效，荣华富贵唾手可得。”

也许是因为店里神秘古朴的氛围，也许是因为瓷炉散发出的淡淡香味，男人的声音莫名地妖异起来。

陈显望着那瓷炉，终究抵抗不住男人话里描绘的画面，开口道：“好，我买了。”

二

陈显骑着摩托车停在潘家园的门口，看着手里那个花了他全部积蓄的昂贵瓷炉，心中有一丝后悔。

他摇头叹口气，发动车子刚往前走，轮子就轧到一块石头状的东西，低头一瞅，原来是枚玉环。

他捡起来仔细看，那玉环上面的环纹很繁复，好看得很，应该是潘家园里谁进货的时候掉的。

“小伙子，你这玉环卖吗？”

一个戴金丝眼镜的老年人满面红光地盯着陈显手里的玉环，眼里冒出激动的光。

“啊……卖，卖卖卖！”陈显反应过来，连忙说，“你出多少钱？”“两百万你看怎么样？”陈显“嘶——”地抽了口凉气：“成！”老人兴高采烈地捧着玉环离开。

自此之后，陈显的运气就一发不可收地好起来。从外卖小哥升职为经理，又一路扶摇直上地成为总监，再到把公司股份尽数收归已有，只用了短短一年。

几年眨眼而过，陈显已经是一家上市公司的总裁，旗下有几百万的员工，生意涉及房产、食品、医药等等方面。

那尊小小的瓷炉被陈显珍而重之地挂在胸前，顶盖上盘坐的小人半垂的杏眼似笑非笑。

那些指甲缝里充满污泥的艰辛过往、窘迫岁月，似乎都是上辈子的事了，在如今堆金积玉的生活里慢慢变得模糊。陈显也只有在梦中才能偶尔地想起当初送外卖的时候，那件总是被汗水湿透的半袖。

这天，陈显如往常一样，坐在窗边的摇椅上，孩子们的笑声在屋子里飘荡，渐渐地，他任由睡意包裹住自己。

突然脖子重重向下一坠，陈显惊醒，睁眼看去，他的小儿子正从摇椅边跑开，手里拿着他从不离身的小瓷炉。

“站住！”年仅三岁的小儿子被陈显一声暴喝吓得立在原地，要哭不哭地噘起嘴。

看着他走过来，小儿子又害怕又委屈，眼泪憋不住地流出来，张开嘴大哭，小性子涌上来，挥动嫩藕般的手臂把瓷炉砸到墙上。

“咔嚓——”

三

“咔嚓——”

“哎！你怎么给我摔了！？”男人皱起眉。

哭泣的小儿子不见了，地毯、壁炉、摇椅都不见了。陈显茫然地看着古色古香的屋内，看着地面上被摔得四分五裂的瓷炉，脑子像是链子生了锈的自行车，用尽全力去蹬也转动不了一丝一毫。

他晕晕乎乎地赔了瓷炉的钱后，走出店门，漫无目的地向前走着。“小哥！小哥！走过了！”那人一手拿着吃到一半的外卖，一手指着一旁的摩托车，“你去个厕所时间够长的啊，摩托车我给你看着呢，现在送外卖不是都赶时间的嘛，快走吧。”

陈显似乎这才反应过来到底发生了什么，他蹲下身，后知后觉地哭了出来。

店内，男人收了钱，满眼带笑地拿扫帚簸箕把瓷炉的碎片倒进垃圾箱，又优哉游哉地拿出另一个一模一样的瓷炉。

这样的瓷炉都是批发来的，一件也就二三十块，值钱的其实是炉子里烧着的黄粱香。

此香能激发人心底的欲望执念，让人沉沦在自己编织的梦境里，只有闻到与黄粱香相克的凉荷香才能恢复神智。

在客人迷乱梦境里不能自拔时，男人把装着凉荷香的鼻烟壶放在客人鼻子下，同时拍掉客人手里的瓷炉，等客人醒来，就只能赔摔碎掉的瓷炉钱了。

古色古香的屋内，静悄悄的，一个中年人走进门来，四处张望，见没有人在，便扬声叫道：“有人吗？老板在不在？”

屋内的小房间发出响动，带笑的声音在里面响起：“在，稍等。”

小小的瓷炉在桌案上自顾自地飘散着冉冉轻烟。

摘自微信公众号脑洞故事板

图：小柯

20. 答案：克莱奥帕特拉七世。

影子

@孙汉艺

我捡起树根旁边的一根枝丫，诱导着蚂蚁排队爬上树干。我的影子被余晖拉得老长，他披着神秘的黑斗篷。我傻傻地歪着头问："你是谁呀？"影子不说话。"我们做朋友吧。""你……你愿意和我做朋友？""嗯，我知道你会一直陪着我。"我用稚嫩的声音答道。

就这样，影子陪我度过了最美好的童年时光。我们有时会越过茂绿的山丘，溅起小溪的水花，飞一样地追着隔壁大叔家的牧羊犬。起伏的笑声在山中回荡。

很快，我上学了。那天下午，我躲在校园的一棵树后，悄悄地从口袋里掏出同桌的新橡皮，是粉色的。我小心地拆开包装，想凑近鼻尖嗅嗅香味，身后忽地响起影子的声音："谁的橡皮？马上还回去，拿别人东西是最令人不齿的事情。"他说的话似乎是从牙缝里挤出来的。我低声抽噎，不敢言语，小心翼翼地回到教室，把橡皮放回原处。

一转眼，我上了高中，每天被影子赶着上学，被他逼着熬夜。下了晚自习，我困得睁不开双眼。白炽灯下的他，脸黑得吓人。他一把把我拎起："你就这样浑浑度日？你的未来在哪里？你知不知道？"他的声音震痛了我的耳膜。我拽住他的手腕道："你是谁？我的未来从来不是由谁规划！我不需要你，我有我自己的方向！"影子似乎被定格了，呆呆地望着我，然后走到门口，伸出手指，"啪嗒"一声把灯关上，房间一片漆黑。

他，消失了。自那个夜晚之后，我就再未见过他或者说我是刻意不想见到他。可我知道，他一直都在。几年来，我时常独自在傍晚对着乌黑的影子说话，为我那晚的冲动道歉，可在心底，我从未觉得，我的未来该由谁来把握。

摘自故事中国网

（本文作者系山东省潍坊第一中学69级27班学生）

《有热度的人心》参考答案

1. 近了一个贼——进了一个贼
2. 蓝子——篮子
3. 红暑——红薯
4. 凄历——凄厉
5. 一生——一声
6. 汗子——汉子
7. 事物——食物
8. 即然——既然
9. 拨腿——拔腿
10. 不对颈——不对劲

阿婆黄鱼面

@安谅

阿婆黄鱼面馆开在一条小马路上，店堂只有二十多平方米。生意还真不错，不仅店堂坐满了人，门口还常常排起一长溜队伍。

顾客盈门是好事，可是阿婆的小外孙，英文名叫杰克，心中并不爽。看到外婆这么辛苦，他觉得不划算，有时便怂恿阿婆，不如改成茶餐厅或者上海小吃，至少也该增加点面种。起先，阿婆耐心解释，她小时候在宁波老家就和她的老外婆学煨黄鱼，黄鱼就是她的看家活。后来外孙时不时重提，主意一会儿一个，阿婆也就笑而不答。

闲着也是闲着，杰克干脆就在阿婆的面馆里鼓捣起几个新的面种。阿婆并不阻挠，任他“创新”。一连好几天，杰克的新面点少有人问津。他感觉是店名影响了他推出新面。杰克撺掇着要阿婆把店名改成“阿婆面馆”，阿婆一笑，拒绝了。

天有不测之风云，阿婆突发急病过世了。杰克专门聘了位上海老阿姨帮忙。老阿姨并不擅长做黄鱼面，但可以摆弄出各色浇头面，倒也丰富，杰克也就顺势把阿婆黄鱼面馆去掉了“黄鱼”两字。起先还有些顾客上门，但来客渐稀，门口总是排着的长队不见了。

后来，他把面馆改成了韩国料理，看到一部韩剧红火，便把炸鸡啤酒作为一大特色主菜隆重推出。出乎意料，韩国料理运营两个多月之后，并没有起色。杰克有点泄气，

民防小知识 1. 预防甲型 H1N1 流感最重要的是经常用流动水和肥皂洗手。

找了几个年轻玩伴出谋划策，大家一合计，共同出资支持杰克把韩国料理改成西餐馆。西餐馆开张之初，确实热闹了一阵。两三个月的兴旺光景后，西餐馆渐渐门可罗雀。杰克拖着，熬了快半年，退了款、摘了牌、关了门，准备把店堂盘出去。

这天，一对老年夫妇蹒跚走近，打听道："阿婆黄鱼面馆在哪？老早经常来吃的，哪能寻不到了？"

老人家讲，几年前来吃过，这些年身体不好，加上搬家了，一直没能来，但嘴边总咂摸着阿婆黄鱼面的味道。当年的那碗汤啊，鲜得来；鱼肉啊，细腻得来，不会碎，有嚼头。"老太婆讲，这辈子再能吃几次阿婆的黄鱼面，也算心满意足，也了却伊的念想。"

杰克听罢，眼圈一红，思忖之下，回答："过段辰光来吧，现在正在店面改造，过段辰光，一定能吃到黄鱼面的。"老人们疑信参半，带着失落离去。

有段时间见不到杰克，朋友同学打电话给他，都说在外地，忙。家里人也不晓得他又在玩什么，晓得他总是一阵风一阵雨的，也就没有多管他。

一个多月后，杰克回到店堂，还带回来一位老阿婆。他把藏在店堂里的招牌上的"西餐馆"三个字铲掉，重新漆上五个大字——阿婆黄鱼面。大锅子买回来，汤头烧起来，蒸腾出一股有点熟悉的味道，惹得隔壁人家探头探脑好几次……

张罗几天后，阿婆黄鱼面馆回来了。杰克的朋友、同学被请过来尝鲜，他就问一句话："是不是原来的味道？"

店门口挂出公告，第二天开始，三天内免费试吃阿婆黄鱼面，每天供应一百碗。这一记，宾客盈门，且三天后，店堂和锅灶再也没有冷下来。

后来，家人明白，之前一个多月，杰克回祖籍宁波了，他找到擅长做黄鱼面的老阿婆，从挑黄鱼、煨黄鱼到制面、煮面，从头开始学做那一碗面。宁波老阿婆呢，就是他店堂里站着的这位，做了他一段时间的现场指导，手把手教，直到他那双手，跟阿婆一样，能把黄鱼面侍弄得地地道道，汤鲜面滑。

不少人找杰克谈加盟店的事情，都被谢绝了。有人说，杰克太小家子气，生意做不大的。

杰克像阿婆一样笑而不答，忙着张罗生意去了。

金卫东摘自《解放日报》

图：Aiko

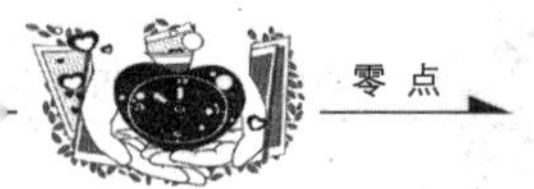

梁山改革

@佚 名

梁山一百零八将聚义后，众好汉座次排定，待遇按月发放，日子过得倒也安稳舒心。

一日宋江妈妈找到宋江说："你哥哥宋清在家闲得慌，你是山寨的一把手，好赖给你哥哥找个事做。"

宋江面露难色，旁边的吴用说："哥哥这有什么难的，军械库刚好少个保管员。"宋江说："这个……"吴用不待宋江把话说完，接着说："就这么定了，明天宋清哥哥来上班就是了，薪水为步兵头领待遇。"

话说潘金莲看到武大整天在外忙碌，一天到晚早出晚归，也挣不了几个钱，心想既然宋清能谋个好差事，何不找找在梁山主管后勤的武松，也给武大找个活干。

武松得知后便向宋江请示，宋江说："这事随后再议吧，再说山寨也不缺人手。"武松沉下脸来，说："山寨伙房里缺少一名炊事员，武大又做得一手好炊饼，再说宋清哥哥也……"

宋江的脸由红变黑，无奈地只有答应了。于是武大到了山寨做一名炊事员，专职为大伙做炊饼，薪水也按步兵头领待遇发放。

鲁智深本没有亲属，但原来在相国寺看菜园时认得的几个地痞无赖不知从哪里得到消息，常来烦扰智深，无奈只有找到宋江，也为他们几个谋了闲差。

吴用更是提出让他七十岁的老丈人到山寨看门，待遇嘛按副步兵头领标准。宋江本来不想答应，可想想宋清的事，便咬咬牙点了点头。

于是三年之内，众头领均安排了亲属在山寨上班。

三年后的梁山财政收入没有增加，公职人员却迅速增加到八百余人，吃财政饭远远不止一百零八将了，财政危机日渐严重。且新增人员大多素质低下，遇有宋军来剿，不但不能参战，反而成了累赘。

宋江深为忧虑，召开会议讨论此事，众头领都认为这样下去必将危害到梁山的前程，以精减人员为目的的改革势在必行。可究竟怎么个减法呢，众头领争议不休，最后宋江拍板定案考试，只有考试最公平，众头领都表示同意。

吴用心想自己的老丈人老眼昏花，考试如何是年轻人的对手，就提出要以年龄加分，一岁加一分。

武松心想哥哥武大从小不识字，如何过得了关，但武大在烧饼大赛中夺得过金奖，于是提出每个荣誉证书加五分。

接着其他头领也都提出了有利自己亲属的考试加分条件，众头领碍于面子，谁也不好反驳别人，都表示同意。

会议结束后，主管人事工作的杨志到家屁股还没坐稳，史进就打来电话，说小姨子年龄小文化浅，没有其他得分优势，请千万帮忙给改一下人事档案，多加几岁，并说待会他小姨子将登门拜访。

还没等杨志说什么，史进就挂了电话。不一会儿就听甜美的女声叫门，杨志说什么也不开，那人从门缝塞进一张卡来，杨志一看是梁山超市购物券。

杨志暗想这不是受贿吗？拿人家的手短啊，这可怎么办？正在苦恼间，又有人叫门，杨志一听是好友林冲的声音，忙开门相迎。杨志把刚才史进小姨子的事和盘托出，请林冲帮忙出个主意。

林冲听后哈哈大笑，说：“贤弟不是外人，哥哥我就直说了，我也是想让你给内弟改改档案，增加几年工龄。”

杨志心想档案可不能乱改，可林冲与我多年的老朋友，也轻易不开口，这如何是好啊？林冲看出了杨志的心思，说：“贤弟啊，趁我在山寨任办公室主任，也给小红弄几个荣誉证书，让她也加点分。

“别傻了听哥哥这句话吧，你以为别的头领都像你啊，告诉你吧！现在没有找我要荣誉证书的只剩你一个了。”

小红是杨志的小情人，人长得年轻漂亮，没多少文化，前几年杨志通过关系把她调到山寨招待所任部门经理，这次机构改革杨志正为她的事发愁呢。林冲的话正点在了杨志的命门上。

林冲走后，杨志四处打听，发现梁山现在乱成一团，到处都是找理由加分的，连山脚下的小文印店生意也出奇地好，一天之内就能卖出荣誉证书上百本之多。

杨志长叹一声："罢罢罢，举世皆浊岂能独清，举世皆醉岂能独醒。"

于是凡有求必应，制造假档案不提。

数月后，梁山机构改革考试终于开始了，众考生入场后，各显其能，有抄小字条的，有大胆照书抄的，更有甚者满场飞到处抄的。

监考的霹雳火秦明想加以制止，鲁智深手下的那几个地痞无赖瞪大双眼说："哥哥非把兄弟的饭碗砸了吗？兄弟没饭吃到哥哥家吃啊！"秦明心想，真把他们惹毛了，智深哥哥面子上不好看，干脆不得罪这些人算了，压压霹雳火睁只眼闭只眼吧。

一个月后，考试成绩公布，排在后二百名的解除公职，自谋职业。宋江、吴用、杨志等梁山实权派人物的亲属全部留用，而智深认识的那些无赖、武大及李逵的好友李鬼等被告知要卷铺盖走人。

消息一出，梁山顿时炸了锅，李逵抓起大板斧，嚷嚷着要砍了聚义厅前的大旗。智深则收拾行装，要彻底离开梁山这伤心地。武松更是当面质疑这次考试的公正性，非要武大和宋清再考试一次不可。

宋江忙找到吴用商量对策。吴用真不愧为智多星，他扒在宋江耳边如此如此这般这般。

第二天，一张红红的公告赫然醒目，上书：接探马来报，宋军近期来犯，机构改革暂停，所有人等各复其职，一切照旧。

二十天后，又一张红红的公告使众人欢呼雀跃，上书：梁山发展需要大量的各式各样的人才，现根据需要向梁山内外招募英雄，力争三年内梁山英雄好汉达一千零八将……

之后，宋江等梁山实权派人物家里，白天人声沸腾，夜晚狗叫不停。梁山泊酒店生意异常火爆，众头领经常红光满面，梁山一片祥和的气氛。

N年后，梁山山秃难见飞鸟，水泊泊干不见游鱼，梁山改革至此全面结束。

司志政摘自天涯社区

图：小栗子

民防小知识 3. 要喝充足的水，一日三餐定时适量，保证足够的营养。

唐德宗舍命不舍财

@黄邦在

唐德宗李适爱攒钱爱得走火入魔，为了这个爱好，失去世界也不可惜。

史书上没过多记载李适最初的攒钱史，不过他继位三年后，发生了一起兵变导致他出逃。当时泾原地区的士兵被抽调来京准备勤王，到了之后他赏人家吃饭，摆出来的只有带壳的米和一点青菜。这种待遇惹怒了士兵，于是围攻皇宫。

他跑掉后，哗变的士兵冲进皇宫抢夺皇帝金库的财宝，长安市民也参与了抢劫，如此一直抢到大亮，仍只抢走了一小部分。天亮后太尉朱泚叛变称帝，在长安驻扎了将近一年，这一年当中他用库里的财宝维持新政府，大肆赏赐手下兵将，挥霍无度，但直到垮台仍然没有花完。可见三年里唐德宗攒了多少钱。

流亡期间，日子一度非常艰难，跟随李适的士兵连替换的衣服都没有。这时好不容易有南方地方政府的进贡送来，他赶紧把这些东西都堆在走廊里，并在上面挂上一块牌子“琼林大盈库”，声明这都是自己的私人财产。当时的大臣陆贽看到后，觉得不妥，指出“全天下的财物都是皇帝的，您不应该把自己降格到一个仓库管理员的位置”，“士兵还没有得到赏赐，国库还是空的，您现在自己攒钱不合适”……奏章写得严肃恳切，李适看了之后也觉得自己该低调一些，就把牌子摘掉了，不过财产还是算自己的。

李适的爱攒钱还表现在不花钱上。泾原兵变差点要了他的命，可后来当他再一次面临兵变时，他仍是宁愿舍命不肯舍财。当时禁军缺粮，士兵们饿得都要哗变了，李适还是舍不得拿钱出来买米。此时恰好有江淮运来进贡的米三万石，唐德宗高兴地对太子李诵说：“米运到了，我父子得活命了。”从江淮运米至京城，连运费一起每斗米价格高达三百五十文，而京师市场上每斗米的价格不过数十文。可是唐德宗宁愿眼睁睁坐等兵变，也不愿拿出私财来买米。爱钱爱到这种地步，实在是独步古今了。

杨子江摘自《文史博览》

捉妖记

@斯　年

结仇

说起孩子们和黄大仙的结仇经过，还要从几天前讲起。

那天，笙笙和几个孩子在后山玩“八路打鬼子”的游戏,二强“幸运”地在灌木丛中捡到一只黄毛、短腿、小白爪的小东西。这群孩子虽然生活在山村里，但平时玩的都是些虫子啦麻雀什么的，接触这样的野生动物的机会并不多，所以当有人说这是獾的时候，大家都没质疑。

那只“獾”被抓后只顾转着脑袋滴溜溜乱看，并没有激烈反抗。直到有人拿出绳子，准备将“獾”绑在树上充当鬼子，迟钝的“俘虏獾”才意识到危险。一个惊天动地的臭屁过后，它逃之夭夭，男孩们泪流满面——被屁熏的。

臭屁、黄毛，再加上回来后很快有人病倒，大家这才知道他们惹的是山里的“传奇妖兽”——黄鼠狼，也就是黄大仙。

传说

笙笙这些孩子都是听着黄大仙的故事长大的。

某某的二姨夫的舅舅的三婶娘就被黄大仙附过身。据说本来瘦瘦小小的一个女人突然三个大汉都压不住。最后送黄大仙走的时候，地上明明留下了一串小脚印，但没一个人看见它的模样。

某某的爷爷的爷爷曾经也被黄大仙看上过，传说它会模仿人的声音，特别可怕。

年纪最小的豆豆忍不住说：“你说那天我们抓什么不好，怎么就抓了黄大仙。我当时就说它不像獾，都怪昭昭，非说他见过。结果他遭报应了，烧了几天都不见好……”

笙笙听后有些不快。他皱了皱眉头，制止道：“行了，现在说这个有什么用？有妖就有捉妖师，我们去捉了它，昭昭的病就会好。”

民防小知识 4. 避免和患病的病人接触，如无特殊需要，尽量避免到医院去。

笙笙虽然有些忐忑，但还是说着鼓舞士气的话，自发组队进山捉妖，帮病倒的小伙伴“驱邪”。

在他们即将到上次抓捕黄大仙的地方时，豆豆拦住笙笙问：“笙笙哥，你说，黄大仙不会附我们的身吧？”

笙笙一脸严肃：“黄大仙会不会附身我不确定，但是它的屁肯定会附身，而且很难清除。”

男孩们“哄”地一下笑开了。刚才的紧张气氛瞬间轻松不少。

抓捕

按理说上次黄大仙吃过亏之后，应该会离开那片灌木丛，可是它没有。当笙笙他们四人一狗到达的时候，那家伙仍然摊长身体晒着太阳。听见响动，它也只是懒懒地瞥了他们一眼，头都没有动。

倒是黑子抓住表现机会，神气活现地对着黄大仙“汪汪”直叫。黄大仙见状终于将脑袋抬离地面，身子依然没动。被蔑视的黑子大叫着冲过去，在即将接近黄大仙时，对方猛地跳起来转了个弯。

黑子只是一只普通的土狗，它跟着黄大仙转得急了，直接像扭起来的麻花，在地上滚了好几圈，灰头土脸地直发懵。

等到黑子又蹬直后腿再追时，黄大仙“嗖”地一下钻进灌木后的洞穴中。黑子发现自己钻不进去，望了几眼就不管了，转身回到男孩们中间。

“唉，真可惜！”大宝遗憾地叹口气，“要不，我们用烟把它熏出来？”

笙笙听到后狠狠瞪了大宝一眼：“你傻呀，这山里能乱点火吗？去年你二大爷偷偷进山上坟烧纸，结果烧了半座山，还没长记性！”

大宝的脸微微有些红，讪讪地说：“那怎么办？总不能就这样回去吧！”

“还能怎样，黄大仙有半点怕我们的样子吗？它法力高强，我们绝不是对手！”二强是坚决的“撤退派”。

笙笙轻轻摇摇头：“我怎么觉得黄大仙不像有法术的样子。它上次被我们抓住，这次又差点儿被黑子袭击，是因为它有点傻，反应太慢的缘故？嗯，不但傻，好奇心还太强……”笙笙的发言换来“切”声一片。

到最后大家也没想出更好的办法，只能打道回府。

下山后没多久，大伙又高兴起来了——昭昭的烧退了。只可惜他

原先红扑扑的脸蛋上密布疹子。等到几天后疹子消下去，昭昭变得和以前完全没两样，大家就彻底将黄大仙的事抛到脑后了——除了笙笙。

礼物

从山上捉妖回来的当天晚上，笙笙就被黄大仙缠上了。那天，他刚一睡醒就发出一声干涩的惊叫声："啊，老、老鼠！"

笙笙身上的蓝靛布被面上，赫然躺着一只血淋淋的老鼠。

像笙笙这种山里孩子没几个怕老鼠的，可是眼前这只死状太恐怖。更重要的是，笙笙心疼被子啊！

一连几天，笙笙每天都在死老鼠的"压迫"中睁开眼睛，然后扔老鼠——洗被子——把门缝堵得更严实。可是第二天，神通广大的黄大仙依然能突破重围，钻进笙笙的房间，送上这份"大礼"。

为什么黄大仙不找别人，单单对他报复呢？

按说那天又不是他捉的黄大仙，细想起来，他还阻止伙伴们抓到它后虐待它，不让伙伴们放烟熏它，更没有同意大家捣毁它的洞穴，最后还是他拉着试图再次攻击的黑子下山的呢！

难道因为他是孩子王，所以对方要他负全责？

升级

之后，笙笙给房间里撒上薄薄一层石灰粉，摸清了黄大仙的入室路线，然后彻底堵上漏洞。从此，老鼠大礼包就只能被放在了卧室门外。

接下来，笙笙又在黄大仙的必经之路设置了捕鼠夹，可惜都被它识破，还导致挑战升级，直接将老鼠礼包换成一条被咬得稀巴烂的蛇。

思来想去，笙笙决定找个帮手——去豆豆家借了黑子。

黑子是一只很优秀的土狗，虽说上次捉大仙一战中表现得有些笨傻，但是它总结经验，在与村狗的斗殴过程中，很快成长为一名出色的猎手和门神。

那个晚上，笙笙正睡得香甜时，突然听见门外响起一阵激烈的打斗声。等到他打开门，门外只有被熏得晕头转向的黑子、一小摊血迹以及臭死人不偿命的黄鼠狼屁味。

看着地上的血迹，笙笙默默地想：从此，他的生活里大概再也不会有黄大仙的踪迹了吧！即便它没死，也怕了吧。

民防小知识 5. 出现发热、呼吸困难或气短、胸闷或胸痛应及时就医。

两清

果然，笙笙的房门外清净了好一阵子，之后有一天突然多了一只肥美的野兔。

这是一只比黄大仙还要大的野兔。

笙笙一看就知道这是黄大仙花了大力气捕猎来的，然后它忍着馋耐着饿，将它送到笙笙这里。

笙笙终于明白：一直以来，黄大仙都不是在报仇，而是在报恩。那些老鼠、蛇和野兔一样，都是它喜欢的食物。它节省下口粮，亲自送到“恩人”门口，就为了报笙笙的几句“仗义执言”。

可是，笙笙却误会了它。

从此，他再也没在家门口见过黄大仙出没的痕迹。笙笙想，大概它觉得报完了恩，终于和自己两清了，便再也不露面了吧。

笙笙曾经单独上山寻找过黄大仙，可惜它已经搬家了。原先洞穴口茂密的草丛，也只剩下几根稀疏的荒草，随风摇曳时，无端让人觉得凄凉。

再遇

笙笙没想过自己还有机会再见到那只特别的黄大仙。

几年后的一天，笙笙在后山废弃的破庙中，和黄大仙不期而遇。

只见黄大仙站在庙中间，像人一样直直立着，出神地凝视着庙里的佛像，看起来比最虔诚的信徒还痴迷。笙笙分不清是因为它有了佛心从而闪着一层淡黄的金光，还是那天的夕阳将霞光织进了它的毛里，总之，光彩熠熠。

笙笙看呆了，整颗心满满的都是敬畏。他不禁双手合十，像对待真正的大仙一般弯腰行了一个礼。

黄大仙觉察到动静，转过头幽幽地看了笙笙一眼，没有惊慌，也没有仇恨，眼神平静得如一汪水。

可下一秒，它突然对着佛像一个猛冲，嘴里就多了一只“吱吱”叫的老鼠——呃，原来刚才它盯着的不是佛像，而是佛像身上的老鼠。

笙笙不觉失笑，就像昭昭发烧是因为出疹子，附身事件永远发生在亲戚的亲戚身上，也许报恩也是自己想象出来的吧。动物的一些行为被人们误解，便有了众多鬼怪神仙。

而这只高傲的、好奇的、神秘的黄大仙，就在笙笙的笑声中不慌不忙、目不斜视地从他脚边跑过，一点点消失在莽莽丛林中。

火箭熊摘自《小哥白尼·野生动物画报》

图：恒兰

谁会讲故事，谁就拥有世界

1963 年，《故事会》创刊。五十多年来，我们始终在做一件事——讲故事。正如柏拉图所言 ：“谁会讲故事，谁就拥有世界！”

美国的历任总统都是讲故事的高手。譬如，提出“星球大战计划”的里根、走到哪都卖梦想的奥巴马……美国总统们总是不遗余力地利用任何一次机会宣传美国的强大和美国品牌。好莱坞是美国的故事贩卖机，通过源源不断的娱乐影视作品潜移默化地向世界传输美国文化。

从历史中寻找故事也是国家故事营销的好方法。中华文化历史悠久，文化底蕴深厚，品牌认知深入人心，我们有古老的四大发明、京剧、武术……这些都是取之不尽用之不竭的故事源泉。国家讲故事，不仅要讲历史，还要讲科技、讲未来。一带一路、中国高铁、亚投行项目……这是属于新时代的中国故事。

国家需要依靠故事力量的支持，刊物亦是如此。2018 年，《故事会》文摘版向大家隆重介绍两位新成员——小宝和圈圈。小宝，也叫故事会百宝箱，阅读悦人，作文做事，只要你能想到的，我们都可以往里面装 ；圈圈，又叫故事会读者圈，想唱就唱，要唱得响亮，这里就是你我的舞台。故事，不再是我写你看，也可以你说我听，你来一段我来一段，童话故事、方言故事、猎奇故事，天南海北，老少皆宜，让《故事会》真正成为大家的故事会，让我们讲好自己的故事，进而讲好中国的故事、世界的故事。

本期责编　蔡美凤

民防小知识 6. 突然眩晕、严重或持续呕吐也要及时就医。（上海市民防办供稿）

穿过风雪的音乐盒

@骆非翔

他在西藏八宿的一个小乡支教。有一个学生叫也措，黑黑的小脸，漫着两坨高原红，是这个学校最穷的学生，家里的一匹马是全家唯一的生活来源，春天来的时候，偶尔还能接上几个观光客。

雪大的时候，家远的孩子只能留下来，住在老师的宿舍里。那天，他的宿舍也留下了几个孩子，包括也措。于是也措就看到了他的一个小小的音乐盒，他初恋女友送给他的生日礼物。“是妈妈在我生日的时候送给我的。但是现在坏了，要不就可以让你听一听了。”对着孩子，他还是撒了谎。

那一次，也措在他的宿舍里住了整整三天，可是从第二天晚上开始，也措便开始想家了。“我要见阿妈。”也措一开口，泪水就掉了一串。

他鼓励孩子：“也措，老师一年只能见一次妈妈，也很想妈妈，但是我们都不哭好吗？”也措看着他，停止了哭泣。

时间很快。第二年春天的一天，他正孤单地点燃一支蜡烛，为自己庆祝生日，意外地收到了一个邮包，从北京寄来的，拆开来，竟然是一个漂亮的音乐盒。

音乐盒里放了一封信，是北京的一个陌生人寄来的。信中说，他前段时间来了一次八宿，碰到了一个叫也措的小孩，小孩牵着家里的马送他进山，却没有收他一分钱，只要求他回去之后，在这个月初给他的老师寄一个音乐盒当作生日礼物，因为，老师的妈妈送给老师的音乐盒坏了，老师已经很久没有见妈妈了……

郭红英摘自《穿过风雪的音乐盒》

江苏文艺出版社

故事会 2018.02
Stories Digest
文摘版 总第42期

社长、主编：夏一鸣
副社长：张凯
副主编：高健
本期责任编辑：高健
发稿编辑：蔡美凤 田芳 袁燕娜
美术编辑：周睿
电话：021-64668742
021-54561119
邮编：200020
地址：上海市绍兴路74号
主管：上海世纪出版集团
主办：上海故事会文化传媒有限公司
出版单位：《故事会》编辑部
发行范围：公开

出版、发行电话：021-64313938

发行业务：021-64313938
发行经理：钮颖
媒介合作：021-64338113
广告业务：021-64334376
新媒体：021-64677160
广告经营许可证：
沪工商广字3100320080016号

国外发行：中国图书贸易总公司
印刷：上海四维数字图文有限公司
发行：上海邮政报刊发行局
邮发代号：4-900
国外代号：MO9178
定价：5.00元

卷首

焦点

看点

盲点

视点

故事会文摘版欢迎投稿

稿件要求：来自最新的报刊、书籍或网络，故事性强，文字明快，主题健康，视野开放，纪实或虚构均可，体现“新、知、情、趣”的特点，同时欢迎第一手的翻译作品。推荐作品须注明原文出处、原作者姓名，确保转载不存在侵害版权的行为，并请留下推荐者真实姓名及通信地址。作品一经采用，即致推荐者 50 至 200 元推荐费，并向作品著作权人支付稿酬。

故事会文摘版 投稿信箱

wenzhaiban@126.com

故事中国网：www.storychina.cn

故事会文摘
gsh-wz

故事会微信
story63

本刊未署名图片均由视觉中国提供

音频提供：一说

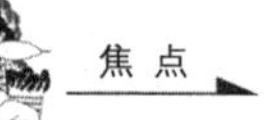

表姐仙度瑞拉

@孙迦南

哪一个王子属于我

我记得有一年小学暑假，我和表姐在她家看电视，放的是动画片《仙度瑞拉》。

看到仙度瑞拉穿上水晶鞋和华服，前往宫廷舞会时，十岁的表姐脸上闪耀着陶醉之光。电影看完后，她翻箱倒柜，找出姨妈的一双白色高跟鞋，摇摇晃晃地穿上，模仿起动画片中翩翩起舞的仙度瑞拉。

初中毕业后，表姐勉强念了一家技校就步入社会，工作是亲戚帮忙找的，在一辆小巴上卖票。

虽然收入微薄，表姐还是很爱美，廉价的衣服是干净的，头上会别一只花花绿绿的发卡。

工作第二年，她和一个开巴士的男孩恋爱了。开巴士的男孩高大帅气，有着不输给任何一位王子的外表。

表姐的售票员生涯在一年后结束，男友给她找了一个做酒推的工作。从初夏到初秋，表姐脚上都是男友送的一双白色高跟凉鞋，腰板挺得直直的，好像是在赴一个重要的宴会。

我们一起聊天时，偶尔会提到那个看《仙度瑞拉》的暑假。

“王子是有白马的。”我提醒她别昏了头。

“他开巴士也很帅。”表姐反驳，又瞪我一眼，“你别嫌贫爱富！”

这年夏天，让全球人狂热的世界杯在巴西开赛，巴士男孩和朋友一起赌球，赌了输，输了赌。好几次，要债的人都找上门来，表姐拿出积蓄替男友还债。再后来，巴士男孩辞了职，关了手机，表姐再去找他，他的出租屋已换了新房客。

律师王子有点矮

表姐的第二位王子出现在酒吧里，只是他并没有王子的外貌，其貌不扬像个王子的小跟班。

表姐一如往常去推销酒水，无意间听见一桌客人吵吵嚷嚷，都向一个矮个小伙子敬酒，庆祝他通过了律师资格证考试。

表姐笑盈盈向他们推销酒水，又慷慨地多送了几瓶，有几个拉她喝酒，她带着为难和怯意拒绝，同时将楚楚可怜的求助目光投向“王子”。

果然，英雄救美了。他起身阻止：“人家小姑娘不愿意喝就算了吧。”

“她不喝，你替她！”朋友们纷纷起哄。

矮个律师倒是仗义，抢过酒杯一饮而尽，然后被呛得大咳特咳，酒水污了前襟。表姐又是捶背又是递纸巾又是表达谢意，坚持要赔他一件新衣服，律师自然不让，两人推来谢去，最后留下了联系方式。

很少喝酒的矮个律师从此成为酒吧常客，他总是按着表姐的时间表过来，坐在角落，点上一份果盘，再一杯一杯喝柠檬水。

矮个律师有时也和酒吧里的工作人员聊聊，得知表姐虽出身寒微，却洁身自好，被赌徒男友抛弃后还替对方还债，是个有情有义的好女子。

“王子可都很帅。”我见过矮个律师后，悄悄对表姐说。

“他的其他方面可以弥补。”表姐的回答理直气壮。

“他答应娶你？”我怕表姐被几顿大餐、几束玫瑰骗了。

她不回答，只是咯咯笑着，伸出左手给我看——无名指上赫然是一枚订婚钻戒。

受伤的灰姑娘

表姐辞去了酒推的工作，一心一意开始准备婚礼，她拉了放暑假的我帮忙。

婆家给了一笔钱让她办嫁妆，表姐对婚纱首饰都不挑，却唯独坚持要一双水晶鞋。家人纷纷不解，有说哪有用水晶做鞋的，有说她童话看多了的。唯独我，知道表姐心中那个藏了十多年的梦想。

我替她在网络上寻了一圈，竟还真找到了水晶鞋。有个英国名牌推出了由7000颗水晶和46颗宝石打造的新款婚鞋，光是看图片，我就眼花缭乱，这鞋的价格自然不菲，合人民币三万多。

“买！”表姐眼里闪着光，毫不犹豫地下了单。

水晶鞋送到后，表姐像个拆圣诞礼物的小女孩，迫不及待地打开一层层包装纸。当那双晶光闪耀的婚鞋出现在眼前时，她惊喜地叫了一声，流下两行泪来。我本想说几句赞美的话，却不知为何陪她哭了。

“ 那张化着新娘妆的脸，和我记忆里小时候的表姐渐渐重叠到一起。那个熟悉的面孔，叫作仙度瑞拉。

婚礼前一周，表姐和闺密们开完告别单身趴，深夜没拦到出租车，便搭乘一辆摩托车回家。天黑下雨，摩托车撞上了防护栏，直到次日凌晨，才有人看见昏迷的司机和表姐，她没有戴头盔。

我们赶到医院时，表姐脸上糊着药，身上插着管子，动也不动。医生说，虽然没有生命危险，但她的脸可能会破相。

姨父忧心忡忡地打通矮个律师的电话，他很快赶来，脸上满是担忧。

姨父和姨妈都是老实人，将医生的话如实告诉了准女婿。

他很震惊，也难以置信，看了看病床上的表姐，又看看我们。

我也看着他，焦灼地等待着他的回答。是的，表姐为了得到幸福，是耍了些小小的手段，但老天不能这么残忍地惩罚她。灰堆里长大的姑娘，难道就没有获得幸福的资格吗？

矮个律师走到表姐床前，替她拉好毯子，慢慢摩挲她的手背，一遍一遍。病房里安静得能听到引导台护士的说话声。我们都沉默着。表姐像是睡着了，又像是永远也不会醒来。

穿上水晶鞋的表姐

表姐在入院后第三天醒来，我们都守在她身边，包括矮个律师。

房间里只剩下我和她两人时，表姐虚弱地说：“你们说话时，其实我都能听见，就是醒不来。”她颤颤地用手摸了摸包着绷带的脸，“要是他走了，我也不怪他。”

她望着天花板，两只眼睛还是

1. 答案：空中花园。

亮亮的，“你说，故事里是仙度瑞拉爱王子多，还是王子爱仙度瑞拉多？”

我不知为何表姐会问这个问题，想了想答道：“大概是王子爱得更多一些，要不怎么会只跳了一夜舞，就在全国大张旗鼓找她——他连对方的名字都不知道啊。”

“那么仙度瑞拉嫁给王子，是因为爱，还是不想再当灰姑娘？”她又问。

我一怔，竟不知如何回答。只听表姐自问自答起来：“我想，她最初是不想当灰姑娘才去参加舞会，但王子找她时，她一定被感动了。”她叹了口气，“你想啊，全国那么多女孩子，有比她美的，有比她聪明的，王子却单单只要她。”

我握住表姐的手，她将目光投向门外，矮个律师正走进来，手里提着表姐最爱吃的玫瑰香葡萄。

表姐没破相，只是新长的皮肤是粉色的。出院时，矮个律师开车来接，他怕阳光灼伤表姐新生的皮肤，还给车窗换了新的遮阳贴纸。

因为车祸的缘故，表姐的婚期延迟到了10月，她头戴水钻皇冠，一身大裙摆的洁白婚纱，笑盈盈地坐在闺房的床上。那双三万多的水晶婚鞋，成为我们这座小城里久久不息的谈资。

我们老家的婚俗，是由娘家人藏起新娘的一只婚鞋，新郎若是找不到就不能将新娘娶回去。亲戚中有个机灵鬼，拆开被套，将表姐的婚鞋藏到里面，矮个律师左找右找都找不到，急出一身汗。

“傻瓜。”表姐嗔了一声，竟自己起身拆开被套，将鞋找了出来。矮个律师大喜，不顾娘家亲戚的惊诧和阻止，连忙替她穿上，背起表姐就出门。

临出门前，矮个律师背上的表姐回头看了我一眼，她微微笑着，安静而甜蜜。那张化着新娘妆的脸，和我记忆里小时候的表姐渐渐重叠到一起。那个熟悉的面孔，叫作仙度瑞拉。

心香一瓣摘自《女友·校园版》

图：小柯

有人在井儿巷等你

@咪蒙

1937年，爷爷从合肥漂泊到了芜湖，那年他20岁，无依无靠。一个叫曹光荣的姑娘收留了他，把他安置在芜湖一家叫张恒春的药厂。曹光荣是药厂的老员工，别人都叫她曹女士。两个人就这样渐渐相熟。

爷爷贪财，把挣来的每一份收入都攒着。曹女士抽烟，每次看到爷爷，曹女士都会说："李寿民，给我买包烟去。"爷爷问："给钱吗？"曹女士说："我没钱给你，你买不买？"有的时候，爷爷小半个月的薪水都换成了烟。

为了给自己省点钱，爷爷劝曹女士少抽点烟。曹女士告诉他，她16岁之前住在北平，家里很有钱。因为兵变，家产没了，父亲带着她从北平跑了出来，却死在了路上。父亲没留下任何遗物，除了兜里的烟。她就这么学会了抽烟，一路来到了这里。

爷爷明白了，曹女士是觉得自己和她一样无依无靠，才好心收留了他。

因为办事勤快，爷爷得到了药

就是爱历史（古巴比伦）2. 哪两条河流滋养了古巴比伦文明？

厂老板的赏识，成了他的随从。爷爷升职那天，曹女士买了件大衣送给爷爷。当天晚上，爷爷趁着酒劲跑到曹女士面前，说："为什么送我大衣？你是不是看上我了？你老实说。"

曹女士愣了，说："老是让你买烟，我过意不去，就想着送你件东西。你是不是喝高了？"爷爷说："啊，真的喝多了！我刚才说什么了？听说追求你的人很多，你一个都没答应，为什么？"曹女士抽着烟说："我不会在这里待太久。等战争结束，我会回到北平，找一个人，盖一座房子。"

在一个阳光灿烂的日子，日本人轰炸了芜湖。药厂未能幸免，直接被炸塌了，所有人都疯狂地往外面跑，包括那些曹女士的追求者。爷爷没有看见曹女士出来，就穿过人群，喊着曹女士的名字往炸毁的药厂里冲。曹女士被碎石砸到了脚，一步都走不动。爷爷扛起曹女士逃出了药厂。

曹女士对爷爷说："带我走吧，我喜欢你。"爷爷点了点头。

第二天早上，爷爷准时出现在沿河路，曹女士看到爷爷没带行李，呆了。

爷爷对曹女士说："我有事要办，不能和你走了。"曹女士盯着爷爷的眼睛，问："这么说，你改主意了？"爷爷说："是，我变卦了。"

原来那天深夜，药厂的老板也找到了爷爷。老板说他要去逃难了，但他在芜湖的财产很多，带不走，日本人来了一定会把他的财产掠走，他希望爷爷帮他藏好他的财产。作为回报，他承诺给爷爷一大笔钱。爷爷想了一夜，答应了。1938年初，曹女士逃出了芜湖，而爷爷留了下来。

六年后，有个人找到了曹女士，说自己在芜湖的监狱里和爷爷当了五年狱友。

原来，爷爷把张恒春药厂老板的财产用箱子打包，沉到了江塔旁边的湖里，等他想逃出芜湖的时候，被伪军逮捕入了狱。日本人问爷爷那笔财产的下落，爷爷没说，迎接他的便是无尽的牢狱生活。后来，日本人不耐烦了，决定枪毙他。

爷爷知道后，委托即将刑满释放的犯人去找一个叫曹光荣的女士。

爷爷的狱友从口袋里掏出一张契约书，递给了曹女士。原来爷爷之所以答应保护药厂老板的财产，是因为老板会拿出财产的一部分给爷爷买房置地。爷爷让老板签下契

约书，随身带着。

爷爷的狱友说：“他让我带话给你。他说：‘这间房子是给你的。我本想亲手把它交给你，可惜没那个命了。你一定要活下去，等战争结束了，拿着钱回到北平，找一个人，盖一座房子。’”

爷爷被执行枪决。枪响了，爷爷看了看自己的胸口，没有血迹——那颗子弹是颗臭弹。日伪警察局研究后决定推迟行刑，爷爷将和下一批死刑犯一块被执行枪决。爷爷骂道：“妈的，晚死一个月还不是得死！”

一个月之后，日军溃败，松山和芜湖被收复，爷爷被释放。

爷爷对当时执行枪决的士兵说：“幸好你当时射的是臭弹。骂你是我不对。”士兵笑了，对爷爷说：“没有无缘无故的臭弹，有人在井儿巷胡同等你。”

爷爷去了芜湖的沿河路，左拐走进井儿巷胡同，曹女士站在那里等着他。

原来曹女士接到爷爷的狱友的口信之后，连夜找到了张恒春药厂的老板，对老板说：“他一直保护着你的财产，现在被关进了监狱，如果你不去救他，我发誓，你也活不了。”药厂老板贿赂了狱卒，于是有了那颗臭弹。

爷爷问曹女士：“留给你的契约书呢？”曹女士说：“用来贿赂，让你活命了。”爷爷问：“那一个月之后，如果芜湖没被收复，你打算怎么办？”曹女士说：“那就再来一次。我会花光所有逃命用的钱，直到你活下来完完整整地回到我身边。”

后来，爷爷和曹女士结婚了，曹女士成了我的奶奶。他们的家就在芜湖市沿河路井儿巷的一座小房子里。

生如夏花摘自《初次爱你，请多关照》

湖南文艺出版社

图：豆薇

【编者的话】看完以上两篇文章，想必您一定会对表姐仙度瑞拉和曹女士印象深刻。美好的情感使人温暖，不论爱情，还是亲情，即便窗外天寒地冻。

爱使人成长，使人心生力量。更用心地善待亲人，善待身边人吧，也许，假期过后，你又将要奔向远方。这也是我们在春节、情人节，重点推出以上两则故事的初衷。扫描二维码，聆听遥远的爱的回声吧。祝福你。

2. 答案：幼发拉底河和底格里斯河。

懒得看文字，你就听嘛！
扫码进入故事会百宝箱，朗读音频随你听

那年春节那个她

@学雷

我老家有个民俗：从小年的腊月二十三到大年初一，那些上门的“乞讨者”就用送“财神”的方式进行乞讨。所谓财神，不过是一张巴掌大的红纸上印着财神爷赵公明的画像而已。“财神”送到谁家，谁家就要给“乞讨者”一些零碎钱，以图来年招财进宝。

那年，我正上小学二年级。腊月二十四，学校放了寒假，我高举着考了第一名的成绩单，欢天喜地地向家里跑去。

爹看过成绩单后，眉头舒展了又皱起，叹口气递给了怀抱妹妹的娘。大字不识一个的娘笑呵呵地接过，顺手塞到了妹妹的屁股底下，成了“尿不湿”。

木讷的爹犹豫了半天，说：“娃，明天跟我去送‘财神’，讨几个钱当学费，要不然上学可够呛了。”说着，他从里屋拿出准备好的一叠“财神”。

我低下头，眼泪簌簌而下。我不愿辍学，只好从爹手中接过那叠红纸片。

第二天，天刚亮，我和爹就上

路了。我的胸前挂着一个旧布包，里面放着“财神”。爹背着一床破得已露出棉絮的被子。傍晚，我们来到了一个叫“东安”的村子，在村东头废弃的砖窑里落了脚。

砖窑破败不堪，又潮又脏。爹找来一些干草铺开，说：“就住这里吧，白天咱分头送‘财神’，晚上来这里睡。”

寒风呜咽着从墙洞里钻进来，我把脑袋往破被子里缩了又缩，哆哆嗦嗦地过了一夜。

第二天，我们俩分赴不同的村子，开始挨家挨户地送“财神”。来到一户人家的门口，我取出一张红纸片，双手过顶，口中念念有词：“财神进门来，你家发大财；财神安了坐，金银两大垛。”

听到声音，主人走出来笑呵呵地接过“财神”，顺手给我几枚钱币。我千恩万谢之后，再向下一家走去。

暮色四合，我拖着沉重的步子回到砖窑。爹还没有回来，我就抱着双膝，孤零零地坐在窑门口等他。

那几天，老天总是阴沉沉的。年三十早上，西北风刮得更猛烈了。爹瞅瞅天说：“娃，今天不要走远，就在这东安村送吧。”

我说：“爹，你也不要走远。”他看了看手里的一叠“财神”，不置可否地说：“走吧。”

那天真是冷，我走几步就要跺跺脚。村头巷尾，和我一般大小的孩子们，兴高采烈地跑来跑去，不时地燃放着鞭炮。我低头看看手中的“财神”，向一户人家走去。

门里走出一位俊俏的小媳妇，她看了一眼“财神”，把目光落到了我身上，弯下腰轻声问：“你这么小的娃，怎么就出来送这东西？”

“爹让俺出来讨点钱交学费。”我低声回答。

她怔了怔，塞给我一元钱。刚要回身，又问：“你吃饭了吗？”我小声说：“没有。”她牵着我冰冷的手说：“就在俺家吃吧，吃完再送。”说完，就把我拉进了屋。

她告诉我，她丈夫是个当兵的，来家结完婚就回部队了，家里只有她和她婆婆。我似懂非懂地点了点头。

“快来吃饺子，小心烫。”她婆婆说。

我正吃着，小媳妇问我：“你住哪儿？”我擦了一下嘴说：“你们村东头的砖窑里！”

她“啊”了一声，说：“那儿怎么住？又冷又潮的。”我说：“还行，过了明天，俺和爹就回去了。”

吃过了饭，她把我送到门口，

就是爱历史（古巴比伦）3. 古巴比伦所在的平原叫作什么平原？

叫我早回去。天完全黑了，风不时发出尖利的呼啸声。我回到砖窑门口焦急地等爹回来，这时，天空下起了大雪。

不知过了多久，终于看见远处有个人影向这边慢慢移动。我大喜过望，冲出去喊："爹，你回来啦！"

不是爹，是白天见到的那位小媳妇。风雪中，我抓着她的手哽咽着："俺爹……还没回来。"

她很吃惊："还没回来？今天可是大年夜啊，娃子，我是来叫你们到俺家躲躲风雪的。"

我说："不去，不去，等一会儿爹见不着我会急死的。"

她拍了拍我身上的雪笑了："你先去俺家，等一会儿俺再来接你爹，好吗？"

我犹豫了一下，点了点头。

到了她家还没坐下，就听外面有急促的敲门声。

门开了，是爹。我高兴地大喊一声："爹，你怎么知道俺在这里？"

原来，爹是跟着雪地上的脚印找来的。

我指着身边的小媳妇，高兴地说："是她把俺领到她家的。"爹的眼流出了泪，他吭哧了半天，不知说什么好。

外面响起了辞旧迎新的鞭炮声，不时有绚烂的烟花映红飘雪的夜空，好看极了。我们父子俩在小媳妇家，和她的婆婆一起围坐在红红的火炉边，度过了一个难忘的除夕夜。

第二天走时，我偷偷在她家门后放了好几张"财神"，希望她家将来能有很多很多钱。

我最终没有辍学。后来听说小媳妇的丈夫当了军官，她随军走了。此后我再也没有见过她，但在以后的很多年里，她的美丽和善良都时时温暖着我。

郭红英摘自《年的味道和声音》

甘肃教育出版社

图：小柯

【名师有话说】作者巧妙地将人物描写与环境描写相互衬托以凸显人物，较为形象生动地勾勒出人物出场时的神态、动作以及内心世界，把小媳妇的善良表现得栩栩如生。后面让"我"去她家吃饭等步步推进的情节，使小媳妇的形象更加丰满生动。

莎士比亚说："质朴却比巧妙的言辞更能打动我的心。"短小的篇幅，生动的情节，朴实的语句，让人感受到文字背后的温暖。这温暖，不仅温暖了"我"，相信也温暖着阅读这篇文字的每一位读者。

点评者：江苏省淮安市涟水县郑梁梅中学一级教师、省作协会员 郑志玲

完美无缺

@宋炳成

老梁家里有一个黄瓷盖碗，是件传家宝。最近等钱用，想出售。

消息传出后，有古董商找上门来，拿在手里端详了半天说："嗯，货是好货，可惜碗盖有个缺口，最多给你七万元。"

老梁听后直摇头，这么一个小缺口儿就少了价钱，太让人难以接受了，老梁没舍得出手。

后来，又有几个古董商找上门来，他们看后，都嫌碗盖儿有缺口，出的价钱还没有第一个古董商高。

朋友李四登门拜访老梁，说起那件传家宝的事儿，李四想饱饱眼福，刚接过来，竟失手把碗盖掉到地上摔碎了。李四霎时苍白了脸，连声说："对不起，我赔，我赔。"

老梁嘴上说没关系，心里却疼得慌，没有了碗盖更卖不上价了。

李四坐不住了，红着脸站起身就走，还说，改天一定来赔偿。

东挪西借，一周后，李四凑齐了五万元去赔偿老梁。

一见面，老梁就迫不及待地拉着李四的手说："我正要去找你呢，你却自己来了！"

李四听后，忙从兜里掏出钱，歉意地说："对不住了，过了这么多天才来赔你，也不知道这些钱够不够？"

老梁把眼一瞪，将李四手里的钱推回去说："你这是干什么呀？赔什么钱！走，我请你喝酒去！"

李四一脸愁容，问老梁："是不是这些钱不够啊？"

老梁一拍李四的肩头，笑着说："啥够不够的？我得好好谢谢你，昨天下午，有个古董商上门把那个碗买走了，你猜多少钱？十二万！"

李四忐忑地说："可是，要是有碗盖，还不得卖得更高啊。"

老梁说："高个屁，谁来买都挑碗盖有毛病，幸亏你把它打碎了！——没有了那个破碗盖，昨天那个买主赞不绝口，说这个碗真是完美无缺！"

心香一瓣摘自微信公众号商业洞见

3. 答案：美索不达米亚平原，又称两河流域。

笨柴兄弟

@笨柴兄弟

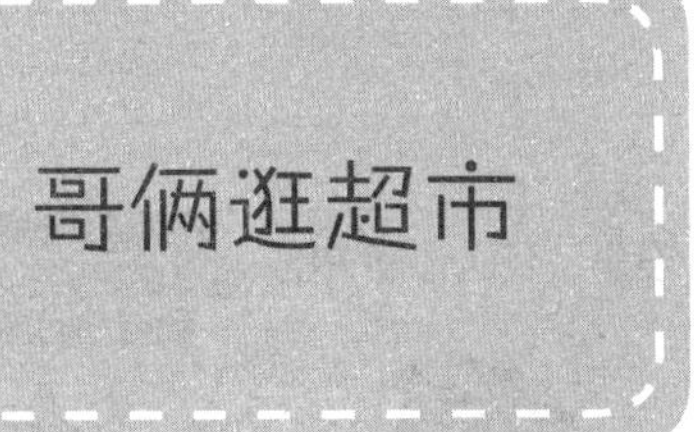

文摘版编辑部邮箱

编辑部：wenzhaiban@126.com；

田　芳：greygrass527@sohu.com；

蔡美凤：836361585@qq.com；

袁燕娜：41641068@qq.com。

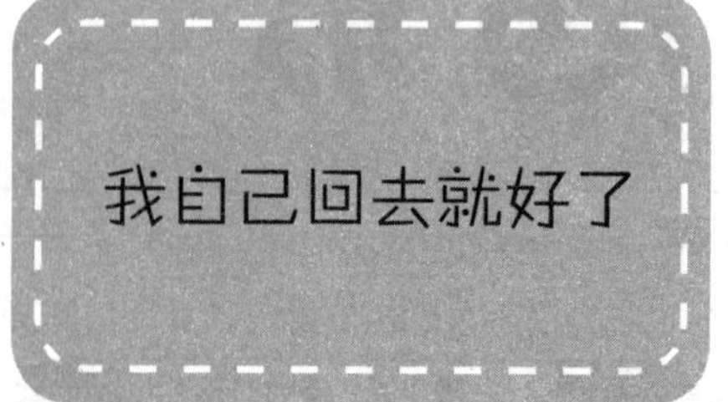

就是爱历史（古巴比伦）4. 古巴比伦文明主要位于今天的哪个国家疆域内？

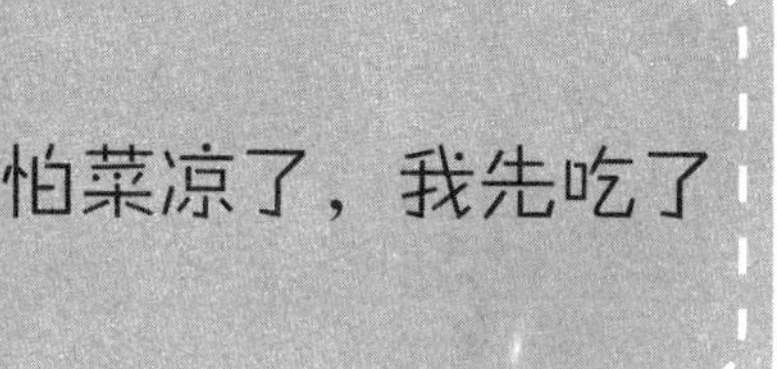
怕菜凉了，我先吃了

1

这是什么啊？好香！
2

我先不客气了。
3

怎么自己开始吃了？
哎呀，你们不回来，
菜都凉了，
怪可惜的我就吃了。
4

让你凉，让你凉，我买的是凉皮！！
5

摘自作者新浪微博

小熊猫越狱事件本末

@陈春成

话说2015年冬天，杭州动物园落了一场大雪，雪压断一截枯枝，正巧搭在小熊猫园的院墙上，三只小熊猫顺着树枝越狱而出。两只在附近山上被擒回，一只仍然潜逃在外。这事轰动了杭州城，官府绘影图形，满城缉拿，赏金颇丰。我当时看了新闻，暗自钦佩，心道真乃一条好汉！可惜无缘会面。当下无话，时间过去了月余。

这一晚月白露浓，花阴寂寂，转眼已是仲春光景。我清夜无聊，读完了圣贤书，忽听得房门“咚咚”响，楼道里一片聒噪之声。我去开了门，见是一只狐狸，领着四个喽啰小弟，抬着一团毛物。这几位我都认得，都是附近的浮浪子弟，小区边缘有一块荒废的绿地，它们平时就在那里出没。

我说：“原来是狐哥，什么风吹了你来？”便开门放几个进来。

那狐狸进了房内，唱个无礼喏，道：“陈大官人，好几时不曾相见，又来叨扰。”这狐狸的人话是它爷爷教的，它爷爷是民国时的老狐，时常化了人形混迹在人群里听评

4. 答案：伊拉克。

书，人话就是这样学来的，所以它们家狐狸说话都一股明清小说味。

那狐狸抹嘴道："陈大官人，平日多受你照拂，吃了你不少酒食，无以为报，今日特来送一套富贵与你。大官人请看。"狐狸一指沙发边撂着的毛物，"您瞧这是个甚？"

我上前一看原来是个活物，被麻绳捆作一团，嘴里塞了破布，毛色棕红，身躯肥短，拖着条蓬松的胖尾巴，尾巴上许多道环纹。

狐狸道："此乃你们两脚兽唤作小熊猫是也。前些日杭州动物园破牢而出的正是此物。"

狐狸及众喽啰撇下那小熊猫去了。我把小熊猫身上绳索解开，掏出它口中布团，见它身上有几道抓痕，还血淋淋的，忙问："你没事吧？"小熊猫大概刚挨了一顿扁，蔫蔫的说不出话。我见状便在它身上揉摸起来。

原来我自幼得过异人指点，但凡有活物受伤，只消我用双手渡一些真气过去，顷刻间平复如初。只是我要折损一些精力。我摸了一会儿，那小熊猫身上伤口便愈合起来。它从我怀里跳下地，抱拳道："你这个人够义气。老子会记着你的。"

我问它："你就是杭州动物园那只小熊猫？怎么称呼，你怎么会跑到福建来了？"

它说："是啊，就是老子。老子就叫山门蹲。复姓山门，单名一个蹲字。"

我想这货应该是头四川猫，一口一个老子。我说："原来是蹲哥，久仰久仰。"

它说："要说怎么来的福建，那就小孩没娘，说来话长了。那一日搭一截枯枝跳上墙头，但见大雪纷飞，顿时起了怀古之幽情，不禁仰天大喊一声：'弗里登(freedom)！'就跳了出来。老子施展轻功，攀山越谷，飞檐走壁，一路出了杭州城。我有一年听燕子说，广州美食多，心想何不南下一游，踏遍祖国大好河山，顺便看看广袤的大海。于是一路南来。饥餐渴饮，夜行晓宿，有时搭个便车，遇到好心的麃鹿、大雁就让它们捎我一程。"

我看看它一身肥膘，说："我看福建挺好的，广东还是别去了，我怕你有危险！福建也有海。"

从这晚起小熊猫就在我家住下了。我自然好吃好喝供奉着。住了半个月，将我家一应粮草吃个精光。每天就在客厅到卫生间活动，成天赖在沙发上看电视。我本以为这种野生动物待个一礼拜就要出去浪了，谁知它丝毫没有要走的意思。我本来就穷，这下更穷得冒泡。

转眼又住了两月。有一天我实在看不下去了，对瘫在沙发上的它说："蹲哥，你不是要弗里登吗，要踏遍祖国大好河山吗？不瞒你说，我这就是沿海城市，你要看海的话，明天我就带你去看看。不过要委屈你躲在我书包里，不然沿途被人发现。"

它说："不去！你也不看看外面几度。我出去走一圈就晒干成标本了。而且海风盐分重，吹多了对毛质不好。"

我说："那你偶尔也起来跑动跑动，别老赖着。说实话这几个月我一直有种服侍霍金的感觉。"

它说："你不知道啊！老子在动物园里每天运动过度。我这不趁机将养将养身子吗？"

有一回我正在房里耍一套枪棒，没留神踩到一堆黏稠之物。我怒从心头起，冲过去把它提在空中，吼道："你以为你是保护动物老子就不敢打你！"说着我打了它一顿屁股。它短手短腿划拉了半天也挣不脱。后来就学乖了，自己去卫生间，搬个板凳爬上马桶。又过了几个月，拿电子秤称了一下，这厮胖了三斤。我反而瘦了。

我说："蹲哥，你住了五个月了，也知道我家里环境。我这个财力，养只猫尚可，养只大型犬就有点吃不消。这突然间养起小熊猫来，真有点捉襟见肘。小弟也不容易啊！"

它往嘴里塞进一把浪味仙，沉吟了一会儿，说："这话也是。其实我在外面浪迹也有一阵了，家里想必也想我想得紧。"说罢，交抱着两只前爪，在房内急急转了几圈，决定明日就起驾还朝。当下我们商议回去的法子。它说："怎么来的怎么回呗。"我说："怕山水迢迢有风险。"它又说："要不我躲在包里，你背了我坐动车送我回去？"我连忙摆手，说："这可不是闹着玩的，我们怎么过安检？被逮住了我是要被判刑的。"最后还是我想了一计。

我拿了桃木剑，走到阳台上，"嗡嗡"念了一段口诀，摆个举火烧天式。没一会儿召下来一群麻雀。我对它们交待了一番，众麻雀四散而去。

第二天夜里，月色清明，三更时分，麻雀引了一大群禽鸟来，全落在我阳台上。我和山门蹲拿些食物来，分给众鸟享用了一番。

我说："各位鸟兄，陈某素知你们平日都是些横行天南海北的侠义之士。眼下有一桩义举，普天下

就是爱历史（古巴比伦）5. 古巴比伦文明进程中举足轻重的一个国王是谁？

也只有你们能办得了，因此特地召集大家来。还望众位仗义相助，来日必有报答。”

鸽子说：“你怎么说话像那狐狸一样，拿腔拿调的。只要有吃的，你尽管说。”“快说快说。”

我说：“这位小熊猫哥哥，胆识过人，破牢闯狱，千里独行来到这里。现在要北上还乡，路途漫漫，它又受了内伤功力全失，无人护持。我是想让你们带它回去。我这有一只足球网兜，它躺在里边，你们用爪子扯住网兜，轮班飞行，将它空运回去。事成之后我这里薯片、白米、面包屑大大的有，任你们每日来吃。到了它那边，它自然也有款待。”

众鸟商议了半天，决定走这趟镖。我对它们严加交代，每天只能天黑后飞行，不可图快，不然那么大一个目标被人打下来。天快亮就要停下，找地方休息，找些食物水源。它们说这个自然省得，哪里用说。当夜就出发，我和山门蹲在阳台道了别，我往网兜里放了几包浪味仙和薯片。两只大雁、两只鸽子擒住网兜四角，其余鸟飞在左右，扑腾扑腾就去了。山门蹲爬树爬惯了，也不畏高。我望着它们在月亮下翩翩远去，拐过一座大厦就不见了。

过了月余，飞临杭州，这山门蹲在西湖就要下车，说自己越狱出来，又自己回园里，好没面子。它要在西湖边玩些时候，等园里的人来接。群鸟便回来跟我报了信。沿途走丢麻雀两只。大雁说西湖环境好，就不回来了。剩下的鸟自然叫我好吃好喝招待了数日，不在话下。

后来我看新闻，才知道山门蹲在西湖边横行了好一阵，吓唬小朋友，偷吃人东西，游客拍照也不躲避，还摆造型。照片被传上网，没几日动物园的人就闻风而至，山门蹲原计划他们来了就跟他们回去，哪知道动物园吃它亏吃怕了，玩阴的，趁它在树上睡觉，在树下设了罗网，园长亲自爬上树，吹出一根麻醉针，将它麻翻了，四仰八叉落在网中，就被抬着回去了，好不丢脸。从此它又过上了饭来张口的快活日子。媒体大肆报道了一番，大家现在上网搜搜还能找到。

火箭熊摘自微信公众号深山电报站

图：小黑孩

爱的迷藏

@方冠晴

故事的作用不仅仅是榜样，还有启迪、引领和警示，所以，故事之美，美于价值观念。

——题赠《故事会》

夫妻间很少有不吵架的，他俩也一样。

每次吵架，她就跑出去，去外面一个人静一静。回来后，两个人又和好如初，柔情蜜意。偶尔地吵一次架，爱反而更浓烈了。

这样反反复复，终于有一天，无论他怎么发脾气，她也不离家出走了，就在家里守着他。因为，他出了事。

他办了一个小加工厂，类似于小作坊，他自己既是老板，也是工人。工作中的一时疏忽大意，他的裤腿被机器的轮子卷住了，就这样被轧断了双腿。

失去双腿的他脾气暴躁，她只能顺着他，温言软语地劝他，两个人怎么生气她也不敢再离开家。因为，他需要她的照顾。

但他却变本加厉，动辄发脾气。她白天要料理他的生活，晚上连个觉都睡不安稳。他总是找些鸡毛蒜皮的事来同她吵架，整宿整宿地吵。

她很快就萎顿起来，一坐下来就打瞌睡。她实在太需要睡眠了。而他是那样地狠心，仍是不肯放过

5. 答案：汉谟拉比。

她。这天晚上，她刚刚躺下来，他就又骂开了，几乎是无缘无故的。

任她如何温顺，也受不了这样的日子。她终于生气了，说："你要是再这样，我就走了，不理你了。"他则暴吼起来："滚，滚得越远越好！"

她真的从房间里冲出来，冲到客厅，打开大门，"咣当"一声，重重地将门摔上了。

他躺在床上，听着客厅里的动静，知道她是真的离家出走了。

他先是感到失意，接着就是伤心。哭了很久，这才从床上爬起来，开始写遗书。

他早就有寻死的心，他不想拖累她。只是她一直守在他的身边，他没有机会。他本不想折磨她，折磨她时他会心痛。但是，为了不拖累她，他只能这样。

写好遗书，他挣扎着爬下床，爬到厨房，拧开了煤气。

但醒来后发现自己躺在医院里。医生对他说："是你老婆报了警，她说你家里煤气泄漏，你有生命危险，让警察去救的。"

她不是离家出走了吗？怎么会知道他拧开了煤气？难道她又回家了？他警觉起来，问："我老婆呢？"医生说："你在医院的这两天，你老婆一直没来过。"

他骇住了，发了疯似的喊："快找我老婆，她会不会就在家里？"

警察去了，在他家里仔细搜索。发现他老婆歪倒在衣柜里，半倚半躺，人早就死了。手上还握着手机。

关于她的死，人们只能这样推测：她并没有真的离开家，只是躲进衣柜里。这样，他以为她离家了，不会再吵闹，她也可以从衣柜里关注他的动静，既可以睡觉又可以防止他有什么意外。

然而，躲进衣柜后，她架不住瞌睡，睡着了。等她醒来时，屋里已到处弥漫着煤气，她中毒已深，已经不能从衣柜里出来了，她唯一能做的，就是拼尽力气用手机拨了110。

最后一次捉迷藏，她永远地藏住了自己，却用爱，找回了他的生命。

摘自作者新浪博客

【作者简介】方冠晴，湖北省作家协会会员，已发表各类作品200多万字，其散文两次在中央电视台播出，多篇作品收录于中小学生阅读教材，并有一些作品被部分省市选作中考语文阅读试题。

其最新儿童小说《牧蝶人》近日将由上海故事会文化传媒有限公司和上海文艺出版社联合推出，敬请关注！

「请认真阅读，并背诵全文」

@小 窠

宋人有耕田者。田中有株，兔走触株，折颈而死。宋人走过去了，没看见。

《守株待兔》完

机会总是留给有准备的人。

噫吁嚱，危乎高哉！蜀道之难难于上青天。算了，这么高，不想爬了，心好累。

《蜀道难》完

下次买双好点的登山鞋。

元丰六年十月十二日夜，解衣欲睡，月色入户，欣然起行。念无与为乐者，遂至承天寺，寻张怀民。

张怀民：我不去了，今天好累不想动。

苏轼：那好吧。你不去我也不去了。

《记承天寺夜游》完

好基友，一起走。

庆历四年春，滕子京谪守巴陵郡。越明年，政通人和，百废俱兴，乃重修岳阳楼，增其旧制，刻唐贤今人诗赋于其上。属予作文以记之。

范仲淹：心情不好，不作。

《岳阳楼记》完

宝宝不开心，怎么啦？

北冥有鱼，其名为鲲。鲲之大，不知其几千里也。众人捕而食之，三年无饥馑。

《逍遥游》完

熬汤比较好吃。

水陆草木之花，可爱者甚蕃。晋陶渊明独爱菊。自李唐来，世人盛爱牡丹。我也是，最喜欢牡丹啦！

《爱莲说》完

莲花说：你变了。

楚人有涉江者，其剑自舟中坠于水。算了，再买一把吧。

《刻舟求剑》完

有钱，就是这么任性。

明有奇巧人曰王叔远，能以径

就是爱历史（古巴比伦）6. 古巴比伦诞生的世界上首部较完备的成文法典是哪部？

寸之木为宫室、器皿、人物，以至鸟兽、木石，罔不因势象形，各具情态。尝贻余核舟一，余不要。

《核舟记》完

一颗核桃就想拿下本宝宝？

一屠晚归，担中肉尽，止有剩骨。途中两狼，食其肉，吮其骨，屠夫卒。

《狼》完

晚上出门，小心色狼尾随。

余幼时即嗜学。家贫，无从致书以观，每假借于藏书之家，人家根本不借。

《送东阳马生序》完

邻居关系不好，影响孩子学习。

臣亮言：先帝创业未半，而中道崩殂；好危险，老臣也不想干了。我要退休。

《出师表》完

世界那么大，我想去看看。

京中有善口技者。会宾客大宴，于厅事之东北角，施八尺屏障，口技人坐屏障中，一桌、一椅、一扇、一抚尺而已。

众宾团坐，猜拳喝酒，无人听口技。

《口技》完

传统艺术就是这么被你们整没落的。

鱼，我所欲也，熊掌，亦我所欲也，二者味道都不错。

《鱼，我所欲也》完

舍生而红烧也。

汉皇重色思倾国，御宇多年求不得。杨家有女初长成，养在深闺人未识。

后嫁给隔壁老王。

《长恨歌》完

挖掘机技术哪家强，隔壁胡同找老王。

从小丘西行百二十步，隔篁竹，闻水声，如鸣佩环，心乐之。伐竹取道，前面堵住了过不去，算了，回去吧。

《小石潭记》完

周一堵成狗。

壬戌之秋，七月既望，苏子与客泛舟游于赤壁之下。起大风，遂返。

《赤壁赋》完

出门记得看天气预报哟。

摘自微信公众号海峡摄影时报

匹克先生

@周维强

一

匹克是一头猪。它刚来我们家时，立春刚过三天。母亲对我和弟弟说："这头猪可就交给你俩了，喂好喽，下半年的学费、过年买新衣服的钱还有买文具的钱，可都得问它要，听清楚没？"我和弟弟狠命地点点头。

弟弟抚摸着它，白色的毛硬得像刷子："哥，你给它取个名字吧。"

"那就叫它PIG吧。"我想起刚学的英文单词，"猪"的英文单词就是"PIG"。

"额，对，就叫它匹克，匹克先生。"

父亲为匹克先生盖了一座猪圈。由村子里口碑极好的五星级瓦匠亲自为匹克先生盖猪圈，它可真够有面子的。父亲盖的猪圈，精致而美观。

母亲对我说："你和弟弟，天好的时候就去麦地里或者田埂上，薅一些富木秧、马郎菜还有野辣菜回来喂猪。吃青草的猪，长得快，胃口好，增膘。"

匹克先生住进了猪圈，和老黄牛飞鸿做了邻居。还有花猫大皮、狼狗黑子为它站岗，安保等级上升到了二级。母亲还是不放心，现在村子里经常有贼出入，我家的十几只鸡上个月刚被偷，让母亲心有余悸。于是，她把我的凉床从里屋搬到了靠近牛棚的地方："你和弟弟轮流守夜，既看护了牛又看护了猪，

6. 答案：《汉谟拉比法典》。

一举两得。这学费可都指着这一头猪和一头牛呢，可不能有任何的闪失啊。”

得，安保等级立马上升到了一级。

我让黑子睡在我的床下，随时探听夜贼的踪迹。匹克先生安然地躺在猪圈里，吃着母亲为它熬煮的猪食，那可是五谷杂粮营养餐啊，红薯、南瓜、稀饭、麸皮还要加一些米糠。这家伙对米糠甚是挑剔，米糠必须控制在半葫芦瓢，加多了，它就使性子，把猪食拱到一边。真是一个难伺候的主儿。

母亲说：“养猪，就是零钱聚整钱。别看平时喂它点好的，花了点钱，只要它一出栏，卖上个好价钱，那百元钞票立马就有好几张。”母亲说这话的时候，仿佛卖猪的场景就在眼前，她数着票子，心里美滋滋的。

二

有一段时间，淮北平原的天好得出奇，几乎每天都是艳阳高照，风和日丽。我和弟弟只要一得空，放学的路上、周六周日的午后，就会直奔田野里，薅马郎菜、打猪草，匹克先生吃青草上了瘾，连猪食都吃得少了。为了让它不掉膘，青草只能作为它吃完猪食后的零食。匹克先生先是抗议，绝食。也只是绝食了一会儿，耐不住腹中饥饿，于是大口大口吃起了猪食。我和弟弟适时地把青草供上，它像是一个吃完了饭得到了赏赐糖果的小男孩，竟顽皮地把青草拱到了鼻子上，然后一点点地吃起来。

端猪食的活由弟弟来干，而我则接过了母亲熬煮猪食的活计。从芋头窖子里提出来储存了一冬的红山芋和白山芋，切成片，然后掺上麸皮、米糠，加上一些剩饭。木柴火架上，猪食就在铁锅里翻滚着，“咕嘟咕嘟”。猪食熬煮得恰到好处，就连灶台旁的黑子闻到香味都忍不住地摇起了尾巴，哈喇子直流。

我和弟弟担心匹克被偷的事，最终发生了。那天半夜，弟弟睡在牛棚里看护飞鸿和匹克。我半夜里起来撒尿，特意去猪圈里转了一圈，猛然发现，匹克不见了！我摇醒了弟弟，冲着父亲和母亲喊：“爸、妈，猪被偷了！”

一家人急急忙忙穿起衣服，四处寻找。村路向西，几个人仿佛抬着什么向前急走，我在村口敲起了盆：“抓贼啊！抓贼啊！”然后，不顾一切地向那几个人冲去。村子里的人听说有贼，都急急忙忙地赶

过来，有的拿着镰刀，有的拿着菜刀，有的拿着棍棒，还有的拿着叉鱼的叉子。

几个小毛贼丢下了匹克，就向西奔去。只见匹克四蹄朝天，猪绳被割断，嘴里含着一个馒头，满嘴的酒气。

“看来，猪是吃了含有酒精的馒头，醉了后，被这伙贼抬走的。”村里的王大伯说。

“幸亏强子发现及时，要不然，这头猪算是给贼喂的了。”父亲揩了揩额头的细汗。

“得给猪套上锁链，然后钉死在猪圈。要不然，这贼下次还来偷。”母亲说。

第二天，父亲就去镇上买了一个铁锁链，然后做了一个结实的项圈，给猪套上。为了安全起见，他选择了一个又粗又长的铁钉，把锁链死死地钉在猪圈的地上。匹克依旧没有完全从宿醉中清醒过来，它的眼神仍然有些迷离。

父亲的办法很有效。自此开始，匹克先生的安全等级上升到了特级。

> “
>
> 那一年，是1991年，也就是从那年起，母亲好几年都不吃猪肉。我们家再也没养过猪。

三

六月间，天热得似火。

暴雨是在一个傍晚来临的。老天爷像憋了很久的委屈似的，雨点不顾一切地落了下来，一直下了三天三夜。

暴雨终究导致淮河发起了大水。淮河大堤决了口子，滚滚洪水淹没了农田和村庄。我们是在半夜，被村长通知要搬到村后的土坝子上的。父亲让我和弟弟牵着牛，他和母亲则慌乱地搬着家里可以紧急带走的东西，不顾一切地向村后的土坝子上冲去。

黎明前雨停的时候，父亲望着眼前的洪水喃喃自语：“完了，全完了。猪也没牵。”

母亲也是一脸的茫然。

弟弟说：“匹克先生一定淹死了。”

我则凝望着猪圈的方向若有所思。心中对于文具盒、新衣服的幻想，在想象匹克先生沉入洪水中的那一刹那，化作泡影。

这时，邻居王二嫂说：“强子妈，有人看见你家的猪被洪水冲到大新集去了。”

大新集离我们村十几里路，就算被冲到大新集，这一路向南，要么猪被淹死，不淹死最后也成了别人家的猪了！

我沮丧地说："学费被洪水冲走了。"

母亲有些不死心，对父亲说："要不，你带着强子哥俩，去大新集找一找。"

父亲说："那么肥的猪，在水上漂着，扎眼得很，就算淹死了，也会被人捞上来，宰了，腌起来。"

王二嫂说："你家的猪饲料喂得太多了。看把猪喂的，肥得流油。"

正当我们一家四口人坐在土坝子上，失落地品味着洪水带来的苦涩时，村长站在他家的房顶上喊："强子妈，快来看，那是不是你家的猪！"

只见，匹克先生正从村西的洪水里向土坝子方向游来。它浮在水面上，露出鼻子和尖尖的嘴巴，模样憨厚而可爱。它游泳的姿势矫健而敏捷，也许是脖子上还拴着铁链，它的头时不时地被水没过了鼻子。

远处，划着船儿在洪水里的村人说："嘿，真是奇了怪了啊，我老远就看见这头猪从大新集那个方向往村里游啊，这猪还认家哩。"

匹克先生游上了岸，铁链子还坠在脖子上。

我们一家人围着匹克，竟说不出话来。村人们也围上来，纷纷说着，真是遇到奇事了，被洪水冲走了十几里，还能游回家，真是难得。

秋天，匹克先生卖了七百五十块钱。卖猪的时候，母亲没在场，村里好多人都围过来，送匹克先生最后一程。它不叫也不闹，四五个壮汉把它的蹄子捆好，抬上了农用三轮车。我和弟弟数着卖猪的钱，心里却别扭得很。

那一年，我们家卖了一头猪，六十块钱给我和弟弟交了学费，余下的钱，也给我们一家人买了新衣服，年底过年更是过了一个"肥年"。那一年，是 1991 年，也就是从那年起，母亲好几年都不吃猪肉。我们家再也没养过猪。

郭旺启摘自《西安晚报》

图：陈明贵

秦姥姥荷兰带孙记

@魏蔻蔻

从有了外孙起，秦阿姨的称呼升级为秦姥姥。

作为秦姥姥，第一个“壮举”就是给自己的中荷混血外孙起了个小名叫“二筒”。

因为，秦姥姥打麻将总能自摸二筒和牌，二筒，是秦姥姥的幸运和福气。

更因为，二筒的正经大名叫“杨威廉姆斯·范德隆克”，秦姥姥记不下来这个名字，总会用四川话骂一句：“烦得恼火！说不伸头（说不清楚），我们就叫二筒，吉利又好记！”

有惊无险的噎食风波

二筒两岁多的时候，有一次吃软糖，突然被噎着了，上气不接下气，干呕带着哭腔，一脸恐惧，脸色变红。

秦姥姥吓坏了，拍了二筒几下，用手去抠喉咙，不知是因为紧张还是手抖，并未立马见效，二筒持续无助地呕着。

异国他乡，语言不通，不知道如何求救，秦姥姥赶快打女儿阿弥的电话，让阿弥回家或是求助。

在阿弥打了荷兰急救电话正着急时，二筒自己在哭呕中将噎着的糖滑咽了下去，食管通了，脸色也由红紫转为正常。

荷兰急救人员来时，二筒除了受了些惊吓，已经安然无恙了。

荷兰医护人员告诉赶回家里的阿弥夫妇一些孩子噎食时的急救措施，因为孩子噎食最好的办法就是当下处理。这次二筒的噎食情况不算严重，只要孩子还能哭，就说明气道没有被堵住，算是万幸；若是情况严重的噎食，等待医护救援赶到，一般都为时已晚了。

之后秦姥姥变得小心翼翼，更是严禁二筒吃糖。二筒只要一拿糖，秦姥姥就疯了似的冲过去，抢过糖罐：“不敢再吃糖了，你忘了你差点被这糖噎死？”

这个“断糖”举动让二筒爸特别不解。

7. 答案：“以眼还眼、以牙还牙”和“让买方小心提防”。

二筒爸觉得，孩子已经因为噎食受到了惊吓，为什么之后还要不断以恐吓来剥夺孩子享受喜欢食物的乐趣，难道孩子之后都要生活在这种“因噎废食”的阴影中吗？

阿弥夫妇和秦姥姥好好谈了谈，还带着秦姥姥去荷兰儿童咨询师那里。

咨询师说，大家都非常理解秦姥姥的心有余悸，但是秦姥姥当时已经做了一个外籍外婆最好的救护措施。咨询师再次手把手地教了秦姥姥一些孩子在家可能会遇到事故的急救方法，如噎食、烫伤、呛水。

咨询师告诉秦姥姥：危险意识和恐惧感受，是不同的。无论是家长还是孩子，都要有危险的意识，但不能一味地笼罩在恐惧的感受中。

于是，秦姥姥放松了心态，除了练习好那些家庭育儿急救措施外，秦姥姥还发明了一段顺口溜：细嚼慢咽，吃糖最甜！

> “
> 一个孩子，首先要能和亲朋好友对接和交流，在其中找到认同感和自信，才最有利于孩子成长。

椒盐味的“川普”

二筒四岁开始上学，回家说荷兰语越来越多，中文越说越少，秦姥姥几乎无法跟自己一手带大的外孙交流了。

阿弥给二筒报了周末的中文学习班，增强孩子的中文能力，老师建议家长也在家里多给孩子营造说中文普通话的机会。

为了二筒的“国际化”，秦姥姥也改掉曾经对二筒一半说四川话一半说普通话的方式，全部用“普通话”跟二筒交流。

只是，六十几岁的秦姥姥是土生土长的四川人，普通话并不标准，是夹杂着浓重“椒盐味”的四川普通话，简称“川普”。

二筒深得秦姥姥真传，快速掌握了椒盐味的川普。

阿弥开始没觉得什么，直到有一天才发现二筒的中文表达，有些“走偏”的态势。

那天，阿弥下班回家，二筒兴冲冲地说：“妈妈，今天夜饭洗白了，外婆把烤箱弄拐了！（晚饭吃不成了，外婆把烤箱弄坏了。）”

这些将四川话加入普通话里的表述，在二筒讲的中文里比比皆是。

后来，阿弥觉得孩子能说方言，也是一种天赋。况且孩子用方言和家人交流反而感觉更亲切。

秦姥姥和女儿也咨询了荷兰专家，专家觉得说方言不碍事，孩子的语言交流，最重要的目的是增强亲人间的联系，其次才是国际交流能力。一个孩子，首先要能和亲朋好友对接和交流，在其中找到认同感和自信，才最有利于孩子成长。

荷兰腔的四川话

学校放假，二筒跟着外婆回到四川老家，和街坊邻居交谈甚欢，打得火热。

在老乡眼里，他不是一个说着外文的洋娃娃，他是个会说当地话的有血有肉惹人疼爱的孩子。

对于二筒来说，因为没有语言障碍，他能直观地感受到邻里第一手的关爱和善意，以及对家乡文化的认同。

二筒会跟四川邻居说："谢谢三孃孃，但是你不要鼓捣我吃了（你不要强迫我吃），我吃不下了。"

他会附和邻居的"八卦"："就是，她牙尖四八怪的，明明是她自己水兮兮的，还怪别个。"

我们夸二筒在四川老家人缘好，二筒会"大言不惭"地说："当然喽，我的粉丝多，关键是我和大家'摆得拢'（谈得来）！"

能在家里用四川话畅所欲言后，秦姥姥在荷兰也待得自如不少。

这么多年了，秦姥姥早已从当初那些格格不入的无奈、好心办坏事的沮丧，过渡到今天的逐渐适应。

那天，二筒给我表演了一段秦姥姥教给他的四川儿歌："王婆婆在烧菜，三个观音来喝茶，后花园三匹马，两个童儿打一打；王婆婆骂一骂，隔壁子妖精说闲话。"秦姥姥边做饭边在旁笑着纠正："妖精儿，是妖精儿，不是妖精。"

摘自《成都商报》　图：小柯

就是爱历史（古巴比伦）8. 古巴比伦文明中的天文学最为发达，表现在哪个方面？

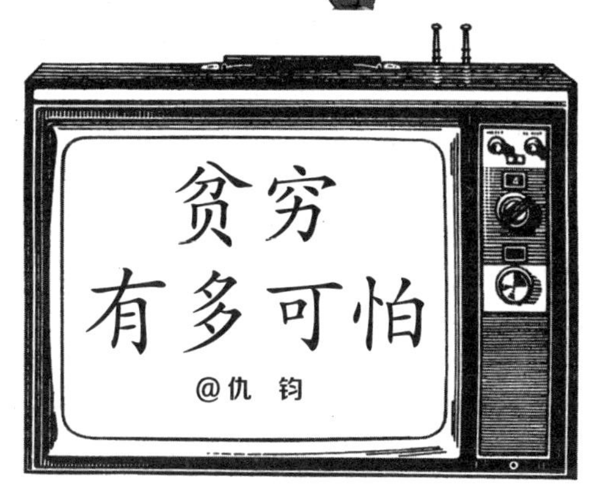

贫穷有多可怕

@仇 钧

在山东的奶奶年前摔断了腿，送去了县医院，需要做手术，医院却不给做，说转院吧，因为年纪太大了，怕出人命。

父亲和他的四个兄弟商量了一下，说那就不做手术了，就瘫着吧。或许他们心中，有一条适用于农村老人不言自明的规则，生命旅程的最后，总是要卧床不起。

五个兄弟出钱，四叔不愿出钱，就出人，由四婶照顾，四个人的份钱要把四婶的“工资”包括。

我爸这一脉早就去东北定居，一年也就回来一次，那就多出些钱。真实的生活就是这样，钱能解决大部分的问题。

有一天父亲给我打电话，说：“你从网上给你奶奶买个电视吧，你奶奶起不来床，给她弄个电视看，多少钱爸给你。”

我说不用，我有钱。我给奶奶买了一个液晶屏幕，39 英寸的电视，下单寄了过去。

过年的时候，父亲回去探望奶奶，我也买了票去。我到的那天，阳光不错，父亲正在院子里的灶台生火，一切祥和有温度。

我进到奶奶的小黑屋去，奶奶正半躺着，身上压了两三床被子，电视上的中央戏曲频道正在放《西游记》。

叙说了一会儿，我退了出来。我问父亲：“我给奶奶买的电视呢？”我看到房间里放的是一台老旧的显像管电视。

父亲讪讪地低下头笑笑说：“还不是你四叔。自己留下了新电视，把旧电视给了你奶奶。”

我进屋和奶奶说起电视的事，奶奶就流下泪水来，说：“孙子哎，我听人家说了，那么大的一个大彩电，孙子给我买的，我高兴啊，和我一样大的老人都夸你孝顺，可怜哎，我却连它的样子都没看到。”

我胸中一口恶气，奔出屋去，

四叔这时正好进门，我就跑上去问他电视呢，四叔支支吾吾地说："人老了，有个看就行嘛，你要我就给换回来。"

我说："好，你换回来。"父亲就过来劝慰，呵斥我，叫我不要跟四叔这个样子。

后来父亲弄了几个小菜，叫我们喝点小酒，守着一个铁桶改成的蜂窝煤炉子，上面架着一口锅。热气腾腾，熏红了我们的脸。

酒桌上四叔有点飘飘然，又说起电视的事，大意是奶奶不还得靠他照顾吗，我给钱又能怎样，钱又不能自己变成好吃的，还是得有人买，给买电视又怎样，还是得有人给她架"大锅"，他换了我买的电视天经地义着呢。

我酒气翻涌，说："奶奶不是你的亲生母亲吗，不给钱你就不照顾她吗？你现在就把电视换回来。"

他竟然哭了起来。四叔抽泣着说："晚上换行吗？白天让村里人看见，算是咋回事。"我说："你做出这等事，还怕人笑话？"他又说："那安'大锅'的钱谁给出？"我说："多少钱？"他说："两百。"

面对四叔那张疲惫的脸，我瞬间失去了所有的力气和愤怒，剩下的只有想笑的荒谬。

过完年我走的时候，想把奶奶带到北京去，父亲说："她的五个儿子都活着，能让你带走？村里的人怎么看，我们的脸往哪搁？将来有个三长两短，你叔叔倒要找你麻烦。你啊，好好过你的日子吧。"

我回到北京后，随着时间的推移，很少想起奶奶，每当想起时，就深深地自责我为什么很少想起。

"每个人都生动而市侩地、粗粝而坚强地活着，陷入各自的困境之中，无暇他顾，也无法自拔。

每个人都生动而市侩地、粗粝而坚强地活着，陷入各自的困境之中，无暇他顾，也无法自拔。

火箭熊摘自微信公众号知乎日报

【讨论区】为什么亲情遇上金钱的困扰就褪色了不少？孝敬老人为什么还要斤斤计较？看了本文，您有什么想法？欢迎扫描二维码，加入故事会读者圈，参与讨论。

 8. 答案：开始设置闰月。

三吃三套鸭

@周浩晖

老刊新貌！
祝《故事会》越办越好！
周浩晖

我有幸受邀参加扬州饮食界的一大盛事——“淮扬珍味席”，宴席在扬州名气最大的“一笑天”酒楼内进行。宴席压轴的大菜，正是“一笑天”酒楼赖以成名的招牌：“三套鸭”！

作为东道主的徐叔，有些紧张地把盛有三套鸭的瓷盆首先转到了客座首位的那位老者面前，小心翼翼地说：“周老师，您看看？”

这位周老师是王全宝的关门弟子——王全宝是新中国成立前后扬州厨界传奇性的人物，号称扬州现代厨艺的开山鼻祖。

老者闻言，却只是淡然一笑：“好。请诸位尝尝吧。”老者淡淡地说了一句。

徐叔眼中明显闪过一丝失望的神情，他看着老者，黯然说道：“周老师，今天让您失望了。”

老者微微一笑：“没关系。我今天来，原本就没指望能吃上真正的‘三套鸭’。”老者端起桌上的茶杯，轻轻抿了一口，然后说道，“你们听说过赵雪锋这个名字吗？”

“我知道！”徐叔抢先回答，“新中国在世界上赢得的第一块国际烹饪大赛金奖，就是他的手笔！”

“不错。‘金奖三套鸭’背后的故事，了解的人却不多，只怕就没人知道真正的‘三套鸭’该是怎么一回事了。”

一吃：三味融合，美味入骨

快有五十年了吧？当时在扬州厨界，名气最大的是我的师父王全宝。那次国际大赛让赵雪锋去参加，就是由我师父举荐的。赵雪锋那会也就是个刚刚崭露头角的年轻人。比赛前夕，他特地邀请师父到他家中，对他即将用于参赛的菜肴“三套鸭”进行评点。

师父欣然答应，并且又叫上了两位饮食界的前辈一同前往，我刚刚拜了师，作为跟班也去了。第一次见到赵雪锋的时候，我并没有觉得他有什么特别的地方。他大约也就二十七八岁的年纪，中等体态，不善言辞，面对几位前辈时，目光中似乎还带着些忐忑和羞涩。

我们坐定后，赵雪锋把打理好的“三套鸭”恭恭敬敬地端了上来。赵雪锋随即便退出了屋，留时间给我们品尝讨论。喝第一口汤时的那种感觉：“唉，永生难忘，永生难忘啊。”

我师父连喝了七八口汤，这才放下汤勺，赞叹着说：“后生可畏啊，这个金奖，我看是跑不了了。”那两个前辈也是连声附和。随即，我师父吩咐我去把赵雪锋叫进来。

我当时年轻，沉不住气，在路上就把师父等人的表现告诉了对方。赵雪锋满心欢喜，来到屋

内，见到的却是三人愁眉紧锁的情景。

“你这道菜存在着大大的不足。”我师父首先发难。

我一下子愣住了，赵雪锋更是毫无心理准备，半晌后，才怯怯地问：“哪里出了问题？”

我师父说道：“你这一盆汤里融合了三种禽类的鲜味，这就是最大的不足。我问你，为什么要把这三种禽类套在一起？”

赵雪锋听了不知该如何回答。

我师父笑了笑，说：“古书中关于三套鸭是这样描述的：举箸自外而内，美味层出。何谓层出？你明白了吗？”

听老者说到这里，我心中怦然一动，脱口而出：“我明白了，这三种禽类的鲜味应该互不融合，最外面的汤是家鸭的鲜味，中间的汤是野鸭的鲜味，最内层才是鸽子的鲜味，这样每吃一层，味道就有变化，这才是‘美味层出’的意境。”

老者看着我微笑点头，以示赞许。

二吃：美味层出，入口忘我

三天后，我们再次受邀来到赵雪锋家中。当我尝到他的第二份“三套鸭”时，惊叹其烹饪技艺的飞跃。他已经达到了“美味层出”的境界。

这样的“三套鸭”当年我师父其实也是第一次尝到。他不住地赞叹，没想到古书中的传奇记载竟能在今日重现！我们四个人你一勺，我一勺，差不多都快把一盆汤喝完了。我师父这才吩咐我去叫赵雪锋进来。

我兴冲冲地告诉赵雪锋：“放心吧，这次保管错不了！”可等我们俩回到屋内时，刚才还吃得心滋意美的师父等人却又换上了另一副表情。

“进步了不少，但仍然不完美啊。”我师父连连摇头，“这样的作品也就自己吃吃，拿到国际上比赛，唉，希望就渺茫得很了……”

我有些看不下去了，忍不住帮他辩驳：“师父，你们是怎么回事？第一次就说金奖跑不了了，现在怎么又渺茫得很？”

师父板起脸，看着赵雪锋说：“你现在恐怕也不服气吧？我问你，这‘三套鸭’在古书记载中还有一个名字，你知道吗？”

“七咂汤！”赵雪锋回答。

我师父又问：“那这‘七咂汤’

的‘七’字是什么意思呢？”

“应该是指这道汤鲜香叠复，余味无穷。饮者往往意犹未尽，咂香多次。”赵雪锋回答说。

师父摇摇头：“按照你的解释，这‘七’是虚义，用来表示次数很多。可按照古人的习俗，数字上的虚词，少者用‘三’，多者用‘九’，这里为什么偏偏要用‘七’呢？”

当时赵雪锋回答不出，于是我师父又说：“这‘七咂汤’的‘七’字并非虚数，所谓‘咂香七次’，指的是在这道汤中，能够品出七种滋味。”

桌上众人顿时哗然，议论纷纷。我更是大声说出了心中的困惑：“只有三种原料，怎么会品出七种滋味？这怎么可能呢？”

老者气定神闲地品了一口茶，这才接着说道：“赵雪锋当时也非常纳闷。却见师父负起手缓缓踱步，边走边数：‘家鸭单独是一味，野鸭单独是一味，乳鸽单独是一味，家鸭野鸭两两相融是一味，家鸭乳鸽两两相融是一味，野鸭乳鸽两两相融是一味，家鸭野鸭乳鸽三者相融又是一味，你算算看，这一共是几味？’”

徐叔听得如梦如痴，张口结舌了片刻，才愕然道：“这倒确实……是七味，可这些都是由三种原味变化搭配而成……”

“不对！这里面有大大的问题。”突然有人想到了什么，质疑道，“有些搭配原理上存在，实际却行不通。比如家鸭在外层，乳鸽在内层，中间隔着野鸭，家鸭乳鸽相融的美味如何能够尝到？”

“这个疑问我当时也想到了。”老者应道，“在路上，我就问师父这个问题。你们猜我师父是怎么回答的？”

众人大眼瞪小眼，实在是想不出其中的答案。

老者“哧”地笑了起来：“你们绝对猜不出来。我师父说，什么七种滋味，那都是我临时胡编的。赵雪锋的这道‘三套鸭’，已经做到了极致。你这个傻小子，阅历还少，像这样的美味，可遇而不可求，能多吃一次是一次啊！”

众人全都哑然失笑。

“我就说嘛，怎么能尝出七种滋味来？”徐叔释然道。

老者却又板起了面孔，一本正经地说道：“可是这个赵雪锋，第三次居然真的做出了能品出七种美味的‘三套鸭’！”

刚才还乐呵呵的众人全都张大

9. 答案：巴比伦通天塔。

了嘴，似乎正在听一个比天方夜谭还要神奇的故事！

三吃：七咂绕舌，鲜香醉人

我们再一次接到赵雪锋的邀请，已经是半个月之后了。短短十几天，他的头顶已出现了白发："请品尝我的这道'三套鸭'。"他再一次端上了那个瓷盆，这一次，他没有退出屋外，而是站在原地，微笑着等待前辈的点评。

仍然是同样的一道菜，仍然是同样的四个人，但气氛却与第一次完全不同。我们已不像是来评点菜肴的考官，倒像来向老师学习烹饪绝技的学生一样。

我当时都有些懵了，只是怔怔地看着师父。与师父同来的两个人比我好不了多少，也是一副忐忑的模样。我师父倒仍然能把持得住，他不动声色地拿起勺子，伸手去舀盆里的清汤。

赵雪锋却伸手拦住了他，微笑着说："您应该先吃肉。"

我师父一愣，然后放下汤勺，想去拿筷子。

赵雪锋却又笑着纠正："不，您应该用汤勺去吃肉。"

我们都愣住了，你看看我，我看看你，不明白用汤勺吃肉该是怎么个吃法。

见我们这副模样，赵雪锋自己拿起了一只汤勺，往静卧在汤盆中的三套鸭上剜了下去。只见汤勺触及之处，禽肉随之凹陷，那肉质的感觉竟柔糯得如同冰激凌一般。汤勺似乎没有受到任何阻拦，从三层禽肉上一一划过，留下一道滑润的凹槽。

赵雪锋放下汤勺，用一副大功告成的口吻说："请随意搭配，品尝这七种美味鲜汤！"

那三层禽肉在上方皆已剖开，但下部的主体却丝毫不乱，就好像三个层层相套的揭开了盖子的碗，隔开了三份美味的清汤。

下面的事情就简单了，想尝什么样的美味，用汤勺自由调配即可，这一份"三套鸭"，按照排列之数，的确可以尝出七种滋味来！

到了这个份上，我们脸皮再厚，也说不出这道菜的缺点了。

这是赵雪锋参加国际比赛的照片，我一直带在身边，聊作追忆。

那是一张已褪色的黑白照片，从上面，我似乎闻到了从半个世纪前的时空中飘散而至的醉人幽香。

摘自《味绝天下》江苏文艺出版社

图：陈明贵

隔空传情

@一点君

有一个段子说，一男生遇见心仪女生，几番鼓起勇气要去搭讪，苦于找不到话题，眼见女神就要走远，头脑一热，弯腰在地下一捡，跑到女生面前说："同学，你的砖头掉了……"

此男生最后是不是被拍砖，不得而知。但是，不管成功与否，起码完成了一次搭讪。

能自由搭讪，也是社会的进步。中国古代，特别宋朝以后，受程朱理学的影响，男女之防甚严，女子与陌生男子接触那可是伤风败俗的表现。

那么，青年男女就束手无策了吗？当然不，办法是想出来的。

我们来看看不能搭讪的情况下，宋朝姑娘周胜仙怎么传递关键信息。

《醒世恒言》中有个故事：宋徽宗年间，周姑娘和范二郎在繁华都市东京茶坊相遇，四目相视，"俱各有情"。

当时，街上游人如蚁，周姑娘忖度："今日当面错过，再来那里去讨？"急中生智，叫卖水的送一碗糖水过来，刚喝一口，便叫："好好！你却来暗算我！你道我是兀谁？我是曹门里周大郎的女儿，我的小名叫作胜仙小娘子，年一十八岁，不曾吃人暗算。你今却来算我！我是不曾嫁的女孩儿。"信息量好大。

范二郎心领神会。照葫芦画瓢，也买一碗糖水，喝完也大叫起来："好好！你这个人真个要暗算人！你道我是兀谁？我哥哥是樊楼开酒店的，唤作范大郎，我便唤作范二郎，年登一十九岁，未曾吃人暗算。我射得好弩，打得好弹，兼我不曾娶浑家。"

糖水怎么暗算人？很是蹊跷。但周姑娘和范二郎一口咬定——水里有根草。呵呵。

可是，被暗算也并没有去追究，醉翁之意不在酒也！

可怜那卖水的，一头雾水，还以为真碰上食品安全问题。

摘自《深圳商报》

就是爱历史（古巴比伦）10."巴比伦"一词的意思是什么？

手捻陀螺

@ 刘心武

别墅女主人为了某种考虑，要把女儿的钢琴从一楼挪到三楼去。女主人早就知道，有“要想平安换琴房，必得请来钢琴梁”一说。钢琴梁是个搬运工，搬运钢琴，从未有过闪失。

那富家太太打通了钢琴梁电话，约第二天来。钢琴梁提出，他儿子这几天放假，媳妇在超市上班，怕孩子一个人在租借房那边乱跑，因此，他带三个师傅来的同时，还想捎上他的儿子梁勇，希望能给他儿子提供一个做作业的地方。富家太太问他儿子多大，原来，跟她宝贝女儿一样大，都上小学五年级，就爽快地同意了。

那天钢琴梁带着三位师傅来了，富家太太忘了那孩子的名字，就笑称他钢琴小梁，又唤过女儿薇薇，安排在一楼大客厅落地窗旁的麻将桌那里写作业。

钢琴小梁认真地做算术题，薇

薇问钢琴小梁上的哪个学校，小梁道出那借读学校的名字，薇薇撇嘴："连区重点都不是呢！"就告诉小梁自己上的是什么名牌学校，每天有雇的司机接送，那车可是宾利啊，听说过吗？小梁不懂什么是宾利，但是也很自豪，他指指窗外："我爸新买的！"那是一辆国产小面包，薇薇笑了："那也算是车？"

做完三道题，小梁说："我要玩玩了。"薇薇说："好呀！我们地下室有游泳池，你想游吗？"小梁说："爸爸定的规矩，我做完三道题，可以轻松三分钟。"就从衣兜里掏出个木头削的手捻陀螺，在那麻将桌上玩了起来。薇薇也玩，总不能让陀螺久转，就愤愤地问："你会弹钢琴吗？"小梁摇头，薇薇用手指画脸皮："还钢琴小梁呢！叫你琴盲小梁还差不离！"这时候就听楼梯那边有钢琴梁号令另外三位师傅的声音，小梁就说："你家这台琴是奥地利生产的蓓森朵夫吧？比德国产的斯坦威还贵还重。"薇薇双手一拍："哇，你懂钢琴啊！"

那天那时候，薇薇的爷爷先坐在客厅沙发上打瞌睡，后来醒了，招呼薇薇："宝贝儿，我的报纸呢？"薇薇很不耐烦："不就在茶几上吗？"小梁就过去，从茶几上拿起报纸，双手递过去："爷爷，您看报。"薇薇爷爷接过去，惊讶地望着他，问："你是哪家的孩子？"薇薇就大声说："他是钢琴小梁！"

薇薇又告诉钢琴小梁："爷爷平时不住在这儿。他自己也有大单元。他要过生日了，多少岁呀？你猜。"小梁问："爷爷过生日，你送他什么礼物呀？"薇薇说："我画张画儿送他，他准特别高兴。"小梁说："我爸下月过生日。我要买个钥匙链送他。现在保密呢。"薇薇说："买什么呀！我有好多钥匙链，外国的，我去拿一堆来，你随便挑。"小梁说："我捡饮料瓶卖废品，攒十来块了。我要买个他最喜欢的。"后来他们又写作业，又玩陀螺。

钢琴挪窝成功了。那辆小面包车开走了，富太太发现薇薇手里捏着个东西，忙问："那是什么脏东西？扔了洗手去！"那是钢琴小梁亲手雕出来的陀螺。薇薇把紧握陀螺的手藏到身后，宣布："我要跟钢琴小梁做朋友。我会邀请他再来跟我一起做作业！"

富太太两条眉毛快飞出脑门，张开嘴巴半天合不拢。

心香一瓣摘自《宽阔的台阶》河南文艺出版社

图：豆薇

10. 答案："神之门"。

楼猫

@老阿姨在看着你

我的一个朋友，他的父母在外地工作，他自己还没有对象，就一个人住在那个全是老人的小区里。

朋友所在的单元里，十套房子只有三户长期有人住，分别是一楼的一对老夫妻、一楼的一家四口和五楼的他。

一楼的老夫妻退休很多年，夫妻两个常年在家，再加上单元有门禁，所以基本不关家门。

老夫妻养的猫经常蹲在家门口，或者在楼洞里活动。朋友每天回家都能看到这只猫，不是蹲在家门口，就是站在楼梯上。仿佛整个单元楼是一个巨大的猫爬架。

小区当年每家每户的门都是统一装的，门外有个把手，进门后若不锁门，从外边只需要拧一下把手就能进去。这一点，小区住户都知道，包括“楼猫”。

朋友下楼时亲眼看到过楼猫助跑跳起，靠着惯性在跳起瞬间伸爪拉把手，自己开门进屋。

楼猫很听话，从来不会离开单元；楼猫也很寂寞，看到朋友不害怕它，就主动去“撩”朋友，混熟后也开始接受朋友的投喂。

爱心泛滥无处奉献的朋友一开心，干脆买了一堆猫罐头、猫布丁

之类的零食去讨好楼猫。

虽然楼猫不拒绝，但朋友有些担心，他害怕把楼猫嘴养刁了，不肯吃老夫妻家的饭。

不过后来问了问，楼猫并没有挑食，老夫妻依然每天喂猫。楼猫并不嫌弃自己在主人家吃得不好，每天在朋友那里过完嘴瘾，依然回家吃自己的“粗茶淡饭”。

二

有一天，朋友在家打游戏，忽然听到有人推门，开门一看，楼猫坐在门口。他把门一开，楼猫“呲溜”一声溜了进来，蹭着他的裤腿撒娇。

朋友以为楼猫专门上来讨吃的，立马开心地打开一个猫布丁喂给了它。

楼猫吃完布丁，就示意朋友开门，它要出去。

朋友刚把楼猫送出去没多久，楼猫就又来撞门；放进来，又要出去；放出去，就又来撞门。

反复几次，朋友实在忍不住了，就抱起楼猫下楼去，这才发现一楼老太太家的门锁上了。

于是朋友用很大的力气敲门，敲了一阵后，一楼的老夫妻才慢吞吞地来开门。

朋友这才明白，原来老夫妻以为猫在家里，就把门锁上了。等到在楼道中巡逻的楼猫想回家时，发现门上了锁，自己开不了门，撞门，老夫妻耳背，没人给它开门，猫就一层一层试着求救，就这样撞到了朋友家。

从那以后，一人一猫的这种“敲门蹭饭吃饭，蹭完还要求送回家”的关系就这么一直维持着。

> “楼猫对于我，就是老夫妻家的门铃吧。

我们都嘲笑朋友魅力不够大，留不住楼猫，还被楼猫当成了“有送回功能的免费饭店”。

“金窝银窝不如自己家的老窝啊，吃的玩的换了很多种都笼络不住，我也没办法啊。”朋友发了张堆满各种猫咪用品和食物的角落的照片给我们。

三

大概是从楼猫主动勾搭了朋友后开始，朋友和一楼老夫妻的关系越来越好。他也是力所能及地帮老夫妻做一些家务。

某个周末，朋友帮老夫妻打扫

就是爱历史（古巴比伦）11. 根据考古发掘所知的最古老的学校在哪里?

好院子，老夫妻留他吃饭。恰巧老夫妻的女儿没打招呼就带着家人回来吃饭，进门看到老夫妻和一个不认识的男孩子一起吃饭，饭菜还挺丰盛。她也不问朋友的工作和情况，直接在饭桌上咬定朋友主动和老年人套近乎是不安好心，让老夫妻提防别受骗。

朋友觉得挺没意思，没等他们送客，就主动离场。而楼猫则跳到朋友怀里，跟着朋友回了家。

朋友说，他走到三楼，都能听到一楼的老夫妻跟孩子们在吵架；走到五楼，就看到老夫妻的女儿一家开车离去了。

整个下午，楼猫都在朋友家，躺在朋友专门给它买的高级床上，用着电动猫厕所，吃着进口的猫罐头，玩着朋友给它准备的猫爬架。当然也是有“回礼”的，比如，楼猫会在朋友打游戏的时候，主动过去让朋友“撸一撸”。

然而到了晚上，楼猫就又开始示意朋友送它回家。朋友只得厚着脸皮，再次去老夫妻家送猫。

老夫妻看到朋友来了，让朋友进屋坐坐，朋友婉言谢绝了，并且表示“让陌生人进家门确实不好”，老夫妻显得非常尴尬。

关门的瞬间，朋友听到了猫的叫声，以及老夫妻的叹气声。

朋友说，他并不觉得老夫妻有错，也能理解老夫妻儿女的想法，他们也是为老夫妻好，只是情商略低。但他也反思了自己的行为，确实有些鲁莽了。

从那天开始，朋友还是每天和老夫妻打招呼，主动喂楼猫；而老夫妻也还是会帮朋友收收快递，每天见面问好。

但从那以后，朋友再也不进老夫妻的家门，更不会去吃饭了。哪怕老夫妻一而再再而三地邀请他。

他们唯一的互动，只有那一只猫而已。

丁强摘自新浪博客

图：恒兰

【讨论区】阅读本文感觉信息量挺大的，子女对空巢老人缺乏关爱，那只猫实际上代替子女陪伴老人，起到一个联系邻里的作用。

不仅如此，文中还有一个更深层的问题值得思考：邻里关系靠什么维系，人与人之间的信任感应该如何提升？想必您也有话要说，不吐不快。那么，请拿起手机，扫描二维码与大家一起畅聊吧。

藏在心底的西蓝花

@耿艳菊

这是他第六次看到她了。街角的小饭馆里，她总是一个人坐在窗前的位置，默默地，眼底有淡淡的忧伤。她的桌上总是放着唯一的一盘菜——素炒西蓝花。一个人，一盘菜，却摆着两双筷子，她在等人？

直到她离开，也没见有人来。

第七次，桌上多了一本书。他悄悄看过去，是木心的《哥伦比亚的倒影》。她也喜欢木心啊，他对她的好感莫名地又近了一些。

这次，除了一成不变的西蓝花外，她还要了一碗馄饨。刚吃了几口，她接了个电话，急匆匆走了。木心的书却落在了桌上，他心里暗喜，拿走了那本书。

之后他每到中午饭点时，会提前半小时来到小饭馆，而她再也没来。他快要放弃的时候，她却风尘仆仆地站在了小饭馆的门口。这是他第八次见到她。

他坐在她常坐的窗前位置，看到她的那一刻，猛地站了起来。他意识到自己的莽撞，忙扬起桌上木心的书。她笑了，笑得很温暖，很好看。他的心轻轻地荡漾了。

11. 答案：幼发拉底河畔南部的马里城。

他们像是久别重逢的故人。那天，他们一起坐在窗前的位置吃了饭。她像往日一样，要了一份素炒西蓝花。那顿饭，他和她似乎都很有胃口，吃得开心，聊得也开心。

他又看到了她第九次，第十次，第十一次，第十二次……

两年后，她成了他的妻。他家的餐桌上常有的一道菜就是小饭馆里的那盘素炒西蓝花。

她性情温柔，轻声细语，体贴，是一个好妻子。他们很恩爱，日子过得幸福。然而，谁都想不到，他心里竟一直藏着一个心结。

光阴一年一年往前走，这心结也越结越深。他也常常劝自己，都这么多年了，喜欢一个人，没必要在乎她的过去。可是，有时候，他总会不由自主地想起当年小饭馆里的那盘西蓝花，想他的妻子在等的人是谁？

他发现自己的脾气越来越不好了，怕伤害到她，他把自己关到书房里，在日记里写下了藏在心底多年的心事。

她收拾房间时，无意中竟看到了那本日记，也终于知道了他的心事。她的泪一滴一滴落在纸上，湿了那心事。

晚上，他回来，她早已做好了饭，桌上有她特意为他做的素炒西蓝花。他皱起眉头，她已明白他眉间的愁绪，平静地讲起一段往事。

那时候，她刚毕业来到这个城市，到处奔波着找工作。有一回，在公交车上，有一个打扮时尚的女人冤枉她偷拿了自己的手机。很多人向她投来鄙夷的目光，她委屈得直掉眼泪。那其实不过是个误会。车上只有一个人肯相信她，并帮她证明了清白。她记下了那张令她温暖一生的坚定面容。他在下一站下了车，她看到他的手里提着一兜青莹莹的西蓝花。

那天她因为有点过敏，戴着口罩，他根本看不到她的模样。她却记住了他。她不久找到了工作，在这个城市有了立足之地后，经常做的一件事就是寻找他。

这个城市这么大，找一个人其实很难。可她真幸运，竟找到了。原来她和他工作的地方离得那么近，只隔了一条街。她站在办公楼上看到他爱去街角的小饭馆吃中饭。她想了好久，决定也去小饭馆。

他恍然大悟，原来他的妻子要等的人就是他啊，他才是妻子藏在心底的西蓝花！

摘自《吴江日报》

图：恒兰

丸子的朋友圈

丸子

过年老爸给我发了 888 元的红包，内心满满都是感动啊。

领完红包，老爸发来信息：“红包收到了吧？”我说：“收到了，谢谢老爸。”

老爸又问：“截屏发朋友圈了吗？”我说：“发了。”

老爸又问：“你妈点赞了吗？”“赞了赞了。”我高兴地回答。

结果老爸说：“那就好，把红包还给我吧。”

这是亲爸吗？

王大脸真的不是女汉子回复丸子：不是亲爸套路不会这么深，和我男友一样抠。想来想去要和他分手，就给他发了条短信：“我们不合适，分手吧。”

等了好几天也没有回我。月底过去了，忽然收到一条信息：“亲爱的，上个月没有短信套餐了，你为什么要跟我分手？我为你什么都可以做的！”

这还不是最扎心的。我心一软就跟他复合了。想着过年了去见爸妈要打扮下，就让男友去配隐形眼镜。走出眼镜店他各种激动，感慨世界清晰了，然后突然回头看了我一眼，淡淡地说了句：“还是分手吧。”

哲学系二师兄

春节回家，我坐在价值上千万的车上，却丝毫没有幸福的感觉。司机全神贯注地开着车一路飞奔，我无心欣赏沿途风景，心思浩渺，思绪万千：人活着到底为了什么？财富有这么重要吗？台湾何时回到祖国的怀抱？我们国家什么时候能

就是爱历史（古巴比伦）12. 两河流域的学校的培养目的是什么？

重回世界之巅？自己是不是太操之过急了？

正沉思着，广播响了：“亲爱的旅客朋友们，靠山屯到了。”哦，差点坐过站了。

快递员小马：师兄，春节回来上班拿下你的快递哈。哥们我春节倒真的买车了。心想，这买车不是小事，要问问清楚吧。我就说：“这车百公里加速需要几秒，减震效果怎么样，扭矩多大，要多久保养一次，每次保养大约多少费用，油耗呢？……”还没等我问完，店员就骂开了：“滚！你不知道自己要买的是自行车吗？！”唉，这服务，好扎心。

金融小王子刘思聪

前几天在超市碰到前女友在收银，我惊讶道：“当初为什么要编谎言离开我？你的高富帅呢？”前女友说：“别打扰我工作行吗？我怎么骗你了？我临走时不是说了吗？我跟着他什么都不用做，只管收钱……”

哲学系二师兄回复金融小王子刘思聪：好怕春节回家老妈逼婚，就想向女神表白下试试，结果女神回复：“You don't know love far high.”我猜她可能是失恋了，趁此时机，兴许就成了。问她到底什么意思，她回复：“法海你不懂爱。”

大老板张富贵

过年了，说点温暖的。昨天老婆跟我说，咱们儿子还是比较孝顺的，他说年终考试分数出来了，如果他告诉我们，就会一家人伤心，如果不告诉我们，就他一个人伤心，为了不让我们伤心，他一个人承担所有伤悲得了……好感动。

丸子：现在的小孩套路好深。昨天表弟来我家玩，老爸在做饭，厨房里面没盐了，然后就给了表弟十块钱：“去看看对面超市有盐没！”过一会儿表弟回来了，手里拿着刚买的可乐和一些吃的说：“我看了，超市里有盐。”

跟小编一起做游戏，拿起你的手机扫一扫，看看你是丸子朋友圈里的哪一位。

徐采购投宿奇遇记

@燕垒生

出差投宿

某地有个采购员，姓徐，旁人都习惯叫他徐采购。二十世纪七八十年代，出行不便，而采购员却是要到处跑，这在当时也算是难得的走南闯北、见识广博的人物了。

有一年夏天，他出差去浙江某小镇，天晚投宿，招待所却已经满了，于是只好另想办法。找了半天，见一个弄堂口写着“内有住宿”，进去一看，却见门口挂着个“红卫浴室”的牌子。原来那个时候，公共浴室一到夏天歇业时就承包给私人。那些承包人很能想生财之道，白天放录像，晚上改成大通铺，给过路人一个便宜的歇宿地点，这个红卫浴室多半便是如此。徐采购以前根本不想住这种地方，但现在实在没办法，便进去交了钱，想着对付一宿再说。

管浴室的是个老头子，年纪虽老，精神却好，收了钱后给了他一个号牌，让他把号牌带在身边，然后领着徐采购进去。到了里面，徐采购大吃一惊。按理说，当时的浴室地方小，里面没有空调，顶多有台电风扇，床又是大通铺，人多了便热得受不了。汗味聚在一起还有

12. 答案：培养文士。

种恶臭，要是再有人抽烟，搞得乌烟瘴气，投宿者肯定不会舒服。但令人没想到的是，这浴室却用竹帘子把房子隔成了一小间一小间的，每间里都设有一张竹榻。老头子说，因为人挤，所以睡下后不要乱走，厕所在后面，还可以冲淋浴。

徐采购因为很累了，躺下就睡。到了后半夜，他觉得有点尿急，就起身上厕所。因为隔了很多竹帘子，光线很暗，他睡意沉沉地绕着过道走了好一阵才到了厕所里。上完厕所，他睡眼蒙眬地往回走，走了一段，隐约看到前面有张竹榻，榻上有个帆布包，正是自己的东西，便倒下继续睡。

阴差阳错

睡了没多久，突然觉得有人推着自己，叫道："喂，你哪儿来的，怎么睡我铺上了？"

他吃了一惊，睁眼一看，却见面前有个光膀子的彪形大汉圆睁怪眼看着自己。天还没亮，这一下把徐采购吓出一身冷汗。只是就算有剪径的强人也不至于来浴室剪径，于是，他壮起胆道："我的铺就是这儿的。"

那彪形大汉说："这是我的铺啊，你看包也是我的，上面还有'为人民服务'五个字呢！"徐采购定睛一看，那帆布包上果然有这五个字，那包并不是自己的。

这时他才发现，自己睡的竹榻边上并不是竹帘，而是一些木板壁。他那帆布包里带着不少钱，是此行的公款，徐采购顿时急出了满头大汗，急忙跑出去找自己的铺。一出去，他更加吃惊，原来这里是几间小木板屋，而且外面尽是合抱粗的大树，明明是个山坳，哪里是那红卫浴室？

这时，那大汉走过来道："兄弟，你到底出了什么事？"

徐采购见他看似凶狠，其实倒是彬彬有礼，便对他说自己刚才还睡在红卫浴室里，怎么上个厕所就跑这儿来了？那红卫浴室在哪里？

大汉笑着说："深山老林哪有什么红卫浴室？我们都是护林工。"

徐采购越听越不对，他去的那个浙江小镇连山都没有。于是他便问那大汉这是哪里，大汉说这儿是安徽五河县。这下子徐采购彻底蒙了，一下子瘫倒在地。

那彪形大汉倒也慌了神，扶起他道："兄弟，你有什么难处就说，别死在这儿。"

徐采购半晌才回过神来，哭说了自己的事。

大汉一开始也不信，但见徐采购只穿了个背心裤头，这儿又是个偏僻地方，就算他是梦游，也不可能梦游那么远的路。大汉就安慰徐采购说："你别急，我帮你问问老妖看。"说着带着徐采购去敲另一间小木屋的门。

老妖解惑

半天，小木屋开了，一个干瘦的老者打着哈欠出来："大个子，你号丧啊。"

等大汉说了徐采购的事，老者看了看，说："把那牌子给我看看。"

徐采购把牌子给他，老者一边看，一边嘴里"唔唔"了几声，半晌道："兄弟，你是走错路了。"

走错路也不会错成这样十万八千里，徐采购实在不明白老者的意思，便道："可我躺下还在浙江，一睁眼就在安徽，这是怎么回事？"

老者笑了起来，说："那人是用了长房术，好多安排些客人住。本来也没事，只是你上完厕所洗了洗手，手是湿的，捏在号牌上，结果就岔了路了。"

虽然听不太懂，但看老者的意思似乎有救，徐采购福至心灵，说："老大爷，求你救救我，我这趟是给厂里跑采购的，要是丢了公款，这一辈子也算完了。"

老者说："放心吧。不过兄弟，你也要答应我一件事，回去后就当这事没发生过，别为难那管浴室的。"

见徐采购答应了，老者便从房里拿出几炷香来，用香灰在地上撒了个圈，让徐采购走到里面，嘴里念了几句。徐采购眼睛一眨，便觉面前又是一排排竹帘子了，正是在那红卫浴室里。

现在徐采购睡意全无，连忙找到自己的铺位，那装着公款的包还在，里面什么都没少，他这才长吁一口气。这一晚他也不敢睡了，天一亮就赶紧走了。

这件怪事徐采购一直藏在心里。后来听人说，那两个老头子一定都会费长房的缩地术。

费长房，东汉汝南人，据说其异能之一就是会缩地术，用现代话说更似一种折叠空间的异能。

徐采购后来去找过，红卫浴室早已关门，老头子也不知去向。安徽五河县那边，更是连那老者和大汉的名字都没有，哪里还能找到，想谢都没办法谢。

彩绘叶子摘自《奇谭怪事录》中国测绘出版社

图：豆薇

就是爱历史（古巴比伦）13. 古巴比伦最著名的神话故事是什么？

毕业典礼上闪闪发亮的
非洲同学

@郑乔尹

我的非洲同学包卜来自中非，皮肤黑得发亮，牙齿、眼睛也很亮，站在太阳下时，整个人闪闪发亮。重要的是，他喜欢发亮的东西。

包卜不止一次地对我说："今年放假回中国不？给我带一样东西。"

我问："什么东西？"

"太阳镜，BOSS牌的太阳镜，最好镶金边的。"

我纳闷："去中国买？"

"我的意思是，帮我带副水货。"

我没理他。次年，包卜又问我："这个假期回中国不？帮我带一样东西。"

我问："什么东西？"

"手表，劳力士手表，最好是金色的。"

我白他一眼："带水货被海关查到会罚死的，不带。"

毕业前，他又问我要"金光闪闪"的东西。我觉得不了他一个心愿仿佛对不住他，于是，就托国内的朋友买了副"闪闪发亮"的廉价太阳眼镜。我把不知哪里弄来的BOSS商标再贴上那副太阳眼镜，于是，一副"闪闪发亮的BOSS牌太阳镜"就此诞生。

几年同学，毕业前夕我送太阳镜给他做毕业礼物。包卜很开心，觉得我非常讲义气，拍毕业照时都执意要站在我身边。

照片上的他戴着闪闪发亮的太阳镜，露着一口闪闪发亮的牙。

我问过包卜："我也喜欢你家乡那些闪闪发亮的东西，比如钻石啦，黄金啦，有空可否给我捎几公斤过来？"

包卜说："等我发财后肯定给你捎过来。"他扬扬手里的毕业证书，"这个比钻石还不容易得到。你已经拥有比钻石更珍贵的东西。"

连话都说得那么闪闪发亮，这些留在以后用来回忆，也会闪闪发亮的。

心香一瓣摘自《浮年锦记：巴黎2555天》
中国华侨出版社

谁是《西游记》中武力值“一哥”

@佚名

看到这标题，肯定很多人都会认为，孙悟空一路斩妖除魔，护送唐僧历经九九八十一难，最终来到大雷音寺，取得真经，是绝对的一哥啊！反观好吃懒做的猪八戒，一路上除了对高老庄的媳妇念念不忘之外，更是对各式妖精变的美女毫无抵抗之力，到最后通常都是“师兄，救我”。这样看来，孙悟空是当之无愧的“一哥”。不过，今天我们却要说，这“一哥”可能要换人了。

如果你读过《西游记》原著，是否记得在唐僧师徒重返灵山、接受如来佛祖敕封时，猪八戒有一句话：“他们都成佛，如何让我做个净坛使者？”看起来，他对自己的封号有些不满。

八戒口中的“他们”，表面上指的是唐僧与孙悟空，实际上仅仅说的是孙悟空。

对于师父唐僧成佛，可以料定，猪八戒没有半点意见。

只因所谓的取经行动，本就是如来佛祖为自家二徒弟量身打造的一场功德秀。在真假美猴王故事中，

13. 答案：《埃努玛·埃立什》。

沙和尚说得好，就算别人拿了行李，得了通关文牒，走到了灵山，如来佛祖也不会传经。

早在五百年前如来佛祖降伏孙悟空时，就暗示五百年后唐僧将成为取经僧，完成传经东土的宏图伟业。

唐僧若不能成佛，那真会让三界仙佛大跌眼镜。

猪八戒不满的是孙悟空成了佛，他比俺老猪强在哪里呢？

孙悟空乃是花果山猴妖，靠着误打误撞得到了太白金星推荐，当上了御马监。之后嫌弃官小，动辄拍桌子骂娘，领导们为了维持天庭仙官队伍的和谐，就封孙悟空做了一个有名无实的齐天大圣。孙悟空不好好管理他那蟠桃园，却监守自盗，大肆鲸吞蟠桃。为躲避天规戒律，孙悟空假称没受到邀请，大闹蟠桃会，最终被如来佛祖镇压在五行山下。

猪八戒虽也是猪妖出身，可修习的是三清正统道法。修成天仙后，玉帝亲自派出仙官下界迎接。凌霄殿上，猪八戒大展神威，赢得万仙敬重。玉皇大帝亲口加封猪八戒为掌管八万水军的天蓬大元帅，赐给天庭神兵九齿钉耙。论级别，水军大帅堪比齐天大圣；论实权，猪八戒更甩孙悟空一条街。

大家会说孙悟空一路降妖除魔。实际上，唐僧师徒大大小小遇到了数十个妖王，真正死在孙悟空手上的也是数得过来的几个，分别是：白虎岭上的白骨精、金角银角的干娘狐狸精、盘丝洞中的蜘蛛精、七绝山上的蟒蛇精，还有真假美猴王故事中的六耳猕猴。

可是，人家猪八戒打死了多少妖怪呢？黄风岭前猪八戒一耙子打死了虎先锋，莲花洞外打死了金角的干舅舅狐阿七大王，摩云洞中杀死了牛魔王的小老婆玉面狐狸，碧波潭下一耙杀死万圣公主，荆棘岭上猪八戒把杏仙、拂云叟等六个树精全部打死，隐雾山中八戒又打死南山大王豹子精。

论杀死妖王总数，猪八戒比孙悟空分毫不差，论山头数，猪八戒还多出一家。

可是，在评定功绩时，如来佛祖只是说：“猪悟能，汝本天河水神……因汝挑担有功，加升汝职正果，做净坛使者。”

猪八戒那些降妖大功，被佛祖一笔抹杀，只剩下挑担这点功劳。这怎能让猪八戒服气？

郭旺启摘自《人生十六七》

图：小栗子

战场上的“意外”发明

@江　南

阻止士兵用袖子擦鼻涕：军衣纽扣

1796年4月，拿破仑率领远征军向意大利进发。他以惊人的胆识，出其不意地率军越过了“天险”阿尔卑斯山，轻松地击败了奥地利。

打了大胜仗后，拿破仑高兴地检阅参战部队。可他发现，许多士兵的衣服袖口很脏。原来，在翻越阿尔卑斯山时，因山上气候寒冷，许多士兵被冻感冒了，经常流鼻涕，但身边又没有什么东西可以拿来擦鼻涕，只好用袖口当手帕。拿破仑认为，这么脏的衣服实在有损军威，便同军需官商量出一个办法：在军装的袖口处钉上一颗铜钉。这样，用衣袖擦鼻涕就不那么方便了。果然，这种办法挺奏效，士兵们很快改掉了用衣袖擦鼻涕的陋习。

后来，拿破仑给士兵们配发了手帕，并下令拆掉这颗铜钉。但一位军官从中受到了启发，认为将纽扣缝到袖口处，可以减轻袖口因接触桌面而产生的磨损，同时也比较美观、新颖。于是，法国军官的军装袖口处都缝上了纽扣。

伙夫头顶一口锅：钢盔

1914年的一天，第一次世界大

战的炮声撕碎了整个世界的宁静。德国军队向法国军队发起了猛烈攻击，无情的弹雨倾泻在法军的阵地上，硝烟弥漫，血肉横飞。

这天上午，有一个法国士兵正在厨房里值日。忽然，无数颗炮弹劈头盖脸地打来。他急中生智，顺手把一口炒菜用的铁锅扣在头上，从厨房冲了出去。战斗结束后，他的很多同伴都被炸死了，而他虽身上多处受伤，但因头上有铁锅保护，奇迹般地活了下来。

当法国将军亚德里安到医院慰问伤病员时，听说阵地上只有那个在厨房值日的士兵一人生还，便问他是怎样脱险的。听了士兵的讲述后，亚德里安让后勤部门进行研究。就在那年，一款可以防炮弹碎片的金属头盔诞生了，并被命名为“亚德里安头盔”。

第一次世界大战结束前，美军和英军都陆续装备了这种头盔。从此以后，军用头盔风靡各国军队。

猪拱土带来的启示：防毒面具

1915年4月的一天，春风和煦，天气晴朗，德军与英法联军在比利时交战正酣。下午五时许，枪炮声突然停止了，一堵约一人高的“黄色烟雾墙”从德军的战壕里升起，并随风飘向英法联军的阵地。

面对这突如其来的奇怪烟雾，英法士兵们不知所措。闻到这种有强刺激性怪味的烟雾后，士兵们开始打喷嚏、咳嗽、流泪不止，有的窒息倒地，有的丢下武器，逃离战场。跟在烟雾后面的德军没有遇到任何抵抗，便一举占领了英法联军的阵地。

将大规模化学毒气用于战场，这是有史以来的第一次。据史料记载，此次战斗英法联军死伤惨重。与此同时，生存在该地区的飞禽走兽也有大量伤亡。然而，奇怪的是，这个地区的猪却安然无恙。

这个“奇迹”引起了科学家的极大关注。经研究，是猪喜欢用鼻子拱食的本能起了作用。猪的嗅觉非常灵敏，当毒气袭来时，它们便拼命地用鼻子拱地，把长长的鼻子插进泥土里，是这种本能才使它们幸免于难。

科学家进一步试验后发现，泥土具有一定的过滤毒气的作用。于是，他们仿照猪鼻子的形状，制造出了防毒面具，并在里面装上颗粒状的活性炭，用以过滤毒气。猪鼻形防毒面具一直沿用到今天。

司志政摘自《幽默与笑话》

图：陈明贵

南方同事和北方同事，谁更难相处

@字媒体

俗话说
找工作最重要的就是跟对老板
南方老板的办事风格是这样的

Mary你这个idea我真的不care
but字体给我用四号雅黑好吗？
我们是international企业
注意细节，OK?

而北方领导(特别是国企和事业单位)的
口头禅则是：

小丽啊，
方案差不多就行
饭店订好了没？

一定得是那个
仙客来包间啊，
那个气派！

我办公室里藏
的那瓶好酒，
别忘了带来！

哎，哎！
先不说了，
我捏捏脚，
先把酒醒醒……

文字君の爱宠 丧宝 性别男

跟着细（shi-er）致（bi）的南方领导需要强大的心；跟着北方领导倒是省心，但混酒场先得有个强大的胃。

14. 答案：汉谟拉比。

朝九晚五搬砖摸鱼，
无聊的办公室节奏不分南北方，
每天最让白领们开心的事莫过于

吃！午！饭！

跟南方同事约饭，
是件幸福的事；

跟北方同事约饭，
是件难以描述的事。

今天冬至，
我带了我外婆做的糯米团。

我也带了！

今天冬至
中午……

你别说了，
我已经叫外卖了。

南方同胞强烈diss春晚名言
“今天大年三十儿
家家户户吃饺子”
北方人也委屈，
我们口味也很丰富的好吧？

在饮食习惯趋同的今天，
能吃到一起并不难，
能聊到一起，
才是办公室人际关系的核心。

相对来说，
离政治中心更近的北方人，
更喜欢讨论点儿民生话题。

想要处好同事关系，
钱上的事千万不能含糊，
检验南北方同事的终极标准：
就是

饭！后！结！账！

一共195，
一人97.5对吧？
直接红包你好了。

你千万不能和南方人含糊，
就像你千万不能和北方人客气。

南方多独立，北方重人情，
求同存异，入乡随俗。

平平常常摘自微信公众号字媒体

到站下车

@周晓文

（文中有五处差错，你能找出来吗？答案在本期第 64 页）

因为买下看中的一本书，满墩第一次没有回家的路费。

为什么不逃一次票呢？就算列车员查到自己没买车票，但看到自己这穷苦学生的装束，应该会放一马，哪怕下次坐车再补上。

偏偏那么巧，列车刚开出一会儿，列车员就开始查票了。满墩望着地面，不敢抬头直视，嗫嚅着吐出几个字：“我……没买票。”

“没买？那好，补票吧。”

“我……我没……钱了。”因为紧张，满墩额上沁出了细蜜的汗珠，说话也囫囵起来，“我……我下次补，好吗？”

“下次？说得轻巧！这次逃了票，我看你下次还准备继续逃吧？”顿了顿，那个尖嗓音再次响起，“说吧，到哪儿下车？”

“界牌……哦不……义堂。”满墩暗忖，还是提前在义堂下车算了，剩下的路程，再步行回去。

“哼！你先在这待着吧。”列车员说完，不管不顾转身离去了。

列车“哐当哐当”行驶着，敲击着满墩的心斐，让他心绪难安。

义堂站到了。那位列车员过来打开车门。满墩小心地看了列车员一眼，擒着书包和米袋，打算下车。不料列车员喝住了他：“不能下！你不是想逃票吗？不给点惩罚，你是不会长记性的！我让你什么时候下，你再什么时候下！”说完，“哐”地关闭车门，扬长而去。

满墩呆愣在那里，他两眼盯着窗外，却目光空洞，脑子也乱成一锅粥，似乎陷入一个漆黑的暗洞。

不知什么时候，列车摇晃了一下，又停了。列车员打开车门。满墩依然一动不动杵在那里。列车员却发话了：“你，现在下车。”

满墩似大梦初醒般，拎着书包和米袋，步履踉怆地下去了，抬眼一看，映入眼帘的站牌——界牌店。

身后，列车员一声叹息，常年跑这趟车，这个身影她并不佰生，早知道这孩子是到界牌店下车的。

巴梨摘自《羊城晚报》

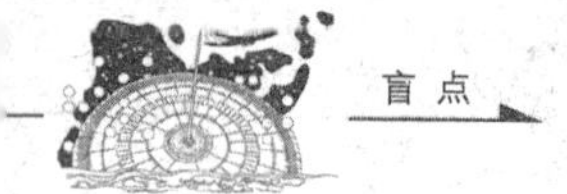

花样作死朱高煦

@苏莉安

第一作：横行不法，锤死徐野驴

朱棣的儿子中有两个最有希望继承皇位：长子朱高炽是个体弱多病的胖子，但心地仁厚；次子朱高煦武勇过人，在靖难之役中立过战功，原本最受朱棣宠爱，但此人实在太骄纵蛮横，朱棣最终权衡之下还是立了朱高炽为太子，朱高煦被封为汉王。

汉王的封地原本在云南，朱高煦不肯去，嫌那地方偏僻，朱棣又把他封到青州，他又嫌穷。结果忙于国事的朱棣没工夫搭理他了，就让他在南京赖了下去。

而且朱高煦软磨硬泡，把皇帝的亲军“天策卫”要来当了自己的护卫。因为唐太宗李世民当初被封为“天策上将”，朱高煦出门时就得意扬扬地跟别人夸耀：“哎，你看看本王，像不像唐太宗啊？”

人人都知道，唐太宗是干掉了自己父兄才当上皇帝的，现在你爹还活着，你自比唐太宗是什么意思？这不是作死吗？

朱高煦还派人盯着那些跟太子朱高炽走得近的大臣，进谗言陷害他们，不少人因此入狱甚至冤死；他还私下招募三千兵士，四处横行不法，其中有几个士兵抢劫财物时被兵马指挥徐野驴逮住了，朱高煦居然一锤把徐野驴的脑袋开了瓢。

朱棣北伐后回到南京，听说了朱高煦的所作所为，勃然大怒，差点废掉他的王位贬为庶民。还是太子朱高炽不计前嫌为他求情，才改封到山东乐安。

就这样，朱高煦坚持不懈地作死，把自己从皇位的候选人中彻底

15. 答案：将一年分为12个月，一昼夜分为12时，一年分为365日。

作了出去。

第二作：篡位谋反，谋刺登基王

几年后，永乐帝驾崩，朱高炽顺理成章地身登大宝，就是后来的明仁宗。但这个心地善良的胖皇帝仅仅十个月后就因病去世，这又让朱高煦蠢蠢欲动了起来。

当时太子朱瞻基人在南京，而皇帝即位在北京。朱高煦打好了算盘，自己的封地乐安正好在南京通往北京的路上，只要派兵截住北上奔丧的朱瞻基，干掉他，然后自己就趁乱进京登基。

朱高煦布好了埋伏。左等，朱瞻基没来。右等，朱瞻基没来。再等，从京城传来消息，朱瞻基已经正式即位，年号宣德。

把自己从王子等成了王爷，又等成了皇叔，朱高煦当时就崩溃了，于是一跺脚，继续推进他的作死之路：那就真反了吧！

想造反当皇帝，最好的方法是里应外合，攻破京城。朱高煦想到了自己当初靖难之役时的老战友——英国公张辅，于是派使者联络张辅，想要他做内应。张辅也不含糊，当晚就把使者绑了交给皇上。

朱高煦在选盟友方面也充分体现了一个蠢人要作死时，实在是没人拦得住。

得知造反讯息之后，朱瞻基八月八日决定御驾亲征。八月二十日，大军团团围住乐安城，一顿神机铳

箭射上城头，吓得城内军民魂飞魄散。朱高煦见大势已去，第二天就灰溜溜地出城投降，跪在地上磕头："臣罪该万死，请陛下发落。"

第三作：无礼冲撞，顶缸作大死

按说谋反是杀全家的大罪，群臣也纷纷上表要砍了朱高煦，可宣宗皇帝和他爹一样心软，也不想刚登基就大开杀戒，于是在西安门内盖了间宅子，把朱高煦父子软禁了起来。身为一个叛国的王爷，不砍头、不发配边疆、不进天牢，这也算是最好的结局了吧。不，就算到了这地步，朱高煦仍然发挥着他生命不息、作死不止的本色。隔了一段时间后，明宣宗朱瞻基想起了这个让他糟心恼火的叔叔，就来看望他。

按说这时朱高煦应该跪谢不杀之恩，刚烈点的话可能会求赐死，如果还有野心，可能会趁机刺杀皇帝然后夺门篡位，就跟日后的明英宗一样。

可正常人不会理解作死之神的境界：不知两人哪句话说得不对味了，朱高煦忽然来了一记扫堂腿，把侄子皇帝给绊了个跟头。

朱瞻基脾气再好，也没法忍受了。但他毕竟不想动刀子，就吩咐侍卫搬一口铜缸来把朱高煦扣在里面。

要是朱高煦老老实实待在缸里，等皇上气消了可能还会留下一条命。

他这辈子还要作最后一回死。

朱高煦顶起了这口三百来斤的大铜缸，扮演着钢铁侠在屋里摇摇晃晃地横冲直撞。

朱瞻基再也看不下去了，下令在缸上堆满了柴草木炭，点起火来。

一代作死之神终于死得其所，在铜缸里被烤成了焦炭。如他所愿，最后真的死了，死得不能再死了。

杨子江摘自《视野》

图：小栗子

《到站下车》参考答案

1. 细蜜——细密
2. 心斐——心扉
3. 擒着书包——拎着书包
4. 踉怆——踉跄
5. 佰生——陌生

就是爱历史（古巴比伦）16. 限制古巴比伦王权的最有势力的群体是什么人？

你是来搞笑的吗

@小岩井

小腹姐是我姐的一位同事，每次一起吃饭聊天，听她说话讲故事就会不敢喝水，因为她冷不丁来两句就会让人捧腹大笑。

所以大家都笑称小腹姐，不知道的人往往以为她姓傅，每次客人一喊傅小姐，全场憋笑。这次吃饭的时候，小腹姐标志性的开场又来了："上周我去相了一次亲。"

全场都兴奋了，眼睛发光盯着她，充满听相声的期待，停下了杯子，摸好了肚子准备听段子——

我老娘这次竟然给我拉了个浙大博士，还是我最恨的物理学博士。当年老娘物理学及格的次数一只脚都能数出来，我想好嘛，因果轮回，当年对物理课的怨气总算有个归宿了，哼哼。相亲在一家咖啡馆，博士先生早早坐在那边，我远远那么一瞥，哎呦，真是真人不露相啊，坐着沙发椅子都能把头挡住了，这得有多矮啊，看来在物理学博士面前我果然是抬不起头的命吗？坐下来定睛一看，哎呦，长得倒不抽象，就是想抽两下。你们看过周星驰的《功夫》吧，就是里面电车上那个眼镜仔的形象，金框眼镜扑克脸，前额露出，头发后梳，一脸我是精英服不服的样。

你完了，我心想，老娘今天不让你吐血三升而回就跟你姓！

一坐下，那人清清嗓子说，你跟介绍人描述的不太一样哈。

难道她跟你说我温柔娴淑岁月安好，是一朵散淡的女子吗？

那倒不是哈，就是说你有些胖，我看不胖啊！

这话倒挺受用的，不管他是不是真心，但我是抱着炸碉堡的目的来的，怎么能给他正面回应，马上说，你觉得不胖是因为眼睛重点放错了吧！

博士一口老气差点呛死。

好不容易平静下来，咖啡馆的人都偷瞄了过来窃笑不已。

那么，你平时都看什么书呢？

脸书。

脸书？

Facebook，你不知道啊？

Facebook 是书吗？

Book 不是书吗？

这不一样吧。

金鱼是鱼吗？

是，等等……

斑马是马吗？

是，不过……

熊猫是猫吗？

是，啊不是！

哈哈哈，逗你玩呢，放轻松。

博士被逗出一身冷汗：有没有纸质的、正常的书？你懂我意思。

有，那必须的，我一看就是文艺女青年是不。像什么弗洛伊德的《梦的解析》，亚当·斯密的《国富论》，《时间简史》《顾城的诗》《金刚经》什么的我都看过……

博士一下眼睛冒光了：《时间简史》这种物理学的你也看？！

对，一视同仁，全都只看过封面，没看里面。

博士一下脸就囧住了，苦笑说：你真幽默。

对了，听说你现在是教授？

博士一下又散发光彩了，笑说：副教授，副教授。

你们系怎么样？

喔，学生都很聪明可爱，跟我关系也不错哈。

有女生吗？师生恋什么的多带感啊！

没，物理系本来女生就不多哈。

喔，所以才没有女朋友吗？

那倒也不是，我是读书的时候太专心学习了，没有那心思，我很热爱我的专业，很有乐趣。

这话的意思，

16. 答案：祭司。

是不是说如果你有心思谈就会有女朋友？我也常说如果我想减肥就能瘦呢。

博士憋了半天不知道说什么了。

放轻松，放轻松，别搞得跟面试似的。话说你真的没谈过恋爱？

这个，看你如何定义恋爱了，如果恋爱是指双方在情感上曾有过相互作用力，那是有的。

那你们为什么没在一起呢？

我们对于一门学科技术的发展有分歧，于是她去了别的实验室。

我去，学霸的世界真可怕。那如果我跟你在一起，我喜欢吃辣你喜欢吃甜就要分手了？

其实，我也喜欢吃辣。

我说如果！

那你吃辣的我吃甜的，这又没关系。

那我做的菜全是辣的呢？

其实我比较擅长做饭，也喜欢做饭。

嗯？

嗯。

好吃吗？

好吃。

真的好吃吗？

我打工的时候还做过厨师。

那个，你什么时候来我家做饭？

博士扶着的眼镜都掉下来了：那个，你是在搞笑吗？

故事说到这，大家已经笑成一团了。小腹姐淡定地喝着红酒，说："到这了，你们可以喝酒了。"

我们笑着讨论着内容，这时小腹姐的电话响起了："嗯嗯，好的，什么电影？《地心引力》。听说不错。对了，你要再敢看电影跟我讨论物理问题我就抽你！好的，等我一会儿，马上来。"

在大家一片震惊的眼神注目礼下，小腹姐淡定自如道："对了，没讲完。然后我对他说，你脾气很好很贤惠，本姑娘很中意你，你要愿意就给我做饭，不愿意咱各回各家，我不是来搞笑的，我是来找对象的！"

大家反射弧一下都反应不过来，但随即便是一片欢呼，掌声祝福，这结局太出人意料了！

以为是个单纯的喜剧，没想到还是个反转剧！

收拾完东西小腹姐出门时回过头，说了最后一句："突然想起，那二货跟我同姓！"

摘自《愿你的选择配得上你的苦》

江苏文艺出版社

图：小黑孩

就算穿越回古代，你还是会被中华田园高数题虐哭

@文字君

2015 年湖北省高考数学考卷上，出现了一道十分炫酷的数学题：

斜解立方，得两壍堵（qiàn dǔ），斜解壍堵，其一为阳马，一为鳖臑（biē nào），阳马居二，鳖臑居一，不易之率也……

考生们看到这道出自《九章算术》的几何题，立刻进入了大型懵逼现场，为什么数学题里面还会出现文言文？

我是考数学还是考语文？什么叫“鳖臑”？出题老师咱能别闹了吗？其实知道了这道题里的生僻词，就会觉得很简单了。

“壍堵”：两底面为直角三角形的棱柱；

“阳马”：底面为长方形，两个三角面与底面垂直的四棱锥体；

“鳖臑”：三角锥体。

怎么解题就不用文字君多说了吧？

如果你就此觉得古代数学题都这么晦涩难懂，那就真错了！这样的“鳖臑”题只是少数，大多数古代数学题一出场，绝对萌爆你的小心心！

一

比如说同样出自《九章算术》的这道题：“今有垣厚五尺，两鼠对穿，大鼠日一尺，小鼠亦一尺，大鼠日自倍，小鼠日自半。问：何日相逢？各穿几何？”

这道题很容易懂：两只老鼠以每天一尺的速度对穿一堵五尺的墙，大老鼠力气大，每天速度加一倍，小老鼠后劲儿不足，每天速度减一半，问它们什么时候能遇见，各自穿墙多少尺？

两只小老鼠排除万难只为见一面，可以说是鼠鼠情深了，对高中生来说这道题一点都不难。

二

如果你连这道题都不会做，那就只能建议你试试小学时候就开始做的“鸡兔同笼”问题，这种荼毒过每一个人的题同样是古人发明

就是爱历史（古巴比伦）17. 古巴比伦文明一共创造了文明史上几个第一？

的，在距今一千五百多年前的《孙子算经》中，就有这么一道："今有雉、兔同笼，上有三十五头，下有九十四足，问：雉、兔各几何？"

雉就是野鸡，剩下的不用多解释了，这道题该怎么解呢？

文字君这里告诉大家一种"贱兮兮"的方法：假设笼子里的两种小动物每只都伸出两条腿，小鸡就会"扑通"一下摔倒在地，用两条腿站着的只剩兔子，也就是：94−35×2=24。那兔子有多少只呢？24÷2=12只，小鸡当然就是35−12=23只啦。

三

被古代数学家折腾的小动物还有羊，明代数学家程大位的著作《算法统宗》里，就有一道和羊有关的题目："甲赶群羊逐草茂，乙拽肥羊一只随其后，戏问甲及一百否？甲云所说无差谬，若得这般一群凑，再添半群小半群，得你一只来方凑，玄机奥妙谁猜透。"

一个牧羊人赶着一群羊，有人牵着一只羊从后面跟来，问牧羊人："你这群羊有100只吗？"

牧羊人说："如果我再有这样一群羊，加上这群羊的一半，再加一半的一半，连同你这一只羊就刚好满100只。"

这道题虽然看起来好烦，但其实并不难算，最后算出来牧羊人甲一群羊有36只。你也可以动手算一算！

四

甚至就连唐代诗人李白大大，都是古代数学题里面被编排的对象，谁让他那么喜欢喝酒呢？

有一道民间流传的数学题是这么说的："李白街上走，提壶去买酒，遇店加一倍，见花喝一斗，三遇店和花，喝光壶中酒，原有多少酒？"

这么简单直白的题目不用文字君多解释吧？

解法也不算难，列个方程就行啦：

设壶中原有x斗酒

一遇店和花后，壶中酒为：$2x-1$

二遇店和花后，壶中酒为：$2(2x-1)-1$

三遇店和花后，壶中酒为：$2[2(2x-1)-1]-1$

因此，有关系式：$2[2(2x-1)-1]-1=0$

解得：$x=7/8$

也即是说原有7/8斗酒。

刘振摘自微信公众号字媒体

我爷这老头实在太坏了

@少林修女

我对我奶赐予我爷的日常谩骂早就习以为常麻木不仁，从未加以深究。只觉得我爷是脾气好而已。两人一个愿打一个愿挨。偶尔对我爷的遭遇稍感同情，但也是一闪而过。有次灵光闪现，对我爷奶行为感到纳闷。不纳闷则已，一纳闷，一观察，一回味，一分析，我猛然发现，我爷这人有很大问题。

他对我奶的种种忍让，逆来顺受，经过我的观察分析，终于发现了其中大有问题。废话不说，直接举例。

例一：示以低能，故意“使坏”

昨天早上，我爷正看报纸。我奶突然下旨，令我爷去浇花。我爷端坐窗前，不为所动。数分钟后，旨令再次从厨房传来。我爷依旧装聋作哑。三遍之后，一道人影从厨房跃出，手提喷壶愤然指向我爷：“我喊你多少声了你没听见啊？痛快儿给我浇花！把壶给我腾出来，我还要装淘米水呢！快点！”

我爷不动声色，缓缓放下报纸，缓缓起身，缓缓摸向喷壶。我奶跺脚怒吼：“咋这么能磨叽！赶紧的！”我爷终于将喷壶接过。

随后奶方迅速赶回厨房忙碌。

爷方手拎茶壶，一把把壶掀个

17. 答案：27 项。

底朝天，满壶淘米水全倒进了面前的一盆陈年大君子兰里。

我在一旁冷眼旁观：老头，你这是作死啊。

五分钟之后我奶来验收，此时满满一壶水渗入君子兰盆底，过量水分从漏水孔里哗哗外流，花盆像失禁一般尿满窗台，窗台边上数条水线坠落地面。

我奶二话不说，暴起发难。

"一天天早上就在那闲着！让你浇个花叫个好几遍！支使不动你不说，你是不是老年痴呆啊你！我让你浇花，我那一大壶是让你把花全浇了！你给我把我君子兰灌死了我整死你！你看这地上让你祸害的！你擦啊？！干啥啥不行！祸害人一个顶俩！"

同时我奶自言自语骂骂咧咧地擦干窗台，我帮忙擦了地面。骂完与擦完之后我奶重新灌满一壶淘米水，自顾自浇起其他花盆。边浇边用喷壶指责我爷："干啥啥不行！以后再不用你浇花了。你爱干啥干啥去。"说完浇遍本屋花盆，转向客厅。

奶方走后，我爷重拾报纸，潇洒一抖，继续观看。同时，嘴角浮起一丝旁人难以察觉的似笑非笑。

这一长期被忽略的细节，此刻被在一旁留意的我收入眼中。

例二：曲线救国，钓鱼上钩

我爷很喜欢吃炸刀鱼段儿。我奶很讨厌做炸刀鱼段儿。以往我爷每次提出做炸刀鱼段儿，都免不了被我奶一通臭骂。今天早上，此类场景再次上演。

我爷夹着白菜温和、曲线地问："咱家还有没有刀鱼了？"

我奶："有。"

我爷："都多长时间了。不吃该搁坏了吧。"

我奶喝汤不语。

我爷："要不晚上炸了吃了吧？"

我奶从汤碗上缘射出两道怨毒的目光："我一猜你就这意思。要吃自己做去。"

我爷喝汤不语。

我奶开始了："一天天啥也不干，你那嘴你可不亏着。我天天干这干那还得伺候你。那刀鱼最难整，洗干净费老劲了。嘴巴子跟猫似的，猴馋……"

我爷喝汤不语。五分钟后，我奶骂完了。

双方喝汤不语。餐桌上一片沉默。

我不明就里，过了半天，斗胆

小声问我奶:“那，是做还是不做？”

我奶愤然道 :“做呗！”

我用余光瞟向我爷，老头嘴角再次浮现出一丝难以察觉的人生赢家般的似笑非笑。

总结：忍辱负重，人生赢家

看过上面两例，大家会觉得，懂了，爷方忍辱负重是为了实现自己的某些小目的。

非也。该老头，下的是一盘大棋。

经过近期观察和往昔回忆，我发现我奶对我爷的谩骂，是没有规律的。除像上面举例说明的那种事件性、剧情性、针对性谩骂外，还有很多谩骂，已经到了常人不能理解的无理地步。

比如，我站在窗边，顺手挪了一下花盆。我奶视若无睹。

相同情况下，我爷站在窗边，顺手挪了一下花盆，我奶顿时“啧”一声 :“爪子欠啊？！”

这种情况下，我奶的心情都是很正常的，都是一样的。但一针对我爷，马上语气大变，不骂人不痛快。除睡觉外，半小时不骂我爷，她就闹心。但她并不自知。对所有外人态度如常，一面对我爷，就变成这样。

你们知道这叫什么吗？

在生物学里，这叫条件反射。形成的原因，只有一个解释——是我爷专门培养出来的。

各位看官，知道这有多邪乎吗？我奶这种反射一形成，在不知不觉间，中了我爷日常生活中无数小圈套。我爷表面逆来顺受，结果其实万事如意。最重要的是，我奶现在跟我爷说话已经彻底形成了这种独特的说话模式。不经过四十年的缓慢渗透，其他老头，冷不丁是完全无法接受这种待遇的。

对我爷来说，这女人，就彻底归他了。最绝的是，受控方还觉得自己无限自由，她觉得是自己在骂着你管着你。

这招看官学会没？你想将某人归为已有，就找出对方一个你受得了而别人未必受得了的小缺陷，不断培养将其深化、特征化，总有一天会形成某种条件反射，从而形成一种特定的依赖。你就成功了。

晚辈至此，已无话可说。

摘自豆瓣网 图：恒兰

懒得看文字，
你就听嘛！
扫码进入故事会百宝箱，朗读音频随你听

让你眼前一亮的奇葩专业

@强哥

读一所好大学重要，但更为重要的是，读一个好专业。那，什么专业好呢？本宝宝给你说一些『奇葩专业』，保证会让你眼前一亮，甚至莞尔一笑。

烟花爆竹专业

大过年的，这专业够喜庆，至少能给节日增加气氛和亮彩啊！湖南安全技术职业学院设有这个专业，培养有化工基础知识和安全生产知识，熟悉烟花爆竹生产流程，掌握烟花爆竹安全管理知识，具备一定的行业管理能力，能从事烟花爆竹安全技术与监察高级技术应用的人才。

为配合教学，建议上课期间燃放烟花爆竹。

马铃薯、热干面专业

云南师范大学马铃薯学院目前正在筹建阶段，想必是专业研究马铃薯了。组建马铃薯学院，契合国家粮食安全保障、马铃薯主粮化政策要求。啧啧，土里土气的马铃薯顿时高大上起来！

只有马铃薯学院，孤单不？寂寞不？别担心，这不，热干面研究院也成立了。武汉商学院烹饪与食品工程学院与武汉老字号蔡林记共同建立了武汉热干面研究院。

郑州烩面学院、兰州拉面学院、陕西油泼面学院……都在观望中。

小龙虾专业

江汉艺术职业学院，自2017年起，开展校企合作办学，通过单独招生考试录取，培养普通专科层次的小龙虾产业技能型人才，其中小龙虾专业2017年计划招生150人，专业学名为烹调工艺与营养。

弱弱地问一句：小龙虾供应足吗？谁做得不好，自己吃掉？

米饭学院

福建华南女子职业学院成立的米饭学院，是国内首家设立米饭学院的高校！厉害了，我的姐！听说，米饭学院的成立是一次行业创新升级的突破，是餐饮行业的重大变革，想要传达的社会价值观如下：解放天下女人的双手。

米饭专业期末考是煮一锅米饭吗？不知道为什么，说话间竟然有点饿了的感觉！

马科学专业

2011年，青岛农业大学开设了马科学专业，专业方向涉及马的生产管理、营养与饲料、育种和繁殖、调教与护理、马术基础等方面。想想也挺美的，不用整日泡在实验室，一心把和马儿相关的知识学好，把马伺候好，就可以毕业了。

那些以梦为“马”的小伙伴，是不是该“马上”行动了？

国际管家专业

武汉商贸职业学院开设了这个专业，学习的内容基本上是天文地理，无所不能。红酒、马术、医疗卫生知识、高档家具的使用，都是学生学习的内容。毕业生主要到高档小区当“大管家”，给一些富人当“私人管家”，并提供家政服务。

无论是小区管家还是私人管家，有家可管，也算是专业对口、学有所用啦！

大屠杀研究专业

和前面的小清新小文艺专业比起来，这门学科有些“刺激”。它是由美国克里克大学开设的。这个专业主要研究大屠杀和种族屠杀的历史，学起来可谓相当沉重。

建议女生绕行，有暴力倾向的请绕行，胆小的请绕行，正常的人请绕行，不正常的人请绕行——最后，只有老师围着讲台在绕行。

郭旺启摘自《时代青年·悦读》

图：豆薇

18. 答案：阿摩利人。

欧阳锋高空跳落为什么摔不死

@李开周

一

《射雕英雄传》第三十七回，欧阳锋被黄蓉设计骗上一座雪山，随即撤掉上山时搭设的羊梯。那座雪山高耸入云，极陡极滑，再高明的壁虎游墙功也无济于事，欧阳锋困在峰顶下不来了。

到了第四天，天空又飘下鹅毛大雪，黄蓉与郭靖都以为欧阳锋必定会冻饿而死，哪知道欧阳锋突然从峰顶跳了下来：

只见他并非笔直下堕，身子在空中飘飘荡荡，就似风筝一般。靖、蓉二人惊诧万分，心想从这千丈高峰落下，不跌到粉身碎骨才怪，可是他下降之势怎得如此缓慢，难道老毒物当真还会妖法不成？片刻之间，欧阳锋又落下一程，二人这才看清，只见他全身赤裸，头顶缚着两个大圆球一般之物。黄蓉心念一转，已明其理，连叫："可惜！可惜！"

千丈高的雪山，距地面足有3000米（1丈等于3米），如果欧阳锋在重力吸引下作自由落体运动,落地速度必然很大。有多大呢?算一算就知道了。

根据自由落体运动公式，物体落地时的末速度等于重力加速度与下落时间的乘积，而下落时间则等于两倍的下落距离除以重力加速度然后再开平方。重力加速度取9.8米每秒平方，下落距离是3000米，求出下落时间为24.7秒，进而求出落地末速度为每秒242米。这个速度基本接近奥运会上10米气步枪射出的子弹，比用诸葛连弩发射出的铁箭都要快，如果欧阳锋照此速度落地，他的身体一定会摔得四分五裂，遍地都是，只能用洛阳铲和吸尘器来收尸。

不过地球上任何一种物体的下落都不会是纯粹的自由落体，因为地球上有空气，而空气有阻力。当物体的下落速度越来越快时，空气对它的阻力也会越来越大，只要下落的距离足够长，最终阻力总会与重力持平，将自由落体的加速运动变成一种匀速运动。

二

有些读者朋友玩过高空跳伞，穿着防护设备从五六千米的高空跃下，刚开始并不需要打开降落伞。下落速度越来越快，但由于空气阻力在不断抵消地心引力，下落的加速度会越来越小。大约经过二十秒左右的时间，加速度归零，人体在匀速下落，假如不是特别紧张的话，将会感受到来自空气的浮力自下而上托着你，有一种脚踩祥云白日飞升的翱翔感。

空气的浮力也属于电磁力。根据流体力学中的空气阻力计算公式，欧阳锋跳下后受到的浮力等于空气密度、风阻系数、迎风面积、下落速度的平方等四个物理量的乘积再除以二。再根据高空跳伞的经验数据，没有打开降落伞的风阻系数取0.83，空气密度取1.10，迎风面积取0.3平方米，下落速度取80米每秒，此时欧阳锋受到的浮力约为880牛顿，基本上可以抵消地球对他的引力，使他可以按照80米每秒左右的速度匀速下落，而不会继续加速。

80米每秒也是一个惊人的速度，欧阳锋落地还是会摔成肉馅儿。怎样做才能逃过这一劫呢?

欧阳锋的聪明才智派上了用场：他在雪山上脱得一丝不挂，用上衣和裤子做了一个简易的降落伞，增大了风阻系数和迎风面积，进而增大了空气浮力。

欧阳锋的简易降落伞当然无法跟专业降落伞相比，其迎风面积最大不超过1平方米，风阻系数最大不超过1.2（专业降落伞的风阻系数可以达到2.5以上），空气浮力大约是自由下落时的5倍，最后将以16米每秒的速度砸向地面，相当于被一列提速以后的超级动车迎头撞击，依然难逃一死。

三

那么欧阳锋有没有摔死呢？当然没有：只见他在半空腰间一挺，扑向城头的一面大旗。此时西北风正厉，将那大旗自西至东张得笔挺。欧阳锋左手前探，已抓住了旗角，就这么稍一借力，那大旗已中裂为二。欧阳锋一个筋斗，双脚勾住旗杆，直滑下来，消失在城墙之后，无影无踪。

欧阳锋之所以没死，一是在落地前借助了大旗的弹力，来了一个小小的缓冲，二是因为他身处武侠世界，用绝顶轻功创造出一个低重力环境。减小了的重力加速度，再加上简易降落伞带来的浮力，使他得以低速着陆。

我们屡次提到欧阳锋创造低重力环境，实际上，重力只能改变，不能凭空创造。

重力属于万有引力，万有引力与质量的乘积成正比，与距离的平方成反比。所以呢，为了减轻一个物体所受的重力，你要么减轻它的质量，要么抬升它的高度。

假设欧阳锋减肥，从70公斤减到60公斤，他在地面上的重力会从686牛顿减到588牛顿（这里取重力常数为9.8），减轻了14%。

再假设欧阳锋乘坐火箭飞升到10万米高空，增加了与地球之间的距离，那里的重力肯定比在地面上小。究竟能小多少呢？

用地球半径（地表到地心的平均距离，一般取637万米）的平方除以地球半径与火箭高度之和的平方，得数是97，说明欧阳锋在10万米高空受到的重力是地面重力的97%。

辛辛苦苦飞到10万米那么高，重力只减轻3%，还不如减掉几公斤赘肉的效果好，可见减肥对一个修炼轻功的人来说有多么重要。

《碧血剑》中有一位坐地分赃的大盗褚红柳，“他身材肥胖，素不习练轻功，自来以稳补快，以狠代巧”。你看，胖子练轻功是不占优势的。

李中一摘自《武侠物理》化学工业出版社

图：小黑孩

牛大姐家乐事多

主要人物：牛大姐（妈妈） 牛大哥（爸爸） 牛小美（女儿） 牛小宝（儿子）
钱多多（牛小美的男朋友） 刘姥姥（牛小美的外婆）

※ 放假在家，牛大哥在家正无聊着，电话响了："喂，兄弟，我们有个工程项目，我负责招标，分四个标同时施工，由于赶工期，可直接进场施工，目前还有一个标段，你考虑下做不做？"

牛大哥顿时激动万分："什么工程，好不好收款？"

电话那头："好收款，不垫资，现场结算。"

牛大哥欣喜若狂："哦，我现在过去，我们面谈。"

牛大哥放下电话，急忙赶过去了，进屋一看：打麻将，三缺一！

牛大哥打了一夜麻将。早上到家刚要好好睡一觉，接到去外地旅游的牛大姐发来的微信："两小时后到，来车站接我。"

牛大哥回复"好的"就睡着了。一觉醒来后发现时间来不及了，急中生智发信息给牛大姐："我到机场了，你几号出口？"

"不是告诉你我在火车站吗，你到机场做什么？算了，我自己打车回去吧。"

牛大哥回复："那好吧。"翻身就又睡着了。

※ 听说地铁17号线开通了，刘姥姥、牛小美、牛小宝、钱多多一行去朱家角玩。过安检的时候，牛小宝拎着饮料就过去了，安检人员喊道："小朋友回来，把你手里的饮料喝一口！"

刘姥姥拿过饮料拧开瓶盖"咕嘟咕嘟"把一瓶全喝了，然后把瓶子递给工作人员："你们不就是想要个瓶吗？"

到地铁上刚坐下，就听旁边两个女孩在聊天："你这才五百万，我都八百万了。"

钱多多心想，这咖啡吹牛帮转

19. 答案：伊甸园。

移到地铁上了，就大声地对牛小美说：“我们去玩要早点回来啊，晚上还要到王健林那里吃饭，和马云把那笔生意谈下来。”

刚说完，就听旁边的另一女孩说：“是啊，所以你的手机拍照清晰嘛。”

钱多多一听好尴尬，牛小美解围说：“玩好回来，去万达吃饭太晚了，在家做饭吃，顺便把昨天淘宝看中的衣服买了吧。”

※ 晚上吃饭的时候，牛小美对钱多多说：“多多你知道吗，前段时间你送给我的那个九万八的镯子，被我不小心掉到地上摔断了。”

钱多多装作心疼地说：“好可惜。”其实那是他旅游的时候花九十八块买来的，为了让牛小美高兴才骗她说是九万八。

牛小美接着说：“不过不要担心，昨天一好姐妹给我介绍一个修理师傅，只花三万块就修好了。”

※ 牛大哥对牛大姐说：“老婆，你看我们都进入油腻的中年了，是不是要修炼下内心，多注重文化修养。”

牛大姐：“是啊，我是该注重多元文化了。”

牛大哥惊喜：“什么样的多元文化，可以具体讲讲吗？”

牛大姐：“具体来讲就是美元、欧元、港元……”

牛大哥：“我看，还需要学一门乐器才能配得上你这脱俗高雅的多元文化气质。”

牛大姐：“我可不想学钢琴呀小提琴呀什么的，太累了。”

牛大哥：“我说的这门乐器不累，很容易学。”

牛大姐：“什么乐器？”

牛大哥：“木鱼。”

※ 周末，钱多多给牛小宝补课，牛小宝昏昏欲睡，没有兴致，忽听到钱多多说：“明天，找几个小伙伴郊游。”牛小宝立马高兴地说：“太好了！”钱多多接着说：“要买一些巧克力给大家补充体力吧。”牛小宝忙不迭地回答：“要的，要的。”只听钱多多淡淡地说：“一共有五人，每人计划买六个，共需要买多少个巧克力？”

牛小宝一听，又昏昏欲睡起来。钱多多对他说：“小宝，如果不好好学习，你知道自己将来面临的是什么吗？”牛小宝想了几秒，说：“唉，还能有啥，家里面那几亿的资产呗。”

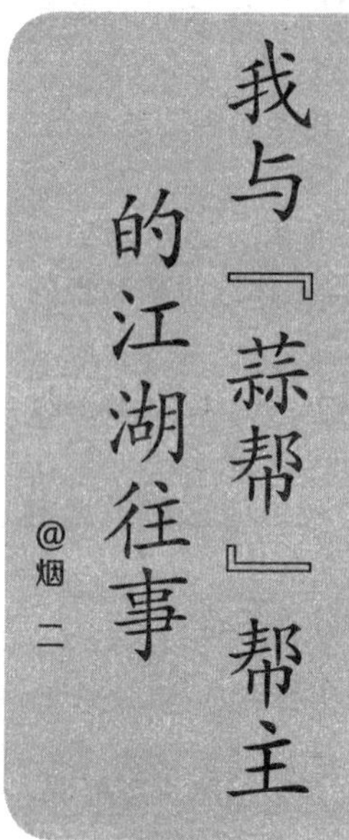

我与『蒜帮』帮主的江湖往事

@烟二

童年发小，仗义“疏财”

大蒜是我的发小，我们两家都住在巷子尽头那个大院里。

大蒜的本名叫张天算，没有妈妈。也许有，但我肯定没见过，每次我妈给我做好吃的，他就只能远远看着，然后剥一粒大蒜塞进嘴里。兴许是吃得多了，张天算身上总有股蒜味，我们开始背地里叫他张大蒜。后来干脆连姓氏也省下了。

大蒜比其他孩子年长几岁，个头也高出许多，当别的孩子还在向往大院外的江湖时，他已经可以一脚自行车“呲溜”去小卖部打酱油了。我觉得大蒜“呲溜”自行车的样子真帅。

大蒜每次打酱油回来，都会从口袋里摸出些新奇的小玩意，比如五彩的玻璃球、小浣熊水浒卡等。

我们眼红，但又弄不到这些东西，只能蠢巴巴地跟在大蒜后面当“小尾巴”。偶尔他高兴，就会随手把小玩意儿送给我们，特别大方。

有一次大蒜在送自己多余的水浒卡，大院里的孩子众星捧月般将他围住，一声声“蒜哥”叫得人鸡

就是爱历史（古巴比伦）20. 美索不达米亚被一些西方地理学家称为什么？

皮疙瘩掉一地。

我挤进人堆，也想捡捡漏。大蒜抬头看了我一眼，立马从衬衣口袋里掏出一张卡片塞给我，然后大声撵我离开："快走快走，你妈让你回家写作业。"

仿佛是得到了某种暗示，我飞快跑回家，这才研究起手里崭新的卡片——居然是"呼保义宋江"，还是张闪卡。我心想，大蒜可真讲义气啊，我也得有点表示才行。

第二天，我从家里偷偷拿了一个大蒜去送给张天算，他看着我用心准备的礼物，明显有点懵。

平地惊雷，"蒜帮"成立

大蒜心里一直都想搞点大事，有一天，他把我和小鬼们都聚集起来。大蒜站在石头墩上说："大院其实就是一个江湖，想在这个江湖上立足的人，必须得有个帮派。"

那时候，电视里正在放着黄日华主演的《天龙八部》，江湖上的血雨腥风刮得一阵又一阵，迷得我们晕头转向，所以大蒜一提议，就得到了全票通过。

"从今往后，我们就是'蒜帮'了，我是你们的帮主！你们在大院里都由我罩着，我弄来的好东西，大家可以随便玩。"大蒜说这话的时候，浑身有盖不住的蒜味，但我们一致认为那是传说中的男人味。

想入帮，就得经受一些考验，不难，但你得做。大蒜说，每人当着他的面吃一瓣生蒜，咽下去就能入帮。

于是，大院里的小鬼们排着队从张天算那里领蒜瓣，特别像在卫生院排队打预防针：有人很兴奋，嘴里说个不停，有人苦着脸，使劲往后躲，吃过蒜的人得意扬扬，不吃蒜的人忧心忡忡……

终于，张天算将一颗蒜瓣放在了我的手里，他看看我，欲言又止。

我无比讨厌大蒜的味道，可不吃吧，我又害怕被入了帮的小伙伴嘲笑。我咬咬牙，狠心咬了一大口蒜瓣，还没咽下去，就全数吐了出来。惹得其他小伙伴发出一阵哄笑。

我赌气扔掉了手里的蒜瓣，扭头想走，张天算忽然拉住我，没头没脑地说："你不吃大蒜也可以，亲我一下，就让你入帮。"

我知道张天算在开玩笑，大院里数我和他的关系最好，那时候他还开玩笑对我妈说，等他长大了就来我家提亲，吓得我妈急忙抓了个蒜头塞进他口袋里，将他哄回家去。

但张天算没想到，我真的走过去，亲了他一下。

他的脸忽然就红了，然后当着“蒜帮”帮众的面，“哇”的一声哭了起来。我不明白大蒜为什么要放声大哭，反正那天所有人都忘了起哄，他们怔怔地看着我，仿佛在看乔峰。

一时间，我成了大院里最牛逼哄哄的江湖大佬。

从那之后，张天算再没有提过帮会活动的事。大蒜把自己私藏的小玩意儿都分给了其他人，并告诉他们，如果把他被我亲哭的事情说出去，以后就别想在大院过一天太平日子。

> “这么多年过去了，我依然不喜欢大蒜，却依然很喜欢大蒜。

然而江湖险恶，大院里没有秘密。我妈后来还是知道了，狠狠骂了我一顿，罚我一个月不许看电视。

“改邪”归正，华丽逆袭

有一天，忽然听说大蒜要搬家了。“听说是老张犯了事，进去了。”我妈说。

老张就是大蒜的爸爸。那段时间，张天算刚刚考上市重点高中，大院里一下子又炸开了锅。

我跟着一群人围到了张家门口，张天算正在收拾房间里的东西，这一回他没哭，他只是淡淡地说：“我去奶奶家住一段时间，正好离学校近，上学方便。”十六岁的张天算，已经长得很高很清秀了。

大院里没有人再管张天算叫“大蒜”，因为不知道从什么时候起，他已经不剥蒜瓣吃了。而且我还发现，他小时候当宝贝一样供奉在书柜里的玩具模型都不见了踪影，取而代之的是各种书和杂志。

“看看人家天算，看了那么多书，多努力、多刻苦！你啊，得好好和人家学学，别成天围着电视看！成天看电视，能考上重点高中吗？”我妈的话一出口，瞬间就引来很多位妈妈的连声应和，我却不以为意，因为在很多年前，她可不是这么说的。

“喂，秦小静，你等一下。”当大院里的人都散去后，张天算忽然叫住我，“我有东西给你。”

我心里“咯噔”一下，心想，这家伙有很多年没有叫过我的名字了。事实上，自打“蒜帮”事件后，我们几乎都没有再说过话。他能有什么东西留给我呢？水浒卡吗？还是其他小玩意儿？总不会是一套中考复习资料吧？

答案很快揭晓，还真是一套中

20. 答案：“巴比伦尼亚”。

考复习资料。

我抱着厚厚的一摞资料，干笑着缓解尴尬："我听说，一中都是学霸，学习压力应该挺大的吧。"

张天算"嗯"了一声，说："你明年中考要加油，我在一中等你，你要是考不上，以后就别说是咱们'蒜帮'混出来的。"

说完他翻身上车，这一次，走掉的大蒜却再也没回来。

回归"江湖"，花好月圆

拿着张天算留下的复习资料苦学一年后，我并没有考上一中，只去了个普普通通的高中，然后按照普通人的成长轨迹，又考上一所普普通通的大学。

可张天算依然开着挂，先是重点高中，再到重点大学，他算是大院江湖中传说级别的人物了，连带着大蒜都成了"补脑"神药。前几天，我亲眼看见隔壁家婆婆给刚上一年级的孙子喂蒜瓣，嘴里还哄着："乖乖吃啊，一天吃一颗，保准像以前那个天算哥哥一样聪明。"

邻居大婶告诉我，张天算的爸爸很快就要被放出来了，他们父子俩今后可能还会回到大院里住。我希望张天算回来，但又有点不太希望，毕竟，我是被"蒜帮"逐出门外的废柴。

只是我没想到，在大一结束后的那个暑假，"蒜帮"帮主竟然主动回大院来找我了。那天下午，张天算骑着自行车，"呲溜"一声停在大院门口。

"秦小静。"他大声喊话。

我耷拉着脑袋挪了出来，像是个做错事的孩子。我想向他道歉，可是张了张嘴，却一句话也说不出来——为什么要道歉呢？就因为小时候亲哭了他？还是因为没考上一中？又或者，因为没有考上理想的大学？

他把一束花迅速塞进我的手里，就像当年塞给我那张宋江闪卡一样。

火箭熊摘自微信公众号 storybook

图：胡卓荦

扎心了，有些地名原来是这么来的

@张 方

花式抱大腿：地名背后有人

名人效应适用于各行各业，给城市起名也不例外。比如余姚这个地名的来历，就和一位古代大佬有关，就是“三皇五帝”之一的舜帝。据说舜帝后裔的封地在此，因为舜帝本名“姚重华”，这里便叫“余姚”了。余就是我的意思，所以余姚的含义就是：我的祖先是舜帝。

再比如中原第一古镇社旗，那是因为当年汉光武帝刘秀在这里“赊旗访将，起师反王莽”，村民为了抱刘秀的大腿，便将自己的家乡称为“赊旗镇”。幸亏当年刘秀赊的是旗，如果赊的是鞋子或袜子，那就改叫“赊鞋镇”或“赊袜镇”了。新中国成立之后，改“赊旗”为“社旗”，取“社会主义旗帜”之意。

图个吉利：地名也能秀优越

给人起名时，经常爱图个吉利，比如有人叫张发财、刘富贵之类的，真是自恋无比。这城市一旦自恋起来，那可比人厉害多了。

比如日照，是取“日出初光先照”之意。怎么，离海岸线近，你就可以上天了？

西藏有个尼玛县，这是什么情况？连网络流行语都能起名了？接下会不会还有“给力县”“老铁镇”呢？其实“尼玛”在藏语里是“太阳”的意思。这么叫也是为了图个吉利。

强行配对：简单粗暴，组合出道

随着地区的发展、治所的搬迁，经常会遇到城市拆分重组的情况，比如襄阳和樊城本来是两个城市，后来随着发展壮大，逐渐融为一体。为了公平起见，就各取一个字，于是就有了“襄樊”这个地名。这一合并不要紧，当年郭靖大侠守护的历史名城瞬间有了城乡接合部的味道，后来为了促进地方旅游，又改回了“襄阳”。

再比如六盘水这个地名，就是因为当地有六枝、盘县、水城三县，国家在这里建立了矿产基地，于是就在三个县各取一个字,便有了“六盘水”这个名字。我真是服了，这简直是地名界的“金瓶梅”呀。

复制粘贴：有人模仿我的脸

城市也能复制粘贴吗？当然可以。刘邦的老家在丰沛，他在长安当了皇帝之后，老父亲十分想念家乡，于是刘邦大手一挥，在长安边建了一座新城，把丰沛原封不动地还原了出来，为了和老地方有所区别，这里就叫“新丰”了。

再比如新郑，春秋战国时期，郑国的都城本来在今天陕西的郑县，后来迁都到了河南，新都城也叫作郑。好歹搬了一次家，咱就不能重新起个名字吗？

任性瞎取：有啥叫啥，毫不走心

俗话说：“一方水土养育一方人。”这还不算啥，有时一方水土还能命名一座城市呢！

燕赵大地，历史悠久，在那么多历史名城当中，为啥会冒出一个石家庄这样的地名呢？

一种说法是，这里最早只有十户人，于是被叫作“十家庄”，后来成了“石家庄”。如果当初这里是八户九户，难道就是八家庄、九家庄了？

有啥就叫啥，要是没啥呢？比如无锡为什么要叫作无锡？有一种说法是，这里先秦时期有座锡矿，到了汉代锡矿被挖没了，于是就叫“无锡”了。扎心了，老锡！按照这个起名套路，那我只能叫作“没钱”了！

火箭熊摘自微信公众号字媒体

图：小栗子

黑色星期一

@黑皮漫画

民防小知识 2. 寒冬时节，室温保持在 16 至 20 摄氏度最为适宜。

饭局的悲剧

@黑皮漫画

摘自黑皮官方网站

堂号

@袁炳发

听母亲讲，我们家从山东东平闯关东落户黑龙江时，发生过一件事。当时父辈兄弟三人投奔同乡至黑龙江苇子沟，立足未稳，即遭遇水灾，全镇人陷入困顿，几乎家家缺吃少穿。

一天深夜，我家邻居、造纸厂的会计张爷，突然被鸡叫声惊醒，以为黄鼠狼又来吃鸡，便手拎棍棒冲出门。

冲出门的张爷，月色之下定睛一看，却是一窃贼在鸡窝行窃。此时窃贼也听见门外的动静，慌乱中丢物而逃。张爷将其所遗之物拿进屋中，亮灯一看，是个布袋子，上面印着三个大字“敦本堂”——我们这一支袁氏的堂号，袋子里面装着张爷家两只芦花母鸡。

张爷想起，前些日子我大伯去他家借一斗玉米，正是用的这个袋子！

翌日一早，张爷拿着空袋子来到我们家，也不说话，将空袋子掷于地上，瞥我大伯一眼，鼻子“哼”了一声，扭头走了。

我大伯见状，傻眼了，马上让我父亲去看下自家的布袋子在不在。

当我父亲告诉大伯，我们家的布袋子的确不在了时，我大伯当时就哭了，说：“这人丢不起呀！”

我父亲急了：“我们是敦厚本分之家，不能就这么不明不白地受冤屈。”父亲掉头出去了。

事件发生时，正是阴历九月初，早晚有霜冻。夜间野兽出洞都会留下足迹，人畜如果晚间出来，踩出的痕迹也会像石膏一样凝住。我父亲在路上仔细查看，循着一趟可疑的足迹追出镇子，一追就是十几里地，追到了另一个屯子。那天半夜时分，我父亲带着两个人回来了，一个中年男人，一个十几岁的半大小子。三人直奔张爷家。

原来，偷鸡的是那个十几岁的半大小子，中年人是他的父亲，一

民防小知识 3. 防寒保健，应进行适当的体育锻炼。

起过来赔罪来了。

这件事的发生，非但没有给我们家族抹黑，反而赢得了许多好名声，苇子沟的人一下子就接受了我们家。张爷在造纸厂的厂长面前，极力举荐大伯哥仨到纸厂上班。

哥仨到纸厂上班后，专选苦脏累给钱多的活干，两三年间，就挣得一份不错的家业。而且，当时从山东来时，只有大伯一人娶亲，经过几年打拼，我父亲和叔叔每人都娶了一位好姑娘。

就这样，我们家在黑龙江扎下根，大伯在正堂的一张桌子上，把祖辈牌位供上，并把堂号“敦本堂”三个字的横幅挂于牌位上方的墙上。

几年后，“文革”开始，我家的牌位、堂号被掷于火堆，焚烧殆尽。当时，大伯为了保护堂号，一条腿被打伤致残。

从此，大伯每天都郁郁寡欢。几个月后，大伯去了趟县城，家里人不知他去干什么，问他也不作答，只是从他舒坦的面容上，猜测他可能是到县城做了一件大事。

这个谜，直到大伯去世时才解开。

那天，病中的大伯奄奄一息，我大伯母给大伯换寿衣，当大伯母除去大伯身上的旧衣时，我们袁氏家族的大人小孩，都在我大伯的前胸看到了刺上去的三个字——敦本堂。

大伯母急忙问大伯：“那次你去县城就是刺字去了吗？”

大伯吃力地点了点头，然后，长嘘一口气，就咽气了。

时隔多年，回想自己为官多年，竟一尘不染，这才猛然惊觉——其实，大伯前胸上的那三个字，早已扎在我心里的最深处了。

郭红英摘自《安徽文学》

图：豆薇

我们家的保护神

@赵奋斗

我妈是我见过的最博爱的人，啥教都信。大约两年前她来我这儿，抱着罗盘满屋转了一圈，跟我说我们家今年的财运在西南方。

然后一路走一路念念有词，最后在饭厅窗前站定，指着那扇窗，坚定地说："财路就在这儿，以后每天从这儿进出！"

我跟她一起扒着饭厅的窗往外看，窗下一大簇灌木，长得一人高，枝子瘦骨嶙峋，叶子支棱八角，还带刺儿。别说人，猫爬着都费劲。

我扭头看我妈，她显然也意识到了，讪讪地说："不大好爬哈……那你们每个周日从这个窗翻一下，弄个梯子，腿上护着点……意思一下，好歹要让神仙知道你的诚心。"

回去之后我妈不放心，打电话叮嘱我："那个窗有剩爬就够了，你就算了。"

我以为她是心疼自家孩子腿短翻窗费劲，正要小小感动一把，老太太那边自说自话："你挣的那点犯不着爬窗，还是接着走门吧。"

民防小知识 4. 在饮食上，寒冬时节宜选用羊肉、狗肉等温肾壮阳之物。

时隔两年，我妈突然又来我家看风水，到了都没歇一下就从包里掏出了一个菜板大的罗盘。

我眼尖，一眼认出这个跟上次的不一样，上次的小，便问她：“妈，你这个新罗盘多少钱？”

我妈站在屋中间念念有词，大概是在定位？抽空斥责我：“神仙面前不谈钱！”

嗯，谈钱伤感情。我老老实实跟在她老人家屁股后面转，正努力憋笑，却看有剩脸上的笑都要溢出来了，抬腿踢了他一脚：“严肃点，笑啥？这次的财路搞不好开在房顶上，还敢笑。”

我妈跟背后长眼了一样，说：“你们别笑，你们这些年过得顺，都是各路神仙保佑……奋斗你的腿就是菩萨给治好的。”

嗯？我的腿……这么短，合着还是菩萨的功劳？

她接着絮叨：“你都不记得了，你小学一年级那会儿闹关节炎，疼起来都没法下地，看多少家医院都没用。后来有人跟我说用松枝泡黄酒给你揉腿可以治病。正好南边山上有个庙，后头都是松树。我就每个周日一大早去那儿摘松枝，一边摘一边跟菩萨说阿弥陀佛菩萨保佑我闺女腿快点好……坚持了一年，你的腿就好了，再没犯过，显然是菩萨显灵了。”

“还有你姐，当初办出国怎么都办不出来，我找人给她算命，先生说她名字不好，注定要有这一劫，要想化解就得改名。可这出国手续办一半了不能改名啊，不改名菩萨也没法化解。我跟上帝祷告，说孩子名没起好是我当妈的错，不赖孩子，让她赶紧过来吧。我们牧师说了，祷告不用分早晚，啥时候有空啥时候说，主都能听见。我就天天说，开车吃饭睡觉前得空就在心里跟主反复说。你看，果然你姐顺利过来了，工作结婚啥都没耽误。”

说着说着，我妈突然回头问我：“奋斗啊，你跟我说实话，有剩到底有没有从这个窗进出过？”

我愣了一下，在老实承认错误和含糊其辞逗她开心之间纠结了几秒，结结巴巴：“那个……有剩想爬来着，真的，就是梯子不合适……一直没时间，你知道……那个，所以，就没……”

我妈一挥手，低头继续研究罗盘：“没爬就好，上次算错了。”

妈哎，你要不再换个更大点的罗盘？

心香一瓣摘自《祝你幸福·午后版》

图：小黑孩

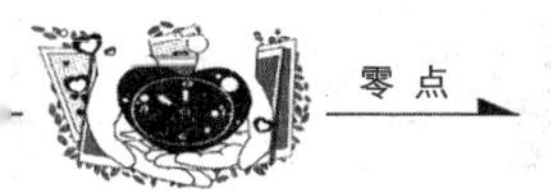

0 号邮局

@猫主义

放假的一天，我心血来潮打算步行穿过整个城市找一个朋友玩。没想到在一处低矮破旧的建筑群里迷了路。四面八方全是高楼，但邪门的是，不管我朝哪个方向走，都走不出那片建筑盆地。我筋疲力尽，时间已经过了八点，天也快黑下来。

就在这时，我在一排灰扑扑的平房里看到一抹亲切的绿色——一个邮局，竟然还开着门！

我踏进邮局，还没来得及说话，柜台后面穿绿制服的老头就“刷”地扯下一张单子：“寄什么？麻溜点儿，要下班了。”“我不寄东西，请问离这儿最近的公交车站怎么走？”“不知道。”“那……请问怎么从这片平房走出去，我想到大路上坐车。”老头打量我一番：“迷路了？那可麻烦了。这个鬼地方一般人绕不出去。我二十岁那年在这里迷了路，到现在都没出去，已经干了半辈子邮政柜台工作了。”“哈哈，您真会开玩笑！”“不信你就接着绕吧。”老头埋下头，冲我做了个驱赶的手势，“走吧，这里快下班了。”

我一屁股坐在一条长椅上，心里打定了主意：“不忙，我歇歇脚，您关门我肯定走。这邮局挺偏的，今天您一人值班？”“嗯。”老头爱搭不理的。我环视屋子，感觉这里有些不正规。“我说……这里真是邮局？”“0 号邮局。”“0 号？”

老头叹了口气，好像跟我解释是一件很费力的事：“特殊物品邮局、零禁运邮局、0 号邮局，随你怎么称呼。全市只此一家，别无分号，只寄不收，什么都能寄，按重量和包装工本收费，不接受货到付款。”“什么都能寄？死耗子呢？”老头又叹了口气：“看见外面的电线杆了吗？只要你能把它放倒，我也可以给你寄到任何地方。走吧，

民防小知识 5. 睡前宜用热水泡脚，并揉按脚心，有助阳散寒的功效。

关门了。”

我往外一看，天已经黑了：“您可算是下班了，我到外面等您。”“原来你在这儿磨磨蹭蹭，是想等我下班，好跟我一起走？”“没错。”“那你可打错了算盘，我住员工宿舍，就在邮局房后。”“大爷，我真的着急回家！您就给我指条路吧。”

老头瞪了我一眼，不太高兴：“那就只有一个办法了，你把你自己寄出去。”“啊？”“要是靠腿走，你初来乍到的，少说也得绕个十天半月。要是把自己装箱寄出去，晚上邮政车来取件，同城的话，应该明早就能到，只要你身上的钱够邮费就行，看你的个头，至少也得贴一百块钱的邮票。”

我愣了一下，回过味儿来——这是在变相地向我索要报酬啊！不过自己有求于人，支付酬劳也是应该的。我痛快地答应下来，称过体重，买下 146 张 8 毛钱的邮票，在一张单子上写下自己家的地址。老头搬出一只板条箱，示意我进去。也不知道当时是怎么想的，可能是不想破坏黑色幽默的氛围，我进去了，刚坐到箱子底部，一阵困意袭来，我失去了意识。

醒来的时候还是在邮局，我躺在长椅上，盖着一条绿毛毯，外面天还是黑的，看看手上的电子表，还是晚上九点钟，但是有什么地方不对劲……是日期，我睡前是 7 号，醒来显示的却是 8 号。

我一翻身坐起来：“怎么回事？我还在这里？我睡了整整一天？”“因

为没有人签收，你被退回来了。”说话的还是那老头。“你真把我寄了？”“废话。”老头板着脸指指我身边的板条箱，“那单子，你再签一下，确认领取退件。”

我一看，正是我睡前填的单子，地址是我家，收件人填的我妈，寄件人一栏是我自己的签名，邮寄物品是“青年男性”——这几个字不是我的笔迹。单子上贴着一张小纸条，盖着一个大大的“退回”章，还有个小章“无人签收，超时退回”。

“就在小纸条下边签名。”老头说。“怎么搞的？家里没人？”“啊！”我才想起来，我爸妈旅游去了，家里就我一个人，“没人签收也不行？把我寄到地方，我自己钻出来不行吗？”“你这不是没钻出来吗？”老头的话让我无法反驳，“没办法，只能再寄一次了。”“非得寄吗？让我搭个邮政的便车不行吗？”“不行。违反规定。”“那我还是自己走吧。”“要是还能走的话。”

我站起来，随即两眼一黑，双腿一软，一屁股跌回椅子上。一天没吃饭，低血糖了。老头看我可怜，给我一块疑似来自上世纪的月饼，吃完之后我想好了——还是得再寄一次。

除了我自己家，我唯一知道的本市地址就是王义家。王义就是我本来打算去找的那个朋友。我很了解他，他从不会在假期踏出家门一步。寄给他，不用担心无人签收。

又是146张8毛钱的邮票，又钻进箱子，又是一觉。醒来之后，还是在邮局，时间变成了9号晚上九点。这次退件的原因是“拒收”。

为什么拒收？那家伙的被迫害妄想症又犯了？我已经没有力气考虑这些。我跟老头商量：“您看这样行不行，您借给我一把刀，我带着一起寄到我家，到了地方我自己撬开箱子钻出来，然后自己给自己签收。”“不行。活物和刀具不能放在一个包裹里，刀具有可能对活物造成损害。求我也没用，规定就是规定。”老头沉吟了一下，“这样吧，我给你一把塑料卡片刀，这种刀目前还没有相关规定，一起寄的话应该不算违规。但是注意了——不管你自己签还是别人签，这次你必须保证有人签收，因为连续三次寄件被退回的话，寄件人就会被我们列入黑名单，我们就不受理他的寄件了。”“您怎么不早说……算了，要是还不成的话，我饿也饿死了。来吧。”

这次是140张8毛钱的邮票——我瘦了。喝掉一杯枸杞味儿

的浓茶，手握塑料卡片刀，我钻进箱子，努力保持清醒，然而还是睡着了。

第三次醒来，是被一阵敲门声吵醒的。我一翻身，脑袋狠狠地磕在什么东西上。四下一摸，才发现自己还在箱子里。透过出气孔一看，分明是我家门外的走廊，走廊里一个人也没有，敲门声是哪儿来的？换了一面出气孔，看到两条绿裤腿，已经不敲门了，自言自语道：“又没人签收。”

“有人！有人！”我急忙叫道，“兄弟，开开箱子，我这就出来签！”“不行，我们不能私自拆开包裹。”绿裤腿说，“这违反规定。”“我自己出去！”“那可以，但是你得快点，现在已经超时了，别太耽误我工作。”

我摸着黑把卡片刀塞进箱缝一撬，刀断了。

“对不住了，兄弟，我得把你退回去了。”绿裤腿说。隐约听见电梯上来的声音。箱子微微一晃，开始移动。我大惊，贴近出气孔往外一看，绿裤腿正在把我连同箱子往电梯那边推。“等等！我能出来！”我在狭小的空间里努力挪动身体，使劲踹了一脚，震得脚底发麻，箱子质量真好。必须出去，不能再被退回去了！我又连着踹了好几脚，但是根本使不上劲，反而消耗了不少氧气，整个脑袋开始发晕，浑身又酸又疼，出气孔不能开大点儿吗？我要疯了！这时，电梯门“叮”一声，箱子又开始移动了，急得我一个鲤鱼打挺，两脚并拢猛地一踹——

我醒了，在自己的床上，大口喘着气，蒙在头上的被子终于被我踹了下去。原来是梦啊，以后再也不蒙着头睡觉了。

我妈见我出来，说：“起来啦？去，下楼帮妈买瓶酱油。”“哦。”我还是有点迷糊，“你俩不是去旅游了么？什么时候回来的？”“就今天早上。对了，下楼的时候把垃圾袋捎下去，还有门外你的包装箱。”我妈吩咐完就进了厨房。

我打开门，一个熟悉的邮政板条箱。收件人那里有我妈的签名。

司志政摘自《感悟》

图：胡卓苹

【请您续写】我到底是把自己寄回来了，还是在做梦？剧情往下如何发展？亲爱的读者，展示您才华的机会到了，发挥您的想象力，来参加故事续写吧，说不定您的文字下期就会登上杂志哦。续写稿件请发本期责编邮箱 gaojiacun2002@126.com，请注明“故事续写”字样。

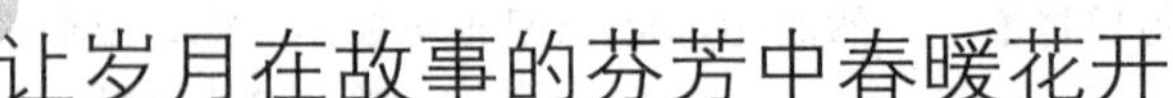

让岁月在故事的芬芳中春暖花开

小时候，外婆常常给我讲兔子和狐狸的故事。说是兔子家里贫穷，有一天小兔子在外面捡到一棵白菜，舍不得吃，拿回家给妈妈吃，却不小心掉到泥土里。小兔子没舍得扔掉，洗干净拿回家送给妈妈。小兔子的孝行感动了上天，上天施法术给了小兔子很多财富，它们一家从此过上了幸福生活。狐狸知道后，想让上天也给它一笔财富，就把一棵白菜放在泥土里涮涮，拿回家给妈妈吃。却不料老狐狸吃完白菜，跑肚拉稀，一命呜呼。

尔后多年，每每想起这个故事，哑然失笑的同时，总感觉不是教人行孝那么简单，愈品愈觉其间蕴含更丰富更深刻的哲理：一则爱应是发自内心的，没有功利，更不是装出来的；二则不可有贪念，做好事不要刻意求回报；三则要顺应自然，不可生搬硬套。

故事会百宝箱
您想看的都在这里

这个故事就像一粒种子撒在心田，抽芽出苗，茁壮成长，又像一坛陈年老酒，几经岁月，历久弥香，奠定了我童年最初的价值观，并影响着我今后的人生。

我们每个人都是浸润着故事成长并生活的，从儿时的童话到成年的小说，从朋友间的谈资到闲暇时的电视剧，好的故事影响人的一生。

不仅如此，故事还会深入到你的骨髓里，成为你生命的一部分。有故事的人，必然是脱离了生涩与单纯，更显一分成熟与温暖，平添一分魅力与气质。

没有故事，生活便少了些惊喜，没有故事，生命便少了些光彩。故事，应该也一定会是暗夜里一束光的投射，寂寥时一朵花的绽放；故事，应该也一定能够温暖你的生活，美丽你的人生。

当这期杂志送到你手中的时候，春天已踮起脚尖，轻叩你的房门，就让岁月在故事的芬芳中春暖花开，2018，就让我们做一个有故事的人，从阅读《故事会》开始……

本期责编　高健